Edith Einhart
Die Champagnerkönigin

SERIE PIPER

Zu diesem Buch

Was tun nach seinem Seitensprung? Soll frau erst Geschirr werfen oder ihn gleich rausschmeißen? Charlotte Schlusenbaum, Anfang Dreißig, verzichtet auf beides und fährt mit ihrem untreuen Erich erst mal Richtung Venedig – in den Versöhnungsurlaub. Heimlich aber schwört sie Rache. Noch in Hamburg trifft das Paar auf die sechzigjährige Gräfin Mickie von Höhenstayn. Sie hat überstürzt ihre Villa verlassen, weil sie ihren Verlobten in flagranti erwischt hat – mit einer Jüngeren. Charlotte gewinnt die weltfremde Gräfin als Verbündete und gibt ihr Nachhilfe in praktischem Feminismus: Wir zahlen es den Kerlen heim! Im Gegenzug unternimmt Mickie mit ihr Abstecher in die piekfeine Gesellschaft, wo Charlotte sich ausgesprochen wohl und von einem äußerst attraktiven Jungunternehmer angezogen fühlt. Doch plötzlich stirbt Mickies Verlobter im venezianischen Luxushotel, und Charlotte gerät unter Verdacht. Obwohl sie ahnt, wer ihn umgebracht hat, glaubt ihr die Polizei nicht … Ein virtuoser, doppelbödiger und erotischer Roman der allerfeinsten Sorte.

Edith Einhart, geboren 1969 in München, ließ sich nach ihrem Germanistikstudium bei der »Süddeutschen Zeitung«, »Elle«, »Bild«, »Bild am Sonntag« und »Sat 1« zur Journalistin ausbilden. Sie arbeitet als Redakteurin bei der Illustrierten »Bunte« in München.

Edith Einhart

Die Champagnerkönigin

Roman

Piper München Zürich

Alle Ähnlichkeiten mit lebenden Personen sind – selbstverständlich – keineswegs gewollt und reiner Zufall.

Für Doris

Originalausgabe
1. Auflage Juni 2001
3. Auflage Oktober 2001

Umschlag: Büro Hamburg
Stefanie Oberbeck, Isabel Bünermann
Foto Umschlagvorderseite: Gen Nishino/photonica
Foto Umschlagrückseite: Doris Huber
Gesamtherstellung: Clausen & Bosse, Leck
Printed in Germany ISBN 3-492-23302-3

WIR HATTEN NOCH NICHT EINMAL die Stadtgrenze von Hamburg verlassen, als uns Mickie von Höhenstayn dazwischenkam. Ich riß gerade die zweite Tüte Haribo auf und pickte mir alle roten Goldbärchen heraus.

Nie werde ich begreifen, warum immer zuwenig von den leckeren Roten in der Packung sind und immer mehr als genug von den weißen, faden. Für Erich war das überhaupt kein Problem. Er genoß die Farblosen immer mit ausgesprochen zufriedener Miene. Selbst dann, wenn sie nur Reste waren, die sonst keiner mehr haben wollte. Im Geheimen aber aalte er sich im Glanz seiner überaus großzügigen Genügsamkeit. Das war typisch für ihn.

Vielleicht tat ich ihm auch Unrecht. Kann sein, er mochte die blassen wirklich am liebsten. Aber eigentlich glaube ich das nicht. Er nahm die Gummibärchen, wie sie eben kamen und entwickelte nicht einmal bei der Auswahl von Süßigkeiten den geringsten Ehrgeiz. Dabei war das doch das mindeste, oder? Ich seufzte, legte die Tüte zurück auf unser Plastik-Armaturenbrett und erzählte Erich, was ich eben in einer meiner Lieblingszeitschriften gelesen hatte.

»Wußtest du, daß in Hamburg 6935 Millionäre leben?« Ich lutschte genießerisch an meinen roten Bärchen und schmatzte laut.

»Wenn du weiterhin soviel Süßes in dich hineinstopfst, wirst du dick und häßlich, und bekommst nie einen von diesen 6000 reichen Stinkern ab«, antwortete Erich und grinste boshaft.

»6935«, sagte ich, ignorierte Erichs wenig geistreichen Scherz und las laut vor, wie ich mir einen wirklich gelungenen Urlaub vorstellte.

»Der VIP-Trend des Frühjahrs: Sie wohnen wie ein Celeb im exklusiven Schloßhotel in Côte de Brouilly.«

»Wer oder was bitte ist ein ›Celeb‹?« fragte Erich.

Ich sah zum Autohimmel und verdrehte die Augen. Wie oft hatte ich ihm das eigentlich schon erklärt?

»Ein Celebrity ist ein Gefeierter. Ein Star. Ein Prominenter. Einer, der zu den happy few gehört, den Reichen und Schönen. Zu den oberen Zehntausend, den wirklich und wahrhaft Auserwählten, verstehst du?«

Erich verstand gar nichts und schwieg mißbilligend.

»Das Chambre ist im Stil des neunzehnten Jahrhunderts mit erlesenen Antiquitäten eingerichtet. Von jeder der fünf Suiten genießt man einen grandiosen Blick auf die Anbaugebiete des Beaujolais und einen erstklassigen Service. In der Lounge mit offenem Kamin trifft man Weltstars wie Cher, Mick Jagger, Britney ...«

»Und was kostet soviel Dekadenz?« fragte Erich, griff unter den Sitz und wischte mit einer alten Unterhose hektisch über die beschlagene Windschutzscheibe des Nissan Micra. Dabei sah er grimmig in den wolkenverhangenen Himmel.

Ich betrachtete den geschmacklosen lila Baumwollfetzen nachdenklich. Das Rüschen-Höschen hatte mir Erichs Vorgänger zum Geburtstag geschenkt. Er war mein bisher größter Fehlgriff gewesen. Andreas war Buchhalter bei der Buxtehuder Tuch- & Bettenfabrik, und ich hatte ihn verlassen, weil er ernsthaft glaubte, Frauen würden aus der gleichen Körperöffnung pinkeln wie sie menstruieren. Dafür konnte dieser Idiot die Regierungsverhältnisse aller Bundesländer im Schlaf hersagen und erklärte leidenschaftlich gerne, was ein »Nachtragshaushalt« ist.

Soviel Dummheit konnte ich nicht ertragen. Kurz bevor wir uns trennten, hatte dieser Idiot sich auch noch an meiner Spirale verletzt.

Sein Vorgänger war allerdings auch nicht viel besser gewesen. Markus hatte umwerfend ausgesehen. Er besaß einen wirklich knackigen Hintern und war Architekturstudent im siebten Semester. Außerdem war er so geizig, daß er am liebsten sogar die Kondome zweimal benützt hätte. Nur die drohenden Alimentsforderungen hinderten ihn daran. Er nahm grundsätzlich nur drei Blatt Toilettenpapier. Wenn er versehentlich mehr abriß, quetschte er die überzähligen Blätter wieder unter den Klorollenhalter. Jeden Sonntag kaufte er zur Feier des Tages hundert Gramm Krabben auf dem Fischmarkt. Hundert Gramm und kein einziges Gramm mehr. Darüber hätte ich noch hinweggesehen, aber leider küßte der Kerl sinnlich wie ein Stockfisch.

Kurz bevor wir zusammenziehen wollten, kam es zum Eklat. An einem Samstagnachmittag. Wir hatten zum ersten Mal Sex auf seinem Wohnzimmersofa. Es handelte sich um eine abgewetzte Schlafcouch. Geschätzter Anschaffungspreis: Sechshundertneunundneunzig Mark. Ich hatte Markus spontan auf dem Sofa verführt, und er machte begeistert mit. Nach vollzogenem Akt wollte er allerdings, daß ich auf dem Sofa eine Kerze mache und rannte ins Bad, um rasch ein Handtuch unterzulegen. Als wäre ich eine trächtige Kuh, die auf seiner Couch niederkommen wollte. Ich sparte mir die Kerze, wartete, bis er mit dem Handtuch zurückkam, scheuerte ihm eine und verließ ihn. Für immer. Wie gesagt, es handelte sich nicht etwa um eine echte Biedermeier-Chaiselonge, sondern um ein vulgäres Ikea-Sofa. Markus rief mich noch sechsmal an, wegen des Schlauchbootes, daß wir uns gemeinsam an der Ostsee gekauft hatten. Er wollte das Schlauchboot haben oder wenigstens die Hälfte von »seinem

Anteil«. Es hatte sechzig Mark gekostet. Ich schickte ihm das Boot unfrei zurück, nicht ohne es vorher versehentlich in eine sehr spitze Stricknadel fallen zu lassen. Ich seufzte. Männer waren echt ein Problem.

Erich fragte: »Also was kostet nun der Urlaub in deiner Karmagü?«

Meine Stimmung hellte sich wieder auf. Ich antwortete: »In dem Hotel gibt es Zimmer ab achthundert Mark. In der Nebensaison.«

»Pro Woche?«

Ich schüttelte den Kopf. Erich hatte einfach kein Gespür für die schönen Dinge des Lebens.

»Achthundert Mark pro Nacht natürlich. Das Hotel hat fünf Sterne, Schätzchen!«

Erich brummelte: »Dekadenter Schuppen.«

Ich schwieg resigniert und fragte mich nicht zum erstenmal, warum meine Mutter mich nicht einfach in erstklassige Kreise hatte hineingebären können. Seit ich denken konnte, hatte ich einen Hang zum Luxus. Schon in der Grundschule sah ich heimlich auf alle Kinder herab, die von zu Hause nur Schwarzbrot mit Leberwurst statt Negerkußbrötchen bekamen.

Ich war mit Sicherheit im letzten Leben eine französische Fürstin gewesen. Was hatte ich nur damals angestellt, daß ich ausgerechnet als Krankenschwester wiedergeboren werden mußte? Hatte ich meine Zofen schlecht behandelt?

Aber natürlich war ich selbst an allem schuld. Ich hatte unbedingt Krankenschwester werden wollen. Leider wußte ich damals noch nicht, wie häufig Ärztinnen und Ärzte ihre Gefühlsarmut mit krankhaftem Ehrgeiz ausgleichen. Und daß die meisten Chirurgen etwa soviel Seele im Leib haben, wie eine elektrische Brotschneidemaschine. Aber das nur nebenbei.

Ich wollte einfach auch endlich einmal einen Urlaub machen, bei dem meine Kolleginnen vor Neid erblaßten. Erst gestern hatte die Oberärztin geprahlt, ihr Urlaub auf Mallorca sei einfach »unbeschreiblich« gewesen. Leider erzählte sie dann trotzdem in allen Einzelheiten davon. Schon im Flugzeug bekam sie ein Up-Grading, weil sie ihre Buchung vermasselt hatten. Busineß-Class, Champagner und Fensterplatz, alles ohne Aufpreis. Als Mietwagen hatte Frau Dr. Knauserig einen Fiat Panda gemietet. Als sie ankam, war dieses Modell aber nicht mehr verfügbar und sie ergatterte ein Golf-Cabrio. Ohne Zuschlag natürlich. Anschließend fuhr sie mit ihrem Freund, der ihr angeblich seit fünfzehn Jahren treu ist, in ein ehemaliges Kloster voller Antiquitäten, und die Übernachtung kostete nur zehn Mark pro Nacht. Ein absoluter Geheimtip! So geheim, daß sie niemandem, auch mir nicht, verraten wollte, wo das Kloster lag und wie es hieß.

Lächerlich! Wahrscheinlich hatte sie in Wahrheit in einer Absteige in *El Arenal* ihren Urlaub gefristet. Allein. Aber meine Kolleginnen glaubten dieser Aufschneiderin jedes Wort. Oder, schlimmer noch: vielleicht stimmte ihr Reisebericht sogar.

Nur, warum ergatterten immer nur die anderen einen »Wahnsinnsurlaub« für eintausendvierhundert Mark, während Erich und ich von einer Pauschal-Reisen-Katastrophe in die nächste stolperten?

Ich sah auf und entdeckte die Frau am Straßenrand. Sie stand an der letzten Haltemöglichkeit für Autos, kurz bevor sich die Straße wie ein riesiges graues Geschenkband zu den blauen Pylonen der Köhlbrandbrücke emporschwingt.

Ein LKW mit der Aufschrift »Spedition Lindbüchl, täglich München-Hamburg« donnerte an ihr vorbei, und ihre langen schwarzen Locken flatterten im Fahrtwind. Der Fahrer drückte begeistert auf die Hupe, als er die elegante Erscheinung in dem dunkelroten Samtkleid sah. Ich hätte erwartet, daß eine Frau von ihrem Format ein so plump vorgebrachtes Kompliment einfach ignorieren würde. Aber ich täuschte mich.

Sie winkte dem LKW freudig hinterher und fuhr sich lächelnd durch die Haare. Das wirkte ein wenig hilflos und verloren, und doch auch graziös und etwas affektiert. Sie war mir sofort sympathisch. Sie sah genauso aus, wie ich mir eine Frau vorstelle, die in allerbesten finanziellen Verhältnissen lebt.

Was hatte sie hier verloren, im Hamburger Hafenviertel, zwischen häßlichen Fabriken und schmierigen Öltanks?

Ich rief: »Erich, siehst du die Frau? Halt mal kurz an! Vielleicht können wir ihr helfen!« Irgendwo hatte ich sie auch schon einmal gesehen. Auf den Partyseiten meiner Lieblingsillustrierten? Ich beugte mich aufgeregt vor und kniff die Augen zusammen. Vielleicht war sie sogar eine berühmte Schauspielerin? Erich hatte sie auch gesehen, doch er blieb stur auf dem Gaspedal.

Ich rief: »Erich! Halt sofort an! Sie braucht bestimmt Hilfe!«

Er knurrte: »Diese eingebildete alte Schabracke sieht so aus, als käme sie auch ohne uns ganz gut klar!« Erich hatte nur kurz zu ihr hingeschaut. Jetzt blickte er wieder nach vorn.

Ich schrie: »Wenn du nicht sofort anhältst, ziehe ich die Handbremse!«

Erich warf den Kopf herum, starrte auf die Handbremse und brüllte aufgebracht: »Du spinnst wohl! Willst du, daß wir im Straßengraben landen? Nimm sofort deine Finger da weg!«

Ich umklammerte entschlossen die Handbremse und rief: »Fahr sofort rechts ran!« Ich glaube, ich wollte zuerst nur deshalb anhalten, weil ich wußte, daß ich Erich damit ärgern konnte. Rückblickend wundert mich das überhaupt nicht. Ich hatte allen Grund der Welt, ihn zu ärgern. Ja, ich hatte sogar das gottverdammte Recht, ihn regelrecht zur Weißglut zu treiben.

Er hatte mich betrogen. Vor nicht einmal fünfundneunzig Stunden. Mit Ursula. Ausgerechnet mit Ursula, dieser ekelhaften Motivations-Psychologin. Er hatte mich betrogen, und das zu einem Zeitpunkt, als ich mir zum erstenmal ernsthaft vorstellen konnte, mit ihm eine Familie zu gründen. Nicht etwa, weil ich unter fortgeschrittener Torschlußpanik litt. Nein! Aber ich wollte um jeden Preis vermeiden, jemals in diesen entsetzlichen Zustand zu geraten.

Bei meinen Arbeitskolleginnen konnte ich genau beobachten, in welche Abgründe die Angst, keinen Familienvater mehr zu finden, führte. Sie warfen sich auch noch dem übelriechendsten Chefarzt an den Hals. Oder heirateten unter Todesverachtung schlechtbezahlte Assistenzärzte mit Fußpilz, weil sie endlich den nervenaufreibenden Freiheiten einer Single-Frau entkommen wollten.

Ursula war so ein Exemplar, und damit für unsere Beziehung so gefährlich wie freie Radikale für jungfräuliche Hautzellen. Ursula, diese dilettantische Kurpfuscherin der Seele, hatte Erich in ihre Fänge gelockt. Und das, obwohl sie bisher keinen Mann angerührt hatte, der weniger als fünftausend Mark im Monat verdient. Netto versteht sich. Denn weniger karriereorientierte Menschen waren für Ursula nichts anderes als arme, verdammte Seelen. Gehemmte Psychen, die ihr Potential verkümmern ließen, statt endlich durchzustarten oder wenigstens eines ihrer ausgebuchten Motivationsseminare zu besuchen. Ganz hoffnungslose Fälle bestellte Ursula zur Einzeltherapie in ihre gelborange getünchte Praxis.

Ich will gar nicht bestreiten, daß Erich etwas mehr Temperament nicht geschadet hätte. Er war Tierarzt und seit einem halben Jahr arbeitslos. Mir hatte diese dumme Gans tatsächlich schon einmal vorgeworfen, ich würde nur an mich denken, statt Erichs Karriere zu unterstützen. Als hätte ich nichts Besseres zu tun. Ich versuchte, mir neben meiner Arbeit im Krankenhaus eine Perspektive als Pressefotografin aufzubauen. In meiner Freizeit fotografierte ich für eine Hamburger Lokalzeitung. Ich rackerte für meine eigene Zukunft, da konnte ich nicht auch noch Erich auf die Sprünge helfen. Vielleicht hatte dieses durchtriebene Miststück deshalb beschlossen, ausgerechnet meinen Freund in einer sehr privaten Sitzung aufzubauen.

Die beiden betrogen mich an Erichs vierunddreißigstem Geburtstag. Wir feierten im kleinen Kreis in unserer Zwei-Zimmer-Wohnung. Außer Ursula waren nur noch Bärbel und Georg da, unsere besten Freunde. Ursula riß wie üblich das Gespräch sofort an sich und rückte es den ganzen Abend nicht mehr heraus. Sie predigte die Vorzüge des einfachen Lebens, um sich bei Erich einzuschmeicheln. Sie wollte ihm zeigen, daß sie, anders als ich, keineswegs von so banalen Dingen träumte wie einem Haus und Garten.

»Die Deutschen hecheln nur dem Geld hinterher«, referierte Ursula, »aber glücklich sind sie nicht!«

Sie sagte das, als wäre sie keine Deutsche, sondern irgend etwas anderes. Eine höhere Lebensform zum Beispiel.

Bärbel und Georg sahen mich irritiert an. Bevor Ursula gekommen war, hatten sie mit leuchtenden Augen von ihrer neuen Wohnungseinrichtung erzählt. Mir zuliebe hatte Bärbel sogar ein paar Polaroids gemacht. Sie wußte, wie sehr ich für gelungene Inneneinrichtungen schwärme.

Doch jetzt schoben sie die Fotos verunsichert unter die Platz-Sets, denn Ursula verriet, wo sie das wahrhaftige und wirkliche Glück kennengelernt hatte: in Tibet natürlich. Dank eines ultra-günstigen-Last-Minute-Fluges übrigens. Sie blieb sechs Wochen in Tibet. Ausgerechnet zwei Tage vor Erichs Geburtstag war sie wieder da. Leider hatte diese frisch angerührte Teilzeit-Buddhistin weder eine Lawine verschüttet noch eine heimtückische Tropenkrankheit erwischt.

»In Tibet sind die Lebenshaltungskosten unglaublich niedrig!« schwärmte Ursula, als ich die Vorspeisen auftrug. Sie verkündete: »Das Glück liegt in der Beschränkung!« und spießte drei Garnelen auf einmal auf. Ich wünschte mir, ich könnte Ursula Schützendübel einfach wegzappen. Nur das Geburtstagskind hing wie verzaubert an ihren Lippen. Ich fragte sie, ob sie noch ein paar Garnelen haben wollte. Vielleicht hielt sie so wenigstens für einen Augenblick den Mund.

Sie nickte gnädig. »Bitte!« Erich warf mir einen unwilligen Blick zu, weil ich ihren fesselnden Reisebericht unterbrochen hatte. Sie erzählte von drei Mönchen, die zu Fuß sechshundert Kilometer zurückgelegt haben! »Bei jedem zweiten Schritt werfen sie sich auf die Erde, um sich von Habgier, Stolz und Eitelkeit zu reinigen!« berichtete Ursula.

Ich dachte: Wenn es danach ginge, dürftest du dich nur noch kriechend vorwärtsbewegen.

»Ich war auch im Kloster. Wir mußten jeden Morgen den Hof kehren! Das reinigt das Herz!«

Logisch, daß sie bis nach Tibet fliegen mußte, wenn sie mal selbst putzen wollte. Zuhause besorgte das eine Zugehfrau. Ich atmete ein und aus und murmelte, um mich zu beruhigen: »Om. Om. Ooooooom!«

Ursula nippte am Prosecco und sagte: »Reichtum, Macht und Ruhm ist übrigens das schlimmste Karma, das ein Mensch haben kann.«

Tatsächlich? Hatte die antimaterialistische Ursula deshalb auf unsere Party eine Flasche Spätlese mitgebracht? Ich wußte genau, woher die stammte. Von Aldi. Kostete dort drei Mark neunundneunzig.

Doch als ich ihr vorhin ein Glas von ihrem eigenen Wein angeboten hatte, hatte sie dankend abgelehnt: »Ich trinke bloß noch Yogi-Tee, seit ich in Tibet war!«

Aber jetzt soff dieses diplomierte Grauen schon das fünfte Glas von unserem Prosecco. Die Flasche zu einundzwanzig Mark neunundneunzig. Ich öffnete noch drei Flaschen, ging ins Wohnzimmer und wechselte die CD. Ursula hatte Erich entspannende Meditationsmusik geschenkt. Ausgerechnet! Er kam schon so nie in die Socken.

Dafür hatte Ursula um so mehr Energie. Als ich mich wieder umdrehte, saß sie schon neben Erich auf der Couch. Sie blickte ihm tief in die Augen und erzählte von der tollen Erfahrung, einmal ein paar Wochen ohne Wasserklosett und Dusche gelebt zu haben. »Das macht unheimlich frei!«

Ich setzte mich zu Georg und Bärbel und beobachtete aus den Augenwinkeln, wie Ursula allmählich immer näher zu Erich rutschte. Für diesen Abend hatte sie ganz sicher ihren Selbstfindungstrip ohne Dusche abgeschlossen. Sie duftete nach Parfüm und anderen verführerischen Ingredienzien. In ihrem halblangen blonden Haar schimmerten frische blonde Strähnchen. Die waren ganz sicher nicht aus Henna. Vielleicht waren es diese blonden Strähnchen, die Erich verführt hatten. Ich gebe zu, ich hatte mir meinen Haaransatz seit Wochen nicht nachfärben lassen, weil ich auf einen Art-Deco-Champagnerkübel sparte. Aber waren frische blonde Strähnchen etwa ein Grund, mich nach dreieinhalb Jahren Beziehung mit einer anderen Frau zu betrügen?

Ich konnte es immer noch nicht glauben. Aber Erich hatte es tatsächlich getan. Er gestand mir seinen Seitensprung schon am Morgen danach. Erich und Ursula waren nach der Party noch in eine Kneipe gegangen. Ich ging ins Bett, denn ich hatte am nächsten Tag Frühdienst. Außerdem: wenn ich Ursula noch länger hätte zuhören müssen, hätte ich ihr gewiß den Hals umgedreht.

Am nächsten Morgen schlich Erich wie ein geprügelter Hund in die Küche und beichtete zerknirscht, daß da zwischen ihm und Ursula »was gelaufen ist«. Das machte mich noch wütender als alles andere. Vielleicht hätte ich ihm schneller verziehen, wenn er gelogen hätte. Oder wenn er seinen Fehltritt tapfer auf sich genommen hätte und mir ehrlich gesagt hätte, daß er einfach einmal ein wenig Abwechslung gebraucht hatte. Aber diese Memme saß wie ein Häufchen Elend in unserer Küche. Sollte ich ihn für sein schlechtes Gewissen etwa auch noch bemitleiden? Ich dachte gar nicht daran. Ich tröstete ihn nicht, und ich schrie auch nicht hysterisch herum oder schmiß Teller, um mich dann unter Tränen wieder mit ihm zu versöhnen.

Den Gefallen tat ich ihm nicht. Ich warf auch nicht seinen geliebten Videorecorder in die volle Badewanne oder Erich aus unserer Wohnung. Und ich stellte auch nicht unser Faxgerät auf Wahlwiederholung und überschüttete Ursula mit Schmähfaxen, bis das Faxpapier ihre ganze Praxis verstopfte. Das hätte Frau-Scheiß-Dipl.-Psych.-Schützendübel bestimmt gefallen, wenn ich vor Eifersucht durchgedreht wäre. Vielleicht hätte sie mich anschließend zum Freundschaftspreis behandelt. Natürlich überlegte ich, ob ich mich nachts auf dem Trottoir vor ihrer Wohnung mit dem Satz: »Hier wohnt Ursula Schützendübel, Hamburgs schlimmstes Übel!« verewigen sollte. Ich will gar nicht leugnen, daß es mich tief befriedigt hätte, ihr sämtliche Körperhaare einschließlich ihrer blonden Strähnchen einzeln auszureißen.

Aber ich war eine aufgeklärte und emanzipierte Frau, und darum beschloß ich, daß für den Seitensprung einzig und allein Erich büßen sollte.

Als er mit zerknirschter Miene vor mir saß, überlegte ich kurz, ob ich meine Zigarette auf seinem Frühstückstoast ausdrücken und ihm den heißen Kaffee über den Kopf schütten sollte, ließ es dann aber bleiben. Es würde eine bessere Gelegenheit kommen. Ganz sicher. Ich lächelte, und Erich schöpfte neue Hoffnung.

Natürlich weiß ich, daß auch die größte Liebe irgendwann reif ist für den Alltag. Das sieht dann so aus, daß wir gestern noch ungeahnte Ekstasen zusammen hatten, und am nächsten Tag nörgelte er auf einmal, die Besteck-Schublade gehöre auch mal wieder ausgeputzt.

Aber so ist das mit den Männern. Wir werden geboren, um Prinzessinnen zu sein, Königinnen und Unternehmerinnen. Doch kaum kommt der erste Kerl, mokiert er sich auch schon über deine Haare: Zu lang. Zu kurz. Zu blond. Zu glatt. Zu lockig. Dann lernst du einen kennen, der redet dir genüßlich ein, deine Brüste wären irgendwie zu klein. Meine dritte große Liebe teilte mir sogar mit, daß ich Senk-Spreiz-X-Füße habe. Dabei war dieses Arschloch noch nicht einmal Orthopäde, sondern Physikstudent. Und von einer Urlaubsaffäre auf Ibiza blieb mir in Erinnerung, daß ich angeblich Schlupflider habe. Schlupflider! Der Kerl hatte nur einen einzigen Vorteil: Er war, und das war wirklich erstaunlich, mit dem Epizentrum der weiblichen Sexualität ausgezeichnet vertraut. Ich spreche weder vom mysteriösen G-Punkt noch von irgendwelchen tantrischen Drüsen. Ich meine einfach nur die Klitoris.

Am Morgen, nachdem Erich mich betrogen hatte, heuchelte die diensthabende Ärztin: »Gut siehst du heute aus«, als ich in meinen weißen Kittel schlüpfte. »Du strahlst eine so unglaubliche Energie aus.« Ich lächelte grimmig, zog eine Spritze auf und murmelte: »Ich warte und hasse.« Das hatte schon eine französische Königin gesagt, und damit hatte sie verdammt recht gehabt. Es gab für alles eine Zeit. Meine Gelegenheit, mich für Erichs dreisten Seitensprung zu revanchieren, würde kommen, so sicher wie die Schauspielerin Tanja Gruse auf jede viertklassige Prominentenparty. Und zwar dann, wenn Erich überhaupt nicht mehr damit rechnete.

Als ich wieder nach Hause kam, war er besonders liebevoll und aufmerksam. Er wiegte sich schon in Sicherheit, und konnte kaum glauben, wie leicht er davongekommen war. Er dachte, ich hätte ihm seinen »Ausrutscher« längst verziehen.

Erich hoffte, mich mit diesem Urlaub endgültig zu versöhnen. Das war auch der Grund, warum wir nach Venedig fuhren, obwohl Erich Venedig haßte. Die Stadt war für ihn die Metropole des Nepp, eine einzige brackige und stinkende Lagune. Doch jetzt verbog er sich geradezu, mir alles recht zu machen. Das war mir nur recht. Ich hatte schon immer einmal nach Venedig fahren wollen. Je eher, desto besser.

Das war aber noch lange kein Grund, jetzt nicht endlich anzuhalten! Ich sah Erich böse an. Erich bequemte sich endlich dazu, mit seinen neugekauften blauen Segeltuchschuhen auf die Bremse zu steigen.

»Also gut! Frag sie, was los ist! Der Urlaub fängt ja gut an! Die hat uns gerade noch gefehlt!« Erich steuerte das Auto auf den schmalen Gehweg.

Als sie sah, daß wir ihretwegen anhielten, lief sie zutraulich wie ein ausgesetzter Windhund zu meinem Wagenfenster. Sie bewegte sich erstaunlich sicher und schnell, obwohl sie hohe Sling-Pumps trug. Ich bewunderte ihren eleganten Gang und kurbelte rasch die Scheibe herunter. Sie bückte sich ein wenig und fragte aufgeregt:

»Fahren Sie nach Fuhlsbüttel? Fahren Sie zum Airport?«

Sie sprach sehr laut, obwohl gar kein Laster an uns vorbeifuhr. Ihre langen dunklen Wimpern zitterten erregt.

»Zum Flughafen?« Ich staunte. Wir waren auf der Südseite der Elbe. Etwa fünfzig Meter vor uns ragten die Stahlträger der Köhlbrandbrücke in den Himmel wie gigantische Eierschneider. Gewitterwolken ballten sich zu Ambossen. Ein heftiger Wind war aufgekommen und sicher würde es gleich zu regnen anfangen.

Der Hamburger Flughafen lag in einer vollkommen anderen Richtung. Was, um alles in der Welt, hatte diese Frau hierher verschlagen? Eine Lady wie sie war gewiß auf der ganzen Welt zu Hause, hatte im feinen Pöseldorf ihr Stadtpalais und ein reetgedecktes Landhaus auf Sylt. Oder eine pittoreske Villa an der Côte d'Azur nebst einer rustikalen Finca auf Ibiza. Wahrscheinlich besaß sie alles zusammen.

Sie kam aus einer Sphäre, in der man Interieur hatte statt Möbel. Aus einer Welt, in der auf Salontischen Coffeetable-Books lagen und nicht Kreuzworträtsel und wo man sich nicht im Badezimmer, sondern im Boudoir die Zähne zu putzen pflegte. Was hatte sie mit ihren todschicken dunkelroten Pumps im Hamburger Freihafen verloren?

Ich sah mir ihre Schuhe genauer an. Sie waren von Chanel, in der *Vogue* abgedruckt und vom Modeschöpfer höchstselbst handsigniert. Weltweit gab es nur fünfhundert Paar und keines kostete weniger als dreitausend Mark.

Das Kleid umschloß ihren Körper perfekt wie Schokolade die Füllung einer exquisiten Praline. Sie war schlank wie eine gotische Kirchenfigur. Die Sonne schob sich hinter einer Wolke hervor, und die kardinalrote Seide schimmerte verführerisch. Das Kleid sah aus, als käme es direkt von den Prêt-à-porter-Schauen in Paris. Ich hätte die Marke zu gerne gewußt, verkniff mir die Frage aber erst einmal. Die Frau wirkte im Augenblick nicht so, als hätte sie Lust, über Mode zu plaudern. Hinter ihr standen in einem unordentlichen Halbkreis fünf Koffer.

Einer war umgefallen und lag in einer Regenlache. Ich konnte einen Fußabdruck darauf erkennen. Offenbar hatte jemand den Koffer absichtlich in den Schmutz getreten. Über dem größten Koffer lag achtlos hingeworfen ein Kleidersack von Louis Vuitton. Er war beinahe schon auf die Erde gerutscht und beulte sich dramatisch aus. Als hätte die Frau, die so dringend zum Flughafen wollte, alle Kleider, die ihr gerade in die Finger kamen, hektisch zusammengerafft.

Einen Kosmetikkoffer konnte ich nicht entdecken. Er stand wohl hinter den großen Koffern. Sie mußte einen Kosmetikkoffer besitzen, denn ihr Make-up wirkte etwa so natürlich wie eine venezianische Maske und brachte die Falten um ihre Augen und ihren schönen Mund besonders gut zur Geltung. Allein das Make-up mußte ein Vermögen gekostet haben.

Wie gut, daß wir angehalten hatten! Ich hatte schon immer eine Schwäche für Frauen, die aussahen, als würden sie jede Woche ihrer Kosmetikerin, Visagistin und Hairstylistin einen Besuch abstatten und für Kleidung nicht weniger als zehntausend Mark im Monat ausgeben.

Erich trommelte ungeduldig mit den Fingern aufs Lenkrad und tat so, als ginge ihn das alles nichts an. Es gefiel ihm nicht, daß ich mit meinem Dickkopf seine Pläne, und, schlimmer noch, unseren »Versöhnungsurlaub« verzögerte.

Aber ich kannte kein Erbarmen. Wer hatte denn das Auto vor der Abfahrt noch stundenlang gesaugt und poliert? Und war es etwa meine Schuld, daß wir so spät dran waren, nur weil Erich unsere Wohnung nicht verlassen konnte, ohne noch einmal den Staub vom Bildschirm des Fernsehers zu wischen? Ich hatte unser Zelt, die Schlafsäcke und unseren Campingkocher längst ins Auto geräumt und nur noch darauf gewartet, daß Erich mit seiner pedantischen Orgie endlich zu einem Ende kam. Staub ist doch nichts anderes als der feine Flaum der Ewigkeit, die Poesie des Alltags. Aber Erich wollte das partout nicht poetisch sehen, nicht einmal lyrisch. Er war leider sehr prosaisch und ganz und gar unromantisch veranlagt.

Meine Schuld war es jedenfalls nicht, daß es mittlerweile fünf Uhr nachmittags war und wir um diese Zeit schon mindestens vierhundert Kilometer hinter Fallingbostel sein wollten.

Kurz bevor wir anhielten, hatte Erich noch gequengelt: »Wenn wir jetzt nicht endlich Gas geben, kommen wir nicht mal bis nach Hessen und können unser Zelt schon in der Lüneburger Heide aufschlagen! Laß sie doch in Ruhe! Die wartet sicher nur auf ein Taxi. Siehst du nicht, daß die Tante ein Handy dabei hat?« Aber ich hatte natürlich recht. Bestimmt konnte sie kein Taxi rufen, weil der Akku ihres Handys leer war.

Und genauso war es dann auch. Sie beugte sich noch ein bißchen tiefer zu mir herunter und sagte: »Ich kann leider niemanden anrufen.« Sie lächelte. »Wissen Sie, mein Akku ist leer.« Ihre grünen Augen leuchteten unschuldig wie eine Flasche Palmolive. Der Kajal unter ihren Augen war verschmiert, aber nur ein wenig. Das konnte bedeuten, daß sie entweder nicht heftig geweint hatte, oder daß ihr Make-up wasserfest war. Letzteres war der Fall. Aber daß wußte ich erst später, als sie wegen der Sache mit den Kreditkarten heulte und ihre hohe Stirn zutiefst erschüttert an meine Polyesterbluse preßte.

Ich drehte mich triumphierend zu Erich um, aber er hatte die Arme aufs Lenkrad gelegt und sah in den Himmel, der immer düsterer wurde. Gleich würde es regnen.

Sie zeigte mir ihr Handy und schüttelte es hektisch, als könne sie es so wieder aufladen und lächelte unsicher. Ihre Zähne strahlten weiß wie der Sand auf Martinique und die Wellenkämme im Meer vor Monte Carlo. Wahrscheinlich waren sie alle überkront. Sicher hatte sie auch Keramik-Inlays. Was für ein glückliches Geschöpf! Die Ränder ihrer Lippen hatte sie mit einem Konturenstift dunkelrot eingerahmt. Ihr Mund erinnerte mich an ein Weihnachtsplätzchen mit Zuckerguß. Sie war eine dieser Frauen, die man in spätestens fünf Jahren in der *Gala* vorsichtig als »immer jung« bezeichnen würde.

Ihr Lippenstift hatte genau die gleiche Farbe wie ihr Kleid und ihre Schuhe. Nur ihre Fingernägel brachten mich ein wenig aus der Fassung. Sie waren mit durchsichtigem Lack glasiert, und ich hätte schwören können, sie würden farblich genau zu ihrem Kleid, ihren Lippen und ihren Schuhen passen. Ihre Fingernägel waren sehr gepflegt, aber nicht besonders lang.

Sie hätte mit diesen Händen mühelos einen praktischen Beruf ausüben können. Das war aber glücklicherweise das einzige an ihr, was so aussah. Sonst wirkte alles, als wäre sie eine Frau aus hochkarätigen Kreisen, die mühelos fünf Sprachen sprach, ein paar Semester Kunstgeschichte studiert und dann eine exzellente Partie gemacht hatte. Aber wer hatte sie einfach hier vergessen oder vielleicht sogar aus dem Auto geworfen wie ein lästiges Haustier?

Sie rückte ihre Chanel-Sonnenbrille im Haar zurecht und fragte: »Könnten Sie mir bitte einen Wagen rufen?« Ihre Augen glimmten, und sie sagte heftig: »Bei dieser Gelegenheit können Sie dem Taxiunternehmen auch gleich sagen, daß dieser unverschämte Fahrer sofort entlassen werden muß, bevor er weitere Fahrgäste schädigt!«

Es begann zu tröpfeln. Die ersten Regentropfen glänzten auf unserer Motorhaube. Erich beugte sich zum Beifahrerfenster und warf den eleganten Koffern einen besorgten Blick zu. Sie würden den Regen ebenso wenig unbeschadet überstehen wie Würfelzucker einen Wolkenbruch. Sie waren gewiß aus feinstem Kalbsleder. Erich griff hinter sich und fand sofort beide Schirme.

Bevor wir losfuhren, hatte er alles, was ich ins Auto gepackt hatte, wieder ausgeräumt und nach seinem System eingeordnet. Alles war auf seinem Platz. Nur auf meiner Seite, unter dem Handschuhfach, wölbten sich die ADAC-Autokarten *Deutschland Nord, Mittel und Süd* chaotisch wie die Alpen am Tage ihrer Erschaffung.

Erich öffnete die Fahrertür, sah nach oben und runzelte verärgert die Stirn. Regen haßte er beinahe noch mehr als Staub und Schlamperei. Er stieg aus, und ich dachte, er gibt einen der Schirme der Lady. Doch er würdigte sie keines Blickes und eilte an ihr vorbei zu den Koffern.

Jetzt begann es, richtig zu regnen, und ich sah sie schon mit nassen Haaren und einem ruinierten Kleid, das bestimmt mein Brutto-Monats-Gehalt gekostet hatte. Das reichte wahrscheinlich gar nicht. Ich stieg aus und bat sie, die Regenschauer doch in unserem Auto abzuwarten. Sie zögerte und sagte bescheiden: »Ach lassen Sie nur.« Doch sie sah besorgt zum Himmel. Natürlich wollte sie einfach nur höflich sein. Bestimmt hatte sie erstklassige Manieren und in einem Schweizer Internat eine vorbildliche Erziehung genossen. Auch wenn das schon einige Jahrzehnte her war.

Ich versicherte ihr, es mache mir nichts aus, im Regen zu warten. Im Gegenteil. Ich sagte: »Ich *liebe* Regen!«

Nach zwei weiteren Protestversuchen setzte sie sich endlich ins Auto. Sie strich das Kleid über ihren schlanken Oberschenkeln zurecht, sah aus dem Fenster und rief besorgt: »Aber Sie werden ja ganz naß! Steigen Sie doch ein!«

Um sie zu beruhigen sagte ich: »Nichts ist besser für einen schönen Teint als Regentropfen.« Ich zwinkerte ihr aufmunternd zu und bereute meine Worte sofort. Sie rief »Wirklich?« und suchte nach dem Türgriff.

Ich sagte: »Nein, nein, das war nur ein Scherz, bleiben Sie bitte sitzen!« Sie sank enttäuscht in den Sitz zurück.

Ich sah mich nach Erich um. Er hatte den umgestoßenen Koffer wieder aufgestellt und die anderen ordentlich um sich herum gruppiert. Er hielt in beiden Händen jeweils einen Schirm und sah höchst lächerlich aus. Unser Überraschungsgast sah das allerdings anders. »Danke! Das ist aber reizend von Ihnen!« Sie winkte Erich begeistert zu, indem sie ihre Finger mehrmals auf- und zuklappte. Dann reichte sie mir ihre Hand durchs Wagenfenster.

»Ich bin Mickie.« Sie lächelte kokett.

»Großes *M* und kleines *ickie*. Mickie, Gräfin von Höhenstayn.« Ihre Lippen kräuselten sich, und sie sagte trotzig: »Und dabei wird es jetzt auch bleiben!«

Ich schüttelte ihre Hand und sagte: »Sehr erfreut, Frau Gräfin. Ich bin Charlotte. Charlotte Schlusenbaum. Und das ist mein Freund, Erich Eekboom.«

Mickies Händedruck war warm und trocken wie ein frisch aufgebackenes Brötchen. Sie sah mir in die Augen und sagte: »Frau von Höhenstayn oder Gräfin von Höhenstayn. ›Frau Gräfin‹ sagen nur meine Dienstboten zu mir.« Sie lächelte einnehmend. »Aber nennen Sie mich doch bitte Mickie!«

Ich grinste verlegen und sagte: »Ah, ja. Gerne. Ich heiße Charlotte.«

»Ein *wunderschöner* Name«, rief sie und sah sich suchend auf dem Armaturenbrett um. »Sie haben doch ein Handy?«

Ich antwortete: »Wir haben kein Handy, tut mir leid.« Sie starrte mich irritiert an, so als hätte ich gesagt: »Sorry, wir haben weder einen Computer noch eine Schreibmaschine oder Papier und Feder, wir ritzen alle Liebesbriefe, Bewerbungen und Einkaufszettel in Tontafeln wie die alten Sumerer.«

»Sie scherzen?«

»Nein, wirklich nicht. Frau Gräf ... äh, Mickie, wir haben kein Mobiltelefon im Wagen.« Der Regen fiel jetzt in Sturzbächen auf meinen Nacken. Wenigstens war er angenehm warm.

Mickie rang theatralisch die Hände. Das wirkte beeindruckend, weil in unserem kleinen Auto eigentlich für solche Auftritte gar kein Platz war. »Aber was soll ich denn jetzt tun?!« rief sie mit ihrer dunklen Stimme. »Ich habe doch wichtige Termine! Ich wollte zum Flughafen, doch da wirft mich dieses ... dieses ... SUBJEKT einfach aus dem Taxi!« Sie sah mich an, und ihre Augen blitzten. »Ist es denn zuviel verlangt, wenn man sich im Beisein einer Dame kein Zigarillo anzündet und die Fußballübertragung im Radio etwas leiser dreht? Aber ich habe gleich gewußt, daß dieser Mensch keine Manieren hat. Schon wie er mein Gepäck in den Kofferraum geworfen hat! Als wäre er ein Müllmann und kein Chauffeur!« Sie holte Luft. »Ich hätte ihn sofort wieder wegschicken sollen, und unter normalen Umständen hätte ich das auch getan.«

Sie schwieg und knetete erregt ihre schönen langen Finger. Bestürzt sah ich, wie sich ihre Augen auf einmal mit Wasser füllten wie eine leckgeschlagene Hochseeyacht. Ich überlegte, ob ich sie fragen sollte, warum ihre »Umstände« augenblicklich alles andere als »normal« waren.

»Aber ich habe mir die Taxinummer gemerkt! 8763!« rief sie triumphierend. »Die vergesse ich bestimmt nicht! 1987 ist mein zweiter Mann gestorben.« Sie machte eine kleine

Pause und senkte die Stimme. »An einem Herzinfarkt. An seinem 63sten Geburtstag.«

»Oh, das tut mir leid.«

Sie antwortete sofort: »Das muß Ihnen nicht leid tun! Wir waren sowieso geschieden. Diese Ehe war die Hölle, ein Martyrium, ein Purgatorium. Mein ganz persönliches Fegefeuer.« Sie sagte das, als erzähle sie von einem mißglückten Friseurbesuch. Dann schwieg sie und betrachtete nachdenklich ihre Hände.

Ich war ratlos. Was sollte ich auf so ein Geständnis antworten? Auf einmal lachte sie böse. »Das wird ihn teuer zu stehen kommen!«

»Wen? Ihren Ex-Mann?«

»Nein, diesen, diesen ...!« Sie suchte nach einem Wort. »Diesen Kakerlakenkutscher!!«

Das war wohl der schlimmste Ausdruck, den sie sich abringen konnte. Ich verbiß mir ein Lächeln und fragte: »Wann geht denn Ihr Flugzeug?«

»Das weiß ich noch nicht!«

»Das wissen Sie noch nicht?«

»Nein!« Sie verschränkte ihre Arme.

»Wohin fliegen Sie denn, wenn ich fragen darf?«

»Das weiß ich auch noch nicht! Hauptsache weit genug weg von Elder und diesem Flittchen!« Sie senkte den Kopf und starrte auf ihre Knie. Wollte sie noch mehr über »Elder und sein Flittchen« erzählen? Ich wartete gespannt. Nach einer Weile sah sie wieder auf. Ich beugte mich aufmerksam vor. Jetzt würde ich erfahren, warum sie von zu Hause fortgelaufen war wie eine Schülerin mit einem schlechten Zeugnis. Doch sie deutete nur auf die Tüte Gummibärchen. »Könnte ich mir da bitte ein oder zwei nehmen?«

»Aber selbstverständlich! So viele Sie wollen!« antwortete ich verblüfft.

Sie griff in die Tüte, nahm so viele, wie sie greifen konnte und sagte düster: »Für wen soll ich mich jetzt noch länger kasteien!« Dann warf sie sich die Gummibärchen schwungvoll in den Mund. Dabei machte sie ein Gesicht, als schlucke sie eine tödliche Dosis Schlaftabletten. »Die Arme«, dachte ich. Und da geschah es auch schon. Noch während sie kaute, brach sie in Tränen aus.

»Was ist denn jetzt?« brüllte Erich genervt. »Soll ich etwa bis Mitternacht hier stehen?« Ich hatte ihn ganz vergessen. Ich drehte mich um und hob ratlos die Schultern. »Sie will zum Flughafen!«

Ich mußte unwillkürlich grinsen. Er sah so richtig schön albern aus mit seinen ausgebreiteten Armen. Wie ein grotesker Sünder am Kreuz. Und genau genommen war er das auch. Ein Mann, der die Treue gebrochen hatte. Ob er bei Ulrike wohl eine bessere Figur gemacht hatte und wie ihr wohl sein kleines Bäuchlein gefallen hatte?

Was mich beinahe noch mehr beunruhigte als sein Seitensprung, war mein Verdacht, daß Erichs ganzer Ehrgeiz auf ein Reihenhaus hinauslief. Höchstens vielleicht noch auf ein Reiheneckhaus. Seine Träume gipfelten in der Vorstellung, in einem Sechzig-Quadratmeter-Garten auf einer Plastikliege die Wochenenden zu verdämmern, mit einem Krimi in der Hand.

Ich konnte mir nichts Entsetzlicheres vorstellen, als in einer Reihenhaussiedlung zu wohnen. Ein infernalischer Ort, an dem niemals Ruhe herrscht. Wenn dein Nachbar nicht gerade Rasen mäht, dann schneidet der Kerl von schräg gegenüber garantiert mit einer Kreissäge sein Kaminholz zurecht. Und sollten beide in Urlaub sein, dann findet sich bestimmt ein Störenfried, der unbedingt auf sein Dach eine Gaube zimmern muß. Oder es hämmert sich einer ein

Gartenhäuschen zurecht und baut anschließend scheppernd ein Gerüst auf, um sein Haus rot zu streichen, damit es sich wenigstens farblich von all den anderen Reihenhäusern abhebt.

Ich hatte etwas andere Vorstellungen von unserer Zukunft. Ich träumte von einem Häuschen im Grünen. Einem reetgedeckten alten Bauernhaus, am liebsten in der holsteinischen Schweiz. Mit Ostseeblick. Oder wenigstens am Großen Plöner See. Wenn ich morgens die Augen aufschlage, höre ich die Schreie der Möwen und das Rascheln alter Eichen im Wind. Und das einzige menschliche Geräusch stammt von meinem Cabrio, wenn ich einmal im Monat zum Shoppen nach Hamburg fahre. (Den Volvo-Kombi konnte Erich als Zweitwagen fahren, um das Altpapier wegzubringen.) In einer umgebauten Scheune hätte ich ein renommiertes Fotostudio, und alle berühmten und wichtigen Menschen würden kommen um von mir, DER SCHLUSENBAUM, porträtiert zu werden. Und vorher würden wir Rauchtee trinken, aus antiken Tassen mit Zwiebelmuster.

»Wann geht denn ihr verdammtes Flugzeug?« schrie Erich und riß mich aus meinen Träumen.

Ich verstand ihn kaum. Zwei Sattelschlepper fuhren vorbei. »Das weiß sie noch nicht!« schrie ich zurück.

»Waaaas?«

»Sie weiß es noch nicht!«

Er brüllte: »Was soll das heißen, sie weiß es noch nicht?« Ich ignorierte ihn. Für so ein Geplänkel war jetzt wirklich nicht der richtige Zeitpunkt.

Ich drehte mich wieder zu Mickie um. Sie hatte die Hände vors Gesicht geschlagen. Die Perlenkette auf ihrem bronzenen Dekolleté zitterte wie angerempeltes Popcorn. Ihre Haut hatte feine Risse, wie das Leder eines älteren, aber sehr sorgfältig gepflegten Maßschuhs. Ich war ratlos. Mickie sah nicht so aus, als würde sie so bald wieder aufhören zu weinen. Wir konnten sie jetzt unmöglich allein lassen. Ich sah auf die Straße. Sollten wir einen Wagen anhalten und um Hilfe bitten? Aber was sollten wir sagen? War denn das hier ein Notfall? Die ganz persönliche Tragödie einer reichen Frau, gepaart mit einem rabiaten Taxifahrer und Platzregen? Mickie weinte immer heftiger. Erich schrie: »Was ist jetzt?« und schüttelte ungeduldig beide Schirme. Die Tropfen stoben in alle Richtungen. Ich staunte. Er entwickelte ja richtig Temperament!

»Fahr das Auto zu mir her, wir müssen die Koffer einladen!«

Ich warf Mickie einen besorgten Blick zu. Es sah ganz so aus, als wäre es ihr vollkommen egal, ob ihr Gepäck häßliche Wasserflecken bekam oder nicht. Sie wirkte wie eine Frau, die wirklich ganz andere Sorgen hatte.

Das beeindruckte mich mehr als alles andere. Wie groß mußte ihr Kummer sein, wenn sie ihre wertvollen Designerkoffer einfach der Vernichtung preisgab, ohne auch nur einen Gedanken daran zu verschwenden?

Mickie hatte ihren Kopf noch immer zwischen ihren schmalen Händen vergraben. Ihre Haare schimmerten schwarz wie das Gefieder eines Raben. Schneewittchen in den Wechseljahren. Ein sehr anspruchsvolles Schneewittchen allerdings, das sich sicher nicht damit zufriedengab, bei sieben ärmlichen Zwergen zu hausen, die außer einer warmen Mahlzeit und einem Bettchen keinerlei Extra-Komfort bereithielten. Ganz zu schweigen von der Hausarbeit …

Sie war wirklich anrührend in ihrer hysterischen Hilflosigkeit. Ich hatte auch schon einen Kloß im Hals. Mein eigener Ärger schien auf einmal beinahe bedeutungslos zu werden. Was genau hatte dieser Elder ihr angetan und wieso kannte sie noch nicht einmal ihr Flugziel? Ich setzte mich ans Steuer und ließ den Motor an. Mickie sah erschrocken auf. »Wohin bringen Sie mich?«

Ich legte meine Hand auf ihren Oberarm und sagte so ruhig wie unsere Anästhesistin, bevor sie die Narkose einleitet: »Ich fahre nur bis zu Ihren Koffern.« Hatte sie etwa Angst, daß wir sie kidnappen wollten? Sie erwiderte nichts, sondern senkte wieder den Kopf und legte eine Hand mit einer Geste tiefster Verzweiflung über ihre Augen. Mit dem anderen Arm umarmte sie sich selbst. In diesem Augenblick hätte ich sie am liebsten in den Arm genommen und tröstend ihre kunstvoll gefärbten Haare gestreichelt, aber es wurde wirklich allerhöchste Zeit, daß wir ihre Koffer vor dieser Sintflut retteten.

Ich brachte den Wagen genau neben Erich zum Stehen. Mickie schniefte heftig. Wenn sie so weitermachte, würde sie auch noch einen Schluckauf kriegen. Ich kramte in meiner Jeansjacke vergeblich nach einem Taschentuch. Mickie hatte eine schwarze Jil-Sander-Handtasche bei sich. Sie lag auf ihrem Schoß.

Erich sah ungeduldig ins Wageninnere.

Ich fragte: »Haben Sie ein Taschentuch?«

Sie jammerte: »Neeeiiiin!« wie ein kleines Mädchen, das sich böse beide Knie aufgeschlagen hat.

Ich rief über das Autodach: »Erich, wo ist das Toilettenpapier?«

Ich sage sonst nie »Toilettenpapier«, höchstens, wenn ich mich über jemanden lustig machen will. Aber ich brachte das Wort »Klo« in Gegenwart dieser Grandezza einfach nicht über meine Lippen.

Erich brüllte: »Mach sofort die Autotür wieder zu, die Sitze werden doch ganz naß! Und kurbel auf der Beifahrerseite endlich das Fenster hoch, verdammt!«

Das war typisch! Noch vor ein paar Tagen war er hemmungslos und ohne an die Folgen zu denken mit einer anderen Frau herumgerutscht, und jetzt machte er so ein Theater wegen seiner billigen Schonbezüge aus dem Baumarkt. Er führte sich auf, als hätten wir einen Bentley.

Ob er der richtige Mann für mich war? Ich war jetzt dreiunddreißig Jahre alt und im besten Alter für mein erstes Kind. Aber wollte ich wirklich, daß Erich Eekboom der Vater meiner Kinder wurde? Ein untreuer, arbeitsloser Tierarzt, der nur seine Kunststoff-Schonbezüge im Kopf hatte? Schonbezüge übrigens, die ich ihm zu unserem Dreijährigen geschenkt hatte. Erich mochte nur praktische Geschenke. Darum hatte er mir zum Geburtstag auch einen Turmtrockner für die Wäsche geschenkt. Mit drei übereinanderliegenden Trockenebenen. Ich glaube, wenn er mir dazu nicht auch noch ein goldenes Armband und dreiunddreißig lachsfarbene Rosen geschenkt hätte, hätte ich wirklich überlegt, ob ich mich von ihm trennen soll.

Unsere Lust auf Sex hatte auch nachgelassen. Abends waren wir oft insgeheim froh, wenn wir uns in aller Ruhe einen Spielfilm anschauen konnten, den wir im Kino verpaßt hatten. »Konzentrier' dich, dann geht's schneller!« hatte Erich neulich atemlos gestöhnt, weil er um Viertel nach acht unbedingt einen Film über mongolische Hochlandschafe sehen wollte. Denn sonst warteten wir mit Sex immer bis nach den Tagesthemen. Wenn wir uns überhaupt noch aufrafften. Ich achtete aber darauf, daß unsere Sexquote nicht gänzlich abrutschte wie beim Börsencrash.

Trotzdem wäre es einfach schön gewesen, wieder einmal frisch verliebt zu sein. In einen Mann, bei dem du nie genau weißt, woran du bist und der dir doch immer im richtigen Augenblick Komplimente macht.

Es gab viele schöne Momente in unserer Beziehung, aber

ich vermißte manchmal das Gefühl, als hätte ich Champagner im Kopf und Kaschmir in den Kniekehlen.

Erst kürzlich hatte ich zu Erich gesagt: »Weißt du, jede Frau sucht einen Menschen, für den sie der wichtigste Mensch auf der Welt ist.«

Und was hatte Erich darauf geantwortet? »Diesen Menschen hast du doch schon. Es ist deine Mutter.«

Ich beugte mich zur Beifahrerseite und sagte: »Entschuldigen Sie bitte.«

Ich hätte Erich erwürgen können. Im Auto saß eine völlig verstörte Frau mit fürchterlichem Liebeskummer und Erich dachte nur an seine schäbigen Sitze. Als ich die Fensterkurbel zu fassen bekam, rutschte ich ab und meine Hand glitt versehentlich zwischen Mickies Oberschenkel.

Sie schrie auf: »Hören Sie, was machen Sie denn da?« Sie sah mich empört an. Ich sah sie erstaunt an. Was glaubte sie denn, was ich zwischen ihren Schenkeln machte?

»Entschuldigung, Frau Gräfin, ich wollte nur das Fenster zumachen.«

»Glauben Sie vielleicht, der elektrische Fensterheber befindet sich zwischen meinen Beinen?« Was war denn jetzt in sie gefahren? Sie schniefte ausgiebig und brauchte mehr denn je ein Taschentuch.

Erich schrie erbost: »Komm endlich in die Hufe und kurbel die Scheibe hoch, verdammt!« Es fehlte nicht mehr viel, und er würde beide Schirme zusammenfalten und die Koffer dem Regen preisgeben. Wie sollten wir Mickies Gepäck in unserem Auto unterbringen? Es war voll bis unter die Kopfstützen.

Und es würde schwierig werden, bei diesem Wetter ein Auto anzuhalten. Ich überlegte, ob wir Mickie irgendeinem anderen Autofahrer anvertrauen konnten. Doch als ich auf ihr bebendes Dekolleté sah, gab ich den Gedanken auf. Sie trug eine Perlenkette, die sicher auch nicht gerade aus dem nächsten Kaugummiautomaten stammte.

Am Ende geriet sie an einen Wüstling oder wurde ausgeraubt, und das hätte ich uns niemals verziehen. Wir konnten sie nicht einfach hier zurücklassen, selbst wenn wir ihr unsere Schirme schenkten. Was, wenn sie über ihren Habseligkeiten zusammenbrach und mit dem schönen Kleid verzweifelt in die Pfütze sank?

Sicher hatte sie eine angegriffene Gesundheit. Wirklich vornehme Leute heiraten und vermehren sich bekanntlich nur untereinander, was auch nicht gerade ihre Widerstandskraft stärkt. Vielleicht kam ihr Immunsystem mit den Bakterien hier am Straßenrand gar nicht klar? Sie hatte sicher eine Haushälterin, die tapfer jede Streptokokke von ihr fernhielt und ihr Bett jeden Tag frisch bezog. Sie würde sich eine Lungenentzündung holen, und ich sah schon die Schlagzeile: *Herzlose Hamburger lassen hilflose Millionärin zurück – tot! Empörte Erben fordern Schmerzensgeld in Millionenhöhe!*

Ich stieg aus, riß die Beifahrertür auf und kurbelte das Fenster hoch. Mickie rührte sich nicht. Ich lief zu Erich und stellte mich unter den rechten Schirm. Er fragte gereizt: »Und was machen wir jetzt?«

»Wir müssen Hilfe holen.«

»Und wie sollen wir das machen?«

»Wir halten einfach ein Auto an. Vielleicht nimmt sie jemand mit zurück in die Stadt oder fährt sie sogar zum Flughafen.«

»Na prima! Was meinst du, wie lange das dauert? Unseren ersten Urlaubstag können wir wohl vergessen. Aber du mußtest ja unbedingt anhalten!« Ach, jetzt war ich wieder schuld!

Ich keifte zurück: »Du wärst natürlich einfach weitergefahren?«

»Ja! Die Madame wäre schon nicht gleich gestorben! Warum mußten ausgerechnet wir anhalten? Wir haben nicht einmal Platz im Auto! Hier fahren genug große Schlitten vorbei! Soll doch einer von denen sie mitnehmen!«

»Für eine Rucksacktouristin mit Psychologie-Diplom hättest du bestimmt sofort eine Vollbremsung hingelegt! Dabei überstehen diese Weiber mühelos einen Tornado mit ihren Super-Survival-Sympatex-Jacken!« Ich biß mir auf die Zunge.

Prompt sagte Erich: »Ich dachte, wir hätten uns über Ursula ausgesprochen!«

Ich schwieg verdrossen. Er schaute nach links, ich schaute nach rechts. Nach einer Weile sagte ich etwas ruhiger: »Wenn wir nicht stehengeblieben wären, hätte der Regen die Koffer aufgeweicht wie Wellpappe.« Es brachte uns auch nicht weiter, wenn wir jetzt stritten. Außerdem sollte er bloß nicht glauben, daß Ursula mich immer noch beschäftigte. Das tat sie nämlich überhaupt nicht!

»Wenn wir uns nicht schnell etwas einfallen lassen, sind die Koffer auch so hinüber«, sagte Erich. »Versuch ein Auto anzuhalten. Warum hast du auch kein Handy? Jeder gottverdammte Idiot hat heute ein Handy!« giftete er.

Was sollte denn das nun wieder heißen? Erich verabscheute Handys, genauso wie Kreditkarten. Er haßte alles, was später als 1970 erfunden worden war. Wer war also in Wahrheit daran schuld, daß wir jetzt hier im Regen standen, mit einem vollkommen verzweifelten Mitglied der hanseatischen High Society und fünf Kalbslederkoffern?

Wären wir, wie geplant, schon mittags losgefahren, hätten wir Mickie nie getroffen. Um diese Zeit machte sie sicher noch mit ihrer Fitneßtrainerin Qui Gong und Pilates und war noch mehr als acht Stunden und eine bittere Erfahrung weniger davon entfernt, überstürzt ihre Villa zu verlassen. Und wir wären schon längst in Bayern, und mit etwas Glück sogar schon im Felberntauerntunnel Richtung Venedig.

Ich wollte mit dem Schirm zur Straße gehen, um ein Auto anzuhalten, doch Erich hielt mich an der Schulter zurück.

»Laß den Schirm hier, oder willst du die Koffer ruinieren?«

Ich sah ihn böse an. Waren die Koffer etwa mehr wert als ich? Er formte einen Kußmund. »Du bist sowieso schon naß bis auf die Haut. Du kannst dich doch nachher umziehen.« Dieser Heuchler. Ich drückte ihm wortlos den Schirm in die Hand und stapfte zur Straße. Ich hatte keine Ahnung, wie ich hier ein Auto stoppen sollte. Sollte ich mich etwa mitten auf die Straße stellen und riskieren, daß ich fünf Sekunden später aussah wie eine gebügelte Eidechse? Ich sah mich nach unserem Wagen um. Wahrscheinlich weinte Mickie noch immer. Hoffentlich schneuzte sie sich nicht in Erichs ADAC-Karten. Ich lief zu Erich zurück.

»Was ist denn jetzt wieder los?«

»Wo ist denn ihr Kosmetikkoffer?«

»Hier ist kein Kosmetikkoffer.«

»Aber sie muß doch einen haben!«

»Hier ist kein Kosmetikkoffer!«

»Deswegen brauchst du mich doch nicht gleich anzuschreien!«

»Ist ja schon gut. Was willst du denn damit?«

»Ich brauche ein Taschentuch. Sie weint! Sie muß sich doch irgendwie schneuzen können!«

»Ich habe eine Rolle Klopapier eingepackt. In meinen Rucksack, in der rechten Außentasche. Aber sei vorsichtig, wenn du sie auspackst. Der Deckel der Rasiercreme hat einen Sprung. Nicht, daß ich die ganze Sauerei im Rucksack habe!« Als wenn das jetzt wichtig wäre! Wir waren schließlich im Ausnahmezustand!

Ich lief zum Auto und riß die Tür auf. Mickie zuckte zusammen und zog rasch ihre Hand aus der Tüte Gummibärchen, die auf dem Armaturenbrett lag. Sie sah mich mit großen Augen an, wie ein Kind, das dabei erwischt worden war, wie es seiner Mutter eine Mark für ein Eis aus dem Portemonnaie klaut. »Was ist denn?« fragte sie, lächelte verlegen und wischte mit der Handfläche unter ihrer Nase hin und her.

»Brauchen Sie ein Taschentuch?« Sie nickte.

Ich kramte in Erichs Rucksack. Natürlich war die Rolle exakt am angegebenen Ort. Ich riß sorgfältig ein paar Lagen ab, damit das Papier nicht aussah wie das, was es nun einmal war, aber sie schaute es gar nicht an, sondern trompetete sofort hinein.

Ich warf die Tür wieder zu, dann riß ich sie noch einmal auf und rief: »Halten Sie durch! Wir holen Hilfe!« Sie nickte und schneuzte sich wieder. Sie hatte wirklich eine sehr formschöne Nase.

Ich lief zur Straße und streckte die Hand mit der Handfläche nach vorne aus. Ein LKW fuhr vorüber, blendete auf und hupte fröhlich. Aber er hielt nicht an. Konnte er auch gar nicht. Wo ich stand, begann das absolute Halteverbot. Jeder parkende LKW hätte ein Verkehrschaos verursacht. Ich hielt Ausschau nach einem Auto, das so aussah, als wäre sicher ein Handy mit an Bord. Hinter einem Wohnwagen kam ein knallrotes Porsche Cabrio mit Münchner Kennzeichen. Ich ließ die Hand sinken. Ein Porsche würde sowieso nicht anhalten. Aber ich täuschte mich. Er hielt mit einer eleganten Drehung direkt neben mir und der Fahrer rief uns ein Taxi.

Als er wieder davonraste, sah ich ihm sehnsüchtig nach.

Mit einem Porsche in den Urlaub, statt Gepäck eine Kreditkarte und dann von Luxushotel zu Luxushotel brausen. Das wär's. Ich ging zum Auto zurück.

Erich rief: »Hat er ein Taxi bestellt?«

»Ja, es ist bestimmt gleich hier!«

»Gott sei Dank, dann hat dieser Irrsinn ein Ende. Halt mal bitte einen Schirm. Mir schlafen schon die Hände ein.« Er schüttelte seine Hand aus.

»Und dann soll sie zum Flughafen fahren und nach Nizza abschwirren oder nach Deauville oder in ihr Landhaus in der Toskana!«

»Woher willst du denn wissen, ob sie ein Landhaus in der Toskana hat?«

»Wo denn sonst? Solche blasierten Weiber haben doch immer ein Landhaus in der Toskana!«

»Sie ist doch gar nicht blasiert. Sie ist todunglücklich. Sie weint, als wäre ihre ganze Familie gestorben.« Ich sah nachdenklich zum Wagen. »Vielleicht ist wirklich ihre ganze Familie gestorben, und sie weiß nicht, wohin?«

»Unsinn. Oder glaubst du, dann hätte sie Appetit auf Gummibärchen?«

»Wieso? Worauf hat man denn Lust, wenn einem die ganze Familie weggestorben ist?«

»Ich würde sagen, daß man nach so einem Schock überhaupt keine körperlichen Bedürfnisse verspürt.«

»Selbst wenn man eigentlich pinkeln muß?« Erich antwortete nicht, sondern starrte düster auf die Straße.

»Wenn es wenigstens endlich aufhören würde zu regnen! Dann könnten wir schon mal weiterfahren!«

»Du würdest sie einfach so zurücklassen?«

»Warum denn nicht? Das Taxi muß jeden Moment hier sein. Die paar Minuten wird diese Frau Überkandidelt wohl selbst auf ihre Koffer aufpassen können.«

»Du magst sie nicht!«

»Was heißt, ich mag sie nicht? Ich kenne sie doch gar nicht! Und wenn du dich nicht mal wieder durchgesetzt hättest, hätten wir sie auch nie kennengelernt. Ich sage ja nichts, wenn man hilft, wenn ein Auto umgestürzt im Straßengraben liegt. Oder wenn eine alte Frau hinfällt. Oder wenn man eine ausgesetzte Katze mit ihren Jungen findet. Aber diese Frau ist weder ein Unfall, noch eine Katzenmutter, noch eine gebrechliche Greisin. Die kann sich wohl selbst helfen! Was kann ich dafür, wenn die gnädige Frau vergessen hat, ihren Akku aufzuladen?« Dann verstellte Erich seine Stimme und rief: »Nie ist das Personal da, wenn man es braucht! Ruby, Ruby, wo ist denn nur dieses nachlässige Dienstmädchen! Ruby, ich habe Ihnen schon tausendmal gesagt, Sie sollen mein Handy aufladen, wenn ich nach Hause komme! Was glauben Sie wohl, wofür ich Sie teuer bezahle? Damit Sie den ganzen Tag mit den Gärtnern flirten? Ihre Schlamperei bringt mich in die *unmöglichsten* Situationen! Wenn das noch einmal vorkommt, fliegen Sie raus! Und zwar fristlos!«

Interessant. So kannte ich Erich gar nicht. Was war denn mit ihm los? Sonst sprach er nie mehr als vier Sätze hintereinander. Der Regen ließ ein wenig nach.

»Schscht! Sie kann dich doch hören!«

»Na und?«

Mickie kurbelte das Fenster herunter. Wie peinlich. Bestimmt hatte sie jedes Wort gehört. Sie sagte zu mir: »Wollen Sie nicht wieder einsteigen? Sie sind doch schon ganz naß!«

»Kein Problem. Und wir müssen doch Ihre Koffer beschirmen!« Erleichtert sah ich, daß sie aufgehört hatte, zu weinen. Ich lächelte ihr aufmunternd zu.

»Ach lassen Sie doch die Koffer«, sagte Mickie lässig. »Das ist eine veraltete Kollektion. Ich wollte sie ohnehin meiner

Haushälterin schenken und für meine Hochzeitsreise neue kaufen.« Erich warf mir einen rechthaberischen Blick zu. Da siehst du, was für ein arrogantes und verwöhntes Miststück das ist! Ich ignorierte ihn und sah Mickie besorgt an.

Als sie von ihrer Hochzeitsreise sprach, zitterten ihre Mundwinkel. Ich stellte mich schon einmal darauf ein, wieder Klopapier für sie zurechtzuzupfen und sagte schnell: »Wir haben Ihnen ein Taxi bestellt. Das wird Sie zum Flughafen fahren.«

Ich verstand noch immer nicht, warum der Taxifahrer hier vorbeigefahren war. Hatte er versucht, sie übers Ohr zu hauen? Aber als vielgereiste Hamburgerin mußte sie den richtigen Weg zum Flughafen doch eigentlich kennen. Ich wollte sie fragen, was genau geschehen war, doch Mickie ließ mich gar nicht zu Wort kommen. Als sie das Wort »Taxi« hörte, verzog sie das Gesicht, stemmte ihre Hände in die Hüften und rief: »Ich *weigere* mich, noch einmal in ein Taxi einzusteigen! Ich werde in meinem *ganzen* Leben *nie* wieder Taxi fahren! Ich fahre auch sonst nur Taxi, wenn es gar nicht anders geht! Was glauben Sie, wie ich mich vor diesen Sitzen ekle! Was da schon alles gesessen hat! Und jetzt dieses Desaster! Ich steige in kein Taxi mehr ein! Lieber gehe ich zu Fuß!«

Ein Fußmarsch auf diesen Sling-Pumps? Da käme sie wohl erst am Flughafen-Terminal an, wenn die Sonne längst zu einem roten Zwergstern geschrumpft war.

Sie runzelte die Stirn. »Wo sind wir hier überhaupt?«

Erich sagte: »Da kommt das Taxi.«

Aus dem Auto tönte *That don't impress me much!* von Shania Twain. Die Taxifahrerin hielt direkt neben uns, drehte die Musik im Auto leiser, stieg aus und sagte: »Moin, moin! Das ist ja eine schöne Bescherung hier! Ich lade die Koffer gleich mal ein!« Sie griff nach dem Kleidersack.

Mickie schaute sie an, als wäre sie eine verurteilte Hexe und die Taxifahrerin ihr ganz persönlicher Folterknecht.

Sie rief: »Lassen Sie mein Gepäck liegen! Unterstehen Sie sich, meine Garderobe anzurühren!«

Die Taxifahrerin hielt verblüfft inne und drehte sich zu uns um. »Was ist denn jetzt los?«

Erich zuckte die Achseln und sagte: »Sie hören es ja. Mylady wünscht, daß ihr Gepäck bleibt, wo es ist.«

»Wie bitte?« Die Taxifahrerin ließ den Kleidersack wieder sinken. Eigenartig. Hatte sie mich nicht vorhin noch selbst gebeten, ihr einen Wagen zu rufen?

Ich drückte Erich meinen Schirm in die Hand und ging zu Mickie. »Mickie, die Dame wird Sie bestimmt zum Flughafen bringen!«

Mickie verschränkte ihre Arme. »Nein. Ich fahre nie mehr Taxi, das können Sie mir glauben!«

»Aber wir können Sie nicht zum Flughafen fahren.« Ich sah Erich hilfesuchend an, aber der verzog keine Miene und verschränkte ebenfalls die Arme. Sollte ich doch sehen, wie ich mit der Situation klarkam. Wer hatte denn anhalten wollen? Er oder ich?

Ich versuchte es noch einmal. »Mickie. Wir würden Sie gerne zum Flughafen fahren, aber Sie sehen doch, daß unser Auto schon voll ist bis obenhin. Selbst wenn wir Ihre Koffer noch hineinbringen, paßt mein Freund nicht mehr ins Auto.«

»Oder du!« sagte Erich.

»Oder ich!« sagte ich genervt. »Sehen Sie, das ist wirklich eine absolut zuverlässige Taxifahrerin!«

Doch Mickie sah mich an wie ein schwarzer Panther, den ein ungezogenes Kind am Schwanz gezogen hatte. »Ich ändere meine Entschlüsse nie! Ich bin eine Frau in den besten Jahren und eine direkte Nachfahrin der russischen Zarenfamilie!« Sie hielt mir einen Siegelring mit Wappen vor die Nase. »Hier, bitte.«

Erich lachte spöttisch. Sie nickte noch einmal nachdrücklich und kurbelte einfach die Scheibe hoch. Ich war sprachlos.

Die Taxifahrerin lachte. »Also, was is nu? Will sie zum Flughafen oder will sie nicht?«

»Sie will, aber nicht im Taxi«, antwortete ich.

»Wie denn sonst? Wollen Sie den ganzen Kram etwa in Ihr Auto einladen?« Sie warf dem Nissan einen abschätzigen Blick zu. »Dann bricht die Karre aber zusammen.« Erich sah sie erbost an.

»Ich kann auch nur die Koffer und Sie fahren, und Ihr Freund folgt mir mit der Dame.« Ich öffnete die Wagentür und schlug Mickie diese Lösung vor.

Sie antwortete störrisch: »Die Koffer bleiben hier!«

»Also gut«, sagte die Taxifahrerin. Sie legte den Kleidersack vorsichtig auf einen Koffer. »Ich muß leider trotzdem fünfzehn Mark verlangen. Wegen der Anfahrt. Leider finde ich hier auch keinen anderen Fahrgast.«

Ich kramte nach meinem Geldbeutel. Mickie reagierte überhaupt nicht, sondern nahm sich noch ein Gummibärchen aus der Tüte und betrachtete es so eingehend, als handle es sich um einen echten Warhol. Ich gab der Taxifahrerin zwanzig Mark. Sie strahlte mich an und ein paar Augenblicke später war sie auch schon wieder weg. Erich schwieg mißbilligend.

Ich murmelte: »Na ja, tatsächlich habe ich das Taxi gerufen.«

Erich zischte: »Wenn du glaubst, daß sie dir die Kosten erstattet, dann täuschst du dich. Für diese Misses Weltfremd sind zwanzig Mark nämlich gar nichts. Ein Klacks und nicht mehr als für uns zwei Pfennige. Und du wirst doch nicht so kleinlich sein und zwei Pfennige von ihr zurückverlangen?«

So etwas Ähnliches hatte ich auch schon gedacht. Aber das würde ich Erich bestimmt nicht verraten.

Mickie meldete sich wieder zu Wort. »Sie brauchen nicht zu glauben, daß ich nicht weiß, was das Geld wert ist! Ich weiß sehr wohl, wieviel ein Päckchen Butter kostet! Sie bekommen Ihre Auslagen selbstverständlich von mir erstattet. Ich habe nur leider kein Bargeld bei mir. Bloß Kreditkarten.«

Sie lachte triumphierend. »Deshalb mußte dieser dubiose Taxifahrer auch ohne Lohn wieder abziehen, nachdem er mich aus dem Auto geworfen hatte. Dieser unverschämte Mensch wollte meine Karte nicht akzeptieren. Und dann trat er auch noch gegen meinen Koffer! Aber ich werde mich über ihn beschweren und dafür sorgen, daß er seine Lizenz verliert!« Sie biß einem Gummibärchen den Kopf ab.

Erich gab mir auch den anderen Schirm und nahm einen der Koffer. Er klappte den Fahrersitz nach vorn und schob den Koffer auf die Rückbank. So machte er es mit Mickies ganzem Gepäck. Den Koffer, den der Taxifahrer in die Pfütze getreten hatte, wischte er vorher sorgfältig mit meiner alten Unterhose ab. Ich staunte. Nach ein paar Minuten hatte er alles irgendwie verstaut. Erich sagte entschlossen zu Mickie: »Wir bringen Sie jetzt zum Flughafen.«

Ich quetschte mich hinter den Fahrersitz und hatte ungefähr soviel Beinfreiheit wie auf dem Notsitz eines Porsche.

Ein paar Minuten später waren wir auf der Köhlbrandbrücke. Es roch nach Teer und Kaffee. Ich genoß den herrlichen Blick auf die Elbe.

Als wir uns auf dem höchsten Punkt der Brücke befanden, kurbelte Mickie die Scheibe herunter und schleuderte ihr Handy über die Brüstung. Es machte einen weiten Bogen und verschwand. Sie klatschte in die Hände und rief: »Jetzt soll er mal sehen, wie er mich findet! This person is temporarily not available. Oder, noch besser: Dieser Teilnehmer ist uns nicht bekannt!«

Sie lachte, als hätte sie eben die wichtigste Prüfung ihres Lebens vermasselt. Verzweifelt und doch befreit. Sie hatte ein sehr angenehmes Lachen. Tief und aus dem Bauch heraus.

Erich sagte nichts, aber ich wußte, daß er sich ärgerte. Mickies Handy war gewiß nicht gerade billig gewesen. Bevor sie es einfach in die Elbe warf, hätte sie es besser verkauft und das Geld Menschen in Not gespendet.

Mir gefiel Mickies Wurf. Ihr Sinn für dramatische Gesten. Wahrscheinlich kannte sie gar keine andere Möglichkeit, um mit ihrem Schmerz und ihrer Wut fertig zu werden. Ich konnte mir gut vorstellen, wie sie ihre Koffer genommen und gerufen hatte: »Ich gehe, und zwar für immer!«

Bestimmt hatte ihr die Haushälterin geholfen, die Koffer aus ihrem Ankleidezimmer über eine lichtdurchflutete Freitreppe zu tragen. Aber warum hatte sie den Kerl eigentlich nicht mit ihrem eigenen Auto verlassen?

Hatten »Elder und sein Flittchen« ihr etwa die Autoschlüssel weggenommen? Oder hatte eine bösartige künftige Schwiegermutter sie versteckt?

»Ich fahre durch den Elbtunnel. Wenn wir Glück haben, ist dort kein Stau und wir sind in einer halben Stunde am Flughafen«, sagte Erich.

Mickie drehte sich zu mir um. »Wohin fliegen Sie denn in die Ferien?«

Sie zeigte ein höchst professionelles Small-Talk-Lächeln.

Erich sagte: »Wir fliegen überhaupt nicht, weil meine Freundin sich einbildet, unter Flugangst zu leiden. Wir wollten heute eigentlich mit dem Auto nach Italien fahren.«

»Ach tatsächlich? Sie Ärmste!« Mickie sah mich mitfühlend an. »Mein Mann mußte immer einen Anzug zum Wechseln mitnehmen, sogar auf unserer Hochzeitsreise. Er war sofort in Schweiß gebadet, sobald das Flugzeug abhob.«

Sie lachte verächtlich. Ob das wohl der Mann war, der ihr das »Leben zur Hölle gemacht hatte« und dann an einem Herzinfarkt gestorben war? Egal. Es klang jedenfalls nicht so, als wäre sie besonders gut auf ihn zu sprechen.

Erich wiederholte stur: »URSPRÜNGLICH wollten wir heute nach Italien fahren.«

Mickie tat so, als hätte sie ihn gar nicht gehört. Geschickt vermied sie bedrohliche Gesprächsklippen. Selbst wenn sie jemand auf einer feinen Gesellschaft als »impertinente, blöde Kuh« beschimpft hätte, würde sie keineswegs die Fassung verlieren, sondern einfach weiterplaudern, als wäre nichts geschehen, um einen Eklat zu vermeiden.

Sie fragte mich: »Fahren Sie in die Toskana?«

»Wir fahren nach Venedig.«

Sie verrenkte sich fast und strahlte mich an. Ihr Mund hatte eine beachtliche Spannweite. Ich glaube, sie hätte mühelos eine ganze Honigmelone in ihrer Mundhöhle verstekken können.

»Nach Venedig! Bellissimo! Ich habe mich dort mit meinem ersten Mann verlobt. Im Café Florian, auf dem Markusplatz! Oh, *das* war toll! Ich werde es nie vergessen! Das Orchester spielte das Largo von Händel, und beim ›ombre ma fui‹ streifte er mir den Ring über meinen Finger.«

Ich hatte keine Ahnung, wovon sie sprach, aber ich nickte. Ich war das letzte Mal als Kind mit meinem Patenonkel in der Oper gewesen. In Hänsel und Gretel. Ich habe mich nie wieder so gründlich gelangweilt wie damals.

Sie sah nach draußen und seufzte melancholisch. »Das waren die sorglosesten Tage meines Lebens.«

Erich lächelte spöttisch. Ich konnte förmlich hören, was er dachte. »Wann bitte hattest du in deinem bornierten Bonzenleben schon einmal echte Sorgen? Das Schlimmste was dir zustoßen kann ist doch, daß dir auf einer Party jemand versehentlich Champagner in den Ausschnitt kippt!«

Phantastisch. Mickie hatte sich auf der Piazza San Marco verlobt und schon zwei Männer verschlissen! Bestimmt war sie eine geborene Baronin, verwitwete Gräfin von Höhenstayn und künftige, aber leider betrogene Prinzessin zu Schleswig-Holstein! Hoffentlich blieben wir im Elbtunnel im Stau stecken. Ich wollte unbedingt ihre Lebensgeschichte hören. Ich hatte es überhaupt nicht mehr eilig, nach Italien zu kommen. Was sollte ich auf Campingplätzen, wo mein Parzellen-Nachbar täglich sein Wohnwagenvorzelt schrubbte? Hier saß die große Welt auf Erichs verschlissenen Kunststoffbezügen. Das verwickelte und spannende Leben einer mondänen Frau aus allerersten Kreisen. Live, aus erster Hand!

Ich überlegte, wie ich sie ermuntern konnte, über ihr Unglück zu sprechen. Selbst ohne Stau brauchten wir zum Flughafen eine halbe Stunde. Bestimmt tat es ihr gut, sich einmal richtig auszusprechen.

Sie klappte die Sonnenblende herunter und kramte in ihrer Handtasche nach einem Lippenstift. Sie betrachtete wohl eine halbe Minute lang kritisch ihr Spiegelbild und klappte die Blende dann resigniert wieder hoch, ohne sich zu schminken. Ich wollte ihr sagen, daß sie attraktiv war, apart und faszinierend, eben weil sie kein junges Mädchen mehr war, sondern eine Frau, die wirklich Klasse hatte. Aber ich ließ es lieber bleiben. Am Ende verstand sie mich falsch und fing wieder an zu heulen.

Ich riskierte nur ungern, daß Erich uns mitten im Elbtunnel aus dem Auto warf. Er war ziemlich schlechtgelaunt. In so mieser Stimmung hatte ich ihn zuletzt erlebt, als Daisy, der Dackel von Bärbel, auf seinen Fernsehsessel gepinkelt hatte.

Ich sagte: »Ihr Lippenstift steht Ihnen wirklich ausgezeichnet!«

Mickies Augen glänzten wie frischversiegelter Parkett. Sie rief: »Ja?!« straffte ihre Schultern und sagte: »Ich bin vielleicht keine Zwanzig mehr, aber ich habe im Gegensatz zu gewissen Frauen Stil und Geschmack. Ich kenne viele Frauen, die sich im Alter verbessert haben.«

Ich setzte mich auf. Jetzt würde sie erzählen, was ihr zugestoßen war. Ihr Verlobter hatte sie bestimmt betrogen. Ich lächelte grimmig und betrachtete Erich. Die Männer waren doch alle gleich. Egal ob arm oder reich. Eigentlich konnte ich mich noch glücklich schätzen. Mickie war bestimmt dreißig Jahre älter als ich und war sicher nicht das erste Mal betrogen worden. Wie viele Enttäuschungen sie in ihrem Leben wohl schon durchgemacht hatte?

»Dieses triebgesteuerte Schwein! Dieser gottverdammte Riemkopp!*« stieß Mickie auf einmal hervor. Erich sah sie entsetzt an. Ich frohlockte innerlich, machte ein bekümmertes Gesicht, und endlich erzählte sie, was passiert war.

Es war denkbar banal. Sie hatte ihren Bräutigam Elder auf dem Küchentisch erwischt. Mit »dieser Person«, einer »blutjungen Galeristin«. Mickie hatte die beiden in flagranti erwischt, in einer »unvorstellbaren Stellung«.

»Entsetzlich!« flüsterte ich und schwieg betroffen. Dann fragte ich leise: »In welcher Stellung denn?«

Mickie schluchzte auf. »Fragen Sie nicht! Es war einfach beschämend! Ekelhaft!« Sie schneuzte sich, beugte sich so weit wie möglich nach hinten und flüsterte: »Von hinten.«

* *Plattdeutsch für einen Mann mit ausgeprägtem Paarungstrieb.*

Erich warf ihr einen Blick zu.

Ich flüsterte: »Doggy-style. Wie außerordentlich geschmacklos.«

»Wie bitte?« fragte Mickie und schniefte.

»Diese Stellung heißt Doggy-style.« Ich überlegte, was Ursula und Erich wohl miteinander angestellt hatten. Ich hätte ihn fragen können, aber ich dachte gar nicht daran.

»Es ist mir vollkommen egal, wie das heißt. Auf alle Fälle ist so etwas unerhört und wirklich ungehörig und so ... so ...« Sie suchte nach einem Wort. »So unglaublich vulgär!« Der Satz klang wie eine Fanfare. »In meinem ganzen Leben hätte kein Mann gewagt, mich um so etwas zu bitten! Sagen Sie selbst! Das ist doch wirklich würdelos!«

»Aber sicher.« Ich war zwar anderer Meinung, aber ich wollte Mickie nicht enttäuschen, während sie sich ihren Kummer von der Seele sprach. Erich drehte den Verkehrsfunk an. Der Elbtunnel Richtung Flughafen war dicht. Drei Kilometer Stau.

Sehr gut! dachte ich. Genug Zeit für ihre Lebensgeschichte!

Mickie rief: »Um Gottes willen, jetzt geraten Sie in diesen Stau, nur wegen mir!«

Ich wiegelte ab. »Das ist doch nicht so schlimm! Wir haben zwei Wochen frei. Die Stunde hin oder her ...«

»Nein!« rief Mickie. »Das kommt überhaupt nicht in Frage! Wie wäre es, wenn Sie gleich nach Süden fahren? Wissen Sie, ich habe nachgedacht. Ich will gar nicht mehr zum Flughafen.«

»Wie?« rief ich überrascht. »Wollen Sie etwa wieder nach Hause zurück?«

Mickie schnaubte entrüstet. »Auf gar keinen Fall! Ich habe eine viel bessere Idee. Eine sehr gute Freundin von mir wohnt in Bayern. Wenn Sie heute noch so weit fahren möchten, könnten Sie mich bei ihr absetzen und selbstverständlich auch dort schlafen!« Sie drehte sich zu mir um. »Etti hat auf ihrem Anwesen sechs sehr hübsche Gästezimmer. Und sie freut sich immer so, wenn sie jemanden verwöhnen kann. Eine wunderbare Gastgeberin. Und auch ihr Mann ist eine Seele von Mensch.« Mickie seufzte traurig. »Sie sind seit achtzehn Jahren verheiratet und so glücklich.« Sie hielt sich an der Kopfstütze fest und versuchte einen Blick auf meine Beine zu erhaschen. »Drückt Sie das Gepäck, Sie Ärmste?«

Ein privates Anwesen mit sechs Gästezimmern! Das mußte ja ein Schloß sein! Etwas Schöneres konnte ich mir gar nicht vorstellen. Natürlich fuhren wir sie zu ihrer Freundin! Selbstverständlich halfen wir einer Frau, der das Schicksal so grob ins Gesicht geschlagen hatte. Gerade jetzt, als sie geglaubt hatte, noch einmal einen Menschen gefunden zu haben, den sie lieben und dem sie vertrauen konnte.

Ich sagte: »Ich sitze hier wunderbar, sehr bequem, wirklich! Von mir aus könnten wir heute noch bis Sizilien fahren! Oder, Erich?«

»Ist das dein Ernst?« Ich nickte wie ein Wackeldackel. Die Abzweigung kam in Sicht.

Erich sagte: »Also gut. Nach Süden oder nach Norden?« Mickie und ich riefen im Chor: »Nach Süden!«

Ich versuchte verstohlen, meinen Beinen einen Quadratzentimeter mehr Platz zu verschaffen, doch Mickies Koffer schmiegten sich an mich wie achteckige Kätzchen.

»Hmmm, das tut gut!« sagte Mickie. Sie hatte ihre Schuhe ausgezogen. Es knackte, als sie ihre Zehen ausstreckte.

Erich fuhr auf die A 7. Mickie kramte in ihrer Handtasche. Von ihrem Gegenwert hätten wir bestimmt zwei Wochen nach Kuba fliegen können. Und zwar »all inklusive«. Sie nahm ein silbernes Zigarettenetui heraus und fragte Erich: »Darf ich rauchen?« Sie glaubte wohl, er wäre der Wagenbesitzer.

Erich nörgelte: »Wenn es unbedingt sein muß und Sie das Fenster einen Spalt öffnen.«

Mickie wandte sich zu mir um. »Mögen Sie eine?«

Ich sah Erichs mißbilligenden Blick. »Nur eine, Liebling«, sagte ich. Ich griff in das Etui und stutzte. Unter den Zigaretten lag ein Foto, das einen jungen Mann mit Modell-Qualitäten zeigte. Ich lugte neugierig hinein.

»Wer ist denn das, Mickie?«

Mickie lächelte stolz. »Der ist *toll*, nicht?« Sie wischte sich eine letzte Träne aus den Augen. »Das ist Alexander. Mein Sohn, ein Baron«, hauchte sie, nahm das Bild vorsichtig heraus und gab es mir.

»Gefällt er Ihnen?«

Ich sah mir das Foto an. Die Aufnahme war kein Schnappschuß, sondern in einem Profistudio gemacht worden. Doch dieser Mann hätte mir auch auf einem Polaroid gefallen, das ein Betrunkener um vier Uhr früh in einer katalanischen Bahnhofstoilette gemacht hatte.

Alexander saß ganz leger auf dem Studioboden, barfuß, ein Bein angewinkelt. Er trug einen lichtgrauen Hosenanzug ohne Krawatte, das Hemd etwas aufgeknöpft. Er hatte von Mickie die dunkelgrünen Augen geerbt und ihr schwarzes Haar. Am besten gefiel mir eine feine Ader, die sich auf seiner Stirn abzeichnete und bestimmt verstärkte, wenn er sich stark konzentrierte. Er wirkte sehr selbstbewußt, aber weder eitel noch arrogant.

Er war genau mein Fall. Ich hätte das Bild am liebsten gleich behalten. »Ein netter Kerl«, sagte ich betont gleichgültig zu Mickie. Ich warf Erichs roten Haaren einen abschätzigen Blick zu. Er konnte sehr charmant sein, wenn er wollte, aber leider wollte er immer weniger. Ich gab Mickie das Bild zurück.

»Wirklich sehr sympathisch, Ihr Sohn«, sagte ich. »Was macht er denn so?« fragte ich.

Sie klappte das Etui wieder zu und sagte: »Alexander ist Unternehmer.« Unternehmer. Klar. Das paßte. Ein Macher. Kein Kerl, der von neun bis fünf seine Zeit im Büro absaß und dann alle überschüssigen Kräfte auf dem Mountainbike austobte.

»Alexander wird bald die Aktienmehrheit des Unternehmens übernehmen. Es ist der Wunsch von Elders Vater, daß er das Unternehmen leitet, wenn Elder in ein paar Jahren aussteigt. Alexander ist unglaublich begabt.«

»Was für ein Unternehmen ist es denn?«

»Kosmetikbranche«, antwortete Mickie. Für eine Firma mit einem so appetitlichen künftigen Chef hätte ich auch gerne gearbeitet. Ein aufregenderer Boss war mir noch nie untergekommen. Nicht, daß ich viele Vorstandsvorsitzende kannte. Ehrlich gesagt: Ich kannte gar keinen. Ich trieb mich eben in den falschen Kreisen herum. Aber vielleicht würde sich das jetzt ändern? Ich sagte so beiläufig wie möglich: »Und? Haben Sie Ihren Sohn schon unter die Haube gebracht?«

Erich schaute in den Rückspiegel, aber ich ignorierte ihn und sah aus dem Fenster, so als interessiere mich Mickies Antwort keineswegs. Ich hatte nur aus purer Höflichkeit gefragt.

»Alexander ist verlobt. Mit Amelie, der Tochter meiner Freundin Etti. Sie werden Amelie auf Gut Friedensruh kennenlernen. Ein *reizendes* Mädchen! Und sooo begabt!«

Ich zog hastig an meiner Zigarette. Natürlich war er schon vergeben. Was hatte ich denn erwartet? Daß dieser Mann auf eine Krankenschwester und Möchte-gern-Star-Fotografin wartete? Alexander sah aus, als hätte er Humor. Aber er sah nicht so aus, als mache er sich gerne lächerlich.

Mickie sagte zu Erich: »Würde es Ihnen etwas ausmachen, die Aircondition etwas nach oben zu regeln?«

Erich drehte wortlos die Lüftung auf. Mir brach sofort der Schweiß aus, aber ich sagte nichts. Mickie hatte lange genug im Freien gestanden. Hoffentlich hatte sie sich nicht erkältet!

Erich drehte das Radio lauter und jagte den Motor auf hundertvierzig Stundenkilometer hoch. Seine Laune besserte sich. Er war froh, endlich unterwegs zu sein. Das Auto machte einen Höllenlärm. Wie würde Mickie reagieren? Sie war sicher das geräuschlose Gleiten einer Luxuslimousine gewohnt. Doch der Krach schien sie nicht zu stören. Sie summte ein Lied im Radio mit und bewegte ihren Oberkörper zur Musik. Sie wirkte aufgekratzt wie ein Teenager, der das erste Mal ohne Eltern in den Urlaub fährt.

Ich fühlte mich auch prima. Als hätte ich eine Tüte mit Kätzchen gerade noch rechtzeitig aus der Alster gefischt. War es nicht ein schönes Gefühl, einem hilflosen Lebewesen Fürsorge zu schenken, ohne etwas dafür zu erwarten? Auf einmal wollte auch Erich rauchen. Er kramte in seiner Jeansjacke nach Zigaretten. Mickie bot ihm sofort eine an. Er sah nur kurz auf das Bild in dem Etui. Er machte sich bestimmt keine Sorgen, daß ich ihm untreu werden könnte. Natürlich nicht. Er war sich so verdammt sicher. Aber er würde sich noch wundern.

Ich steckte mir die nächste Zigarette an. Die Luft im Auto war inzwischen so klar wie der Vorwende-Himmel über Bitterfeld. Als wir Hannover passierten, war mir ziemlich schlecht, wie immer, wenn ich zuviel rauchte. Das erfrischende Gewitter hatten wir längst hinter uns gelassen. Im

Wagen war es schwül wie in einer Sauna. Ich bat Mickie, ihr Fenster einen Spalt zu öffnen. Sofort war es im Auto so laut wie in einer Flugzeugturbine.

Dann hatte sie Hunger. Sie sagte das nicht. Sie tat so, als wäre Appetit irgendwie unanständig. Seit wir im Auto saßen, hatte sie auch kein einziges Gummibärchen mehr angerührt.

Ich fragte: »Haben Sie auch Hunger, Frau von Höhenstayn?« Es machte mir Spaß, sie mit ihrem Adelstitel anzusprechen. Ob Sie wohl eine Erlaucht war? Oder eine Durchlaucht? Oder sogar wirklich eine leibhaftige Prinzessin? Sie schenkte mir ein strahlendes Lächeln und sagte: »Ach, bitte, nennen Sie mich doch Mickie.«

»Haben Sie auf irgend etwas Appetit, Mickie?«

Sie sagte: »Un petit peu«, und zog ihren Kopf ein, als hätte sie ein obszönes Wort ausgesprochen. Erich seufzte.

Mickie hatte also »ein klein wenig« Appetit. Das bedeutete wahrscheinlich, daß sie hungrig war wie ein Wolf. Ich überlegte, wo Erich den Reiseproviant hingepackt hatte. Ich hatte die Brötchen zwar zubereiten, aber nicht einpacken dürfen. Weil ich angeblich immer Saftflaschen und Dosen achtlos auf die Tomaten und Eier werfe. Meinen Rucksack hatte ich allerdings selbst gepackt. Wir hatten vor der Reise auch ausgemacht, daß ich auf meiner Seite des Zeltes machen durfte, was ich wollte. Ich war gespannt, ob es dabei blieb. Erich konnte doch sicher nicht einschlafen, wenn ich meine Spitzen-Unterwäsche nicht so sorgfältig faltete wie einen Bittbrief an den Bundespräsidenten.

»Wo ist denn die Brötchentüte, Erich?«

»Mußt du schon wieder essen? Wir sind doch gerade erst losgefahren!« Mickie blinzelte verlegen.

Ich sagte ungerührt: »Eine Kleinigkeit könnten wir schon vertragen, oder, Mickie?«

Sie hob unschlüssig ihre Schultern. Warum so bescheiden? Sie hatte doch sicher nicht nur eine Haushälterin, sondern sogar einen Koch, der ausschließlich für sie dünstete, pochierte und filetierte, wenn sie nur einmal mit den Fingern schnippte.

Erich sagte: »An die Brötchen kommst du so nicht ran, dazu müssen wir anhalten. Ich muß sowieso bald tanken. Solange wirst du es doch wohl noch aushalten, oder?«

»Aber Mickie hat Hunger!«

»Nein, nein, nein, machen Sie bitte keine Umstände!«

Erich verließ trotzdem an der Raststätte Hasselberg die Autobahn. Wir parkten vor einem grauen Klotz mit Gartenterrasse und orangen Sonnenschirmen. Ich streckte erleichtert meine Beine aus und sagte zu Mickie: »Wollen Sie Ihre Freundin anrufen und ihr sagen, daß wir kommen?«

»Wie denn? Ich habe doch kein Handy mehr!« War sie nicht niedlich? Ob sie überhaupt schon einmal eine Telefonzelle benutzt hatte? Mickie sagte: »Ich will Etti auch lieber überraschen. Wir können jederzeit zu ihr kommen, auch spät nachts. Etti liebt spontane Besuche.«

Wir gingen in die Raststätte. Erich war es auf einmal egal, daß wir auch eine Thermoskanne dabei hatten. »Der Kaffee geht auf unsere Luxuskasse!« sagte er generös. Mickie sah mich fragend an. Ich erklärte ihr, daß wir in unserem Reisebudget tausend Mark für Sonderausgaben hatten. Als »Luxuskasse« eben. Sie lächelte verständnislos und sagte: »Was für eine nette Idee.« Erich ging in den Raum für die Selbstbedienung. Über der Theke waren Gerichte wie Brathühnchen mit Pommes und Currywurst auf Leuchttafeln abgebildet.

»Eine Currywurst kostet hier nur eine Mark weniger als ein Hähnchen. Zehn Mark für eine Currywurst!« schimpfte Erich empört.

Ich sagte: »Du brauchst ja keine zu essen.« Mickie starrte auf die Leuchttafeln. Erst dachte ich, sie ekle sich. Aber dann bemerkte ich, daß sie völlig versunken die Abbildungen der Würste und anderer Raststätten-Delikatessen betrachtete, als hinge dort oben ein echter van Gogh neben einem Picasso und Gauguin.

Ihre Augen funkelten wie Brillanten. Sie bemerkte meinen Blick, lächelte verlegen und sagte: »Das sind ja Kinderessen. Pommes frites und Schnitzel!«

Ich nahm ein Tablett vom Stapel. Es war mir ein wenig peinlich, sie hierhergelockt zu haben. Wir hätten in einen schönen Landgasthof einkehren sollen. Mickie verkehrte sicher in ganz anderen Lokalen. Ich sagte zu ihr: »Ich nehme das Hähnchen mit Pommes und Ketchup.«

Mickie nickte eifrig: »Eine ausgezeichnete Idee! Hähnchen mit Pommes!« Sie sagte das in einem Tonfall, als handle es sich um eine erlesene Antiquität und griff rasch nach einem Tablett. Ich bestellte zwei Portionen.

»Oh, das macht Spaß!« rief Mickie auf einmal laut. Fast alle Leute im Imbiß drehten sich nach ihr um. Aber das störte sie überhaupt nicht. Mickie lächelte leutselig und sagte zu Erich: »Ich liebe das einfache Leben! Der Mensch braucht so wenig, um glücklich zu sein, nicht wahr? Ein Stückchen Brot, etwas Käse und Wein, ein warmes Nachtlager ...«

Erich runzelte seine Stirn und bestellte sich ein Wiener Schnitzel. Mickie schaute interessiert in die Vitrine, als handle es sich um die Schaufenster von Cartier und sie lud sich genau das gleiche auf den Teller wie ich: Ein Stück Schokoladenkuchen und ein Schinken-Käse-Sandwich. Ich zapfte uns beiden eine große Tasse Kakao mit Sahne.

»Möchten Sie einen Salat?« Mickie schüttelte den Kopf und fragte die Frau an der Kasse: »Kann ich hier mit Kreditkarte bezahlen?«

Die Kassiererin sagte streng: »Nein. Das geht nicht.«

Mickie blinzelte erschrocken. Ich bezahlte für sie mit. Sie bedankte sich überschwenglich und sagte: »Ich mache das bei der ersten Gelegenheit wieder gut!« Dann fragte sie die Kassiererin besorgt: »Kindchen, und was ist mit unseren Hähnchen, bitte?«

»Werden aufgerufen, wenn sie fertig sind!« fuhr sie Mickie an und brüllte: »Der nächste bitte!« Eine Köchin knallte die Teller auf die Theke und schrie: »Zwei Hähnchen!« Micke strahlte, nahm ihren Teller und steuerte auf Erich zu, der schon draußen auf der Terrasse saß.

Eine entnervte Mutter zerrte ihre quengelnde Tochter von der Eistruhe weg und musterte Mickie verächtlich. Ich stellte mein Tablett ab und ging auf die Toilette, um mir die Hände zu waschen. Als ich wiederkam, hatte Mickie noch immer nicht zu essen begonnen.

»Ich hoffe, Sie sind noch nicht müde?« fragte sie Erich.

Er schüttelte den Kopf. »Später fährt Charlotte. Sie ist die Nachteule von uns beiden.«

Mickie löffelte rasch die Sahne von ihrem Kakao und sagte: »Oh, das bin ich auch! Wenn ich zu früh am Morgen aufstehe, bekomme ich Kreislaufprobleme. Meine Fitneßtrainerin kann machen, was sie will: Es wird einfach nicht besser. Vor elf Uhr vormittags befinde ich mich meist in einem Zustand, der einer Ohnmacht gleicht!«

Ich nahm mein Besteck, um das Hähnchen anzuschneiden. Erich grinste und sagte: »Nanu? Seit wann ißt du Hähnchen mit Messer und Gabel?« Mickie brach mit der Hand einen Schenkel ab. Sie aß sehr schnell, fast gierig. Sie sagte kein Wort, bis sie alles bis auf das Gerippe abgenagt hatte. Sie aß, als wäre es seit Wochen ihre erste warme Mahlzeit. Als sie fertig war, fragte sie mich, wo die Toiletten sind.

»Ich werde mich rasch umziehen. Dieses Kleid ist so

fürchterlich unpraktisch. Könnte ich bitte Ihren Autoschlüssel haben, Erich?«

»Kommen Sie denn an Ihre Koffer?« fragte Erich und zögerte. Ich verdrehte innerlich die Augen. Glaubte er vielleicht, eine waschechte Gräfin würde mit seiner alten Karre abhauen?

Ich fragte: »Soll ich Ihnen helfen?«

Mickie antwortete hastig: »Nein. Bitte bleiben Sie sitzen, Charlotte.« Sie ging mit dem Schlüssel und einem eindrucksvollen Hüftschwung zum Ausgang. Erich sah ihr kopfschüttelnd nach. Ich war blendend gelaunt. Ich freute mich auf das Schlößchen in Bayern. Ich hasse Camping. Allein schon diese nervtötenden nächtlichen Reißverschluß-Serenaden von den anderen Zelten und Schlafsäcken. Raaaatsch! Riiiiitsch! Raaaaatsch!

Wir sahen zu, wie die Familienväter an der Tankstelle ihr Auto auftankten, während ihre Frauen die Kinder in Schach hielten. »Sehr romantisch, so eine Familie«, sagte Erich spöttisch.

»Wieso? Wäre doch nett, wenn wir auch eine Familie wären und mit unserer Kleinen ans Meer fahren würden.«

»Ausgesprochen nett. Von Lüneburg bis Kassel muß sie aufs Klo, hinter Fulda will sie ein Eis, bei Würzburg schmiert sie die Sitze damit voll und auf der Großglockner-Hochalpenstraße kotzt sie den Rest wieder raus.«

Erich mochte keine Kinder. Jedenfalls tat er immer so. Nur weil seine Mutter ihn allein großziehen mußte. »Das war schlimmer als Kriegsberichterstatterin im Gazastreifen zu sein!« jammerte sie immer, wenn wir bei ihr zu Besuch waren. Dabei wollte sie, eine Doktorin der Philosophie und Dozentin an der Hamburger Uni, nur nicht, daß ich ihren Erich schwängerte. Nach dem Motto: etwas Besseres als eine Krankenschwester fand ihr Musterknabe allemal!

Ich wollte Kinder haben, und zwar bald. Erich war schließlich auch schon über dreißig. Wir gingen zum Auto zurück. Inzwischen war es dunkel geworden. Von Mickie weit und breit nichts zu sehen. Erich lehnte sich an den Kotflügel, zündete sich eine Zigarette an und sagte: »Weißt du, ich finde es wirklich toll, wie gelassen und souverän du reagiert hast wegen dieser Geschichte ...«

Welche »Geschichte?« Meinte er etwa seine Affäre mit Ursula? Das war keine Geschichte, das war eine Tragödie! Er zog an seiner Zigarette. »Andere Frauen hätten Psychoterror gemacht, die ganze Palette von A bis Z, aber du ...« Täuschte ich mich, oder war da etwas Melancholie in seiner Stimme? Im Grunde traf es ihn doch, daß ich mich scheinbar nicht aufregte.

Ich sagte: »Schon gut. Sag mal, kann ich deine Telefonkarte haben? Ich habe vergessen, meine Mutter anzurufen. Ich habe ihr versprochen, Bescheid zu sagen, wenn wir losfahren.«

Er kramte in seiner abgeschabten Geldbörse und gab mir die Karte. Es waren noch sechsundvierzig Mark darauf. Ich lächelte rachsüchtig und wählte die Nummer von Frau Dipl. Ursula Schützendübel. Sie nahm ab. Ich konnte mein Glück kaum fassen. Gestern hatte ich zum sechstenmal nur wieder ihren Anrufbeantworter erwischt.

»Hallo, hier Ursula Schützendübel.« Ihre Stimme klang sahnig und verständnisvoll. Ganz die Psychologin.

»Hat es Euch Spaß gemacht? Wie hast du es denn am liebsten?«

Erich winkte mir lächelnd zu. Ich winkte lächelnd zurück.

Die Tonlage ihrer Stimme veränderte sich sofort. »Charlotte! Ich sage es dir jetzt zum letzten Mal: Hör bitte auf, mich anzurufen! Ich hatte einmal etwas mit Erich, es tut mir leid, und das sollte eigentlich genügen.«

Ich warf Erich eine Kußhand zu. »Wie lange hattet Ihr denn Spaß miteinander? Wie oft bist du gekommen? Kommst du denn überhaupt zum Orgasmus?«

»Charlotte!« Sie senkte ihre Stimme. »Was soll das?« Das fragte sie mich? Wer war hier die Psychologin? Sie oder ich?

»War er denn gut? So richtig leidenschaftlich und wild? Hat er dir am Ohr geknabbert? Das tut er besonders gern.«

»Ich werde jetzt auflegen. Wenn du noch einmal anrufst, muß ich die Konsequenzen ziehen.« Welche Konsequenzen? Wollte sie ihr Telefon abmelden oder was?

»Und bist du danach gleich ins Bad gelaufen? Hoffentlich nicht, das mag Erich nämlich gar nicht so gern. Davon bekommt er Erektionsstörungen, mußt du wissen.«

Ursula schwieg. Ich frohlockte. Wenn sie sich gleich anschließend geduscht hatte, gab es bestimmt kein zweites Mal. Erich verlor wirklich die Lust, wenn eine sofort ins Bad rannte. Seine erste große Liebe war jedesmal nach dem Sex wie eine flüchtige Bankräuberin ins Bad gerannt, um eine halbe Stunde zu duschen. Seitdem reagierte er darauf absolut allergisch. Das allerdings hatte Ursula nicht wissen können. So etwas lernte man nicht auf der Uni.

Ich kicherte schadenfroh. Hoffentlich grübelte sie jetzt die ganze Nacht, wie viele Minuten nach dem Sex sie zum Duschen gegangen war.

»Hallo, Uschi, was ist? Hat es dir die Sprache verschlagen? Gibt's ja nicht!«

»Hör mal ...«

Ausgezeichnet. Allmählich machte ich sie mürbe. Wie gut, daß Erich kein Handy hatte und nicht ahnte, was ich mit seiner Ursula anstellte.

»Hallo? Charlotte?«

Ich rief fröhlich: »Tschü-üß Uschi, bis ba-ald!« und legte auf. Das Gespräch hatte Erich leider nur fünfzehn Mark zwanzig gekostet. Ich öffnete die Kabinentür und sah über den Parkplatz. Neben den Toiletten stand eine Frau in Jeans, einem dunkelblauen Parka und einer schwarzen Sportkappe und warf Kleider in eine Abfalltonne. Ich ging zu Erich und gab ihm die Telefonkarte zurück.

»Danke. Sag mal, was macht die denn da?« Wir sahen beide zu, wie die Frau bündelweise Kleider aus einem Koffer holte und in die Tonne warf, ohne sie noch einmal eines Blikkes zu würdigen.

Erich sagte trocken: »Ich glaube, das ist deine Frau Gräfin.« Er wischte mit der Hand über die beschlagene Scheibe. »Sie hat ihre Koffer ausgeräumt.«

Ich sah die Frau mit der Kappe genauer an. Es war tatsächlich Mickie. Ihre langen Haare hatte sie unter die Kappe gesteckt.

Erich sagte: »Ich glaube, jetzt dreht sie vollkommen durch. Komm, wir gehen zu ihr rüber.«

Mickie hob einen Koffer hoch und warf ihn in die Tonne. Vor ihr auf dem Asphalt lagen eine Jeans, ein paar weiße T-Shirts, ein schwarzes Jeanshemd, zwei Rollis und diese Ledermokassins mit Noppen an der Ferse.

Warum diese Schuhe an der Ferse Noppen haben, habe ich übrigens nie begriffen. Waren das Stopper? Falls man auf einer Marmorfreitreppe ausrutschte?

Auf einem Bündel, das aussah wie ein schwarzes Kleid, lagen drei zerknautschte Herrenunterhosen. Sie sahen als einzige Kleidungsstücke schon etwas abgetragen aus. Warum schleppte Mickie Männerunterhosen, noch dazu Feinripp mit Eingriff herum? Ein Andenken an ihren treulosen Bräutigam? Oder zog sie die etwa selbst an?

»Mickie, was machen Sie da eigentlich?« fragte ich.

Sie stemmte den zweiten Koffer über den Rand der Mülltonne und keuchte: »Das sehen Sie doch! Ich schaffe Platz!

Aber ich kann meinen Kosmetikkoffer nicht finden! Wissen Sie, wo mein Kosmetikkoffer ist?«

Ich lugte in die Tonne. Erich griff hinein, fischte einen zitronenfaltergelben Blazer heraus und sah auf das Etikett.

»Escada«, sagte er lapidar.

»Waaas?« rief ich und riß Erich den Blazer aus der Hand. Tatsächlich. Ein echter Escada-Blazer. Ich sagte vorwurfsvoll zu Mickie: »Sind Sie denn von allen guten Geistern verlassen? Dieser Blazer ist von ESCADA!« Das gute Stück sah aus, als wäre es noch nie getragen worden. Ich fummelte im Futter nach dem Pflegehinweis. Er war aus Kaschmir, natürlich. Ich stöhnte auf und schrie: »Wissen Sie, was der kostet?«

Mickie antwortete: »Natürlich weiß ich, was der kostet. Ich habe ihn mir schließlich gekauft.«

»Aber so etwas können Sie doch nicht einfach wegwerfen wie eine alte Jeans!«

Erich griff in die Mülltonne und holte die Koffer wieder heraus. Dann stellte er sich auf die Zehenspitzen und zog zwei Kleider aus der Tonne.

»Dior«, sagte er und untersuchte das andere Kleid. »Yves St. Laurent.« Er schwenkte eine Bluse. »Ann Demeulemeester.«

Mickie sagte gereizt: »Ich weiß, was das für Kleider sind! Geben Sie her! Ich brauche sie nicht mehr! Ich werde mich ganz neu einkleiden! Ich fange ein neues Leben an! Hier und heute!« Sie wollte mir den Escada-Blazer wieder wegnehmen, aber ich hielt ihn fest wie ein Bergsteiger das Seil, das ihn vom Abgrund trennt. Mickie zerrte an dem einen Ende, ich an dem anderen.

»Nun geben Sie schon her!« sagte sie. »Diese Fummel nehmen doch nur Platz weg! Jetzt können Sie endlich bequem sitzen!«

Ich rief: »Ich habe genug Platz! Dieser Blazer kommt nicht in den Müll! Nur über meine Leiche!«

Sie ließ den Blazer los und sah mich erstaunt an. »Ja, möchten Sie den etwa anziehen? Ich glaube nicht, daß er Ihnen paßt.«

Ich schlüpfte hinein. Der Stoff fühlte sich herrlich an. Aber natürlich war mir der Blazer zu eng.

Mickie sagte: »Sehen Sie! Was habe ich gesagt?« Wie sollte mir auch der Blazer einer Frau passen, die schlank war wie ein Schatten in der Abendsonne?

Sie monierte: »Und an den Ärmeln ist er Ihnen viel zu lang!«

Erich sagte: »Sie hat recht.«

Ich zickte ihn an: »Was mischt du dich da ein?« Es war mir völlig egal, ob der Blazer paßte oder nicht. Er fühlte sich an wie eine einzige grandiose erogene Zone. Das war ein Escada-Blazer, verdammt!

»Aber vielleicht passen Ihnen meine Pullover?« Sie drückte mir zwei Kaschmirpullover in die Hand. Dann nahm sie den Blazer und die Kleider und warf alles wieder in die Tonne. »Jetzt fühle ich mich endlich frei! Wer sein Leben verändern will, sollte bei der Kleidung anfangen!«

Sie trug jetzt eine dunkle Jeans, die unten bestimmt zwanzig Zentimeter umgeschlagen war. Ich fragte mich, ob ihre Haushälterin vergessen hatte, die Hose in die Änderungsschneiderei zu bringen. Ich hatte noch nicht mitbekommen, daß das gerade wieder trendy war.

Waren bei Mickie ein paar Schrauben locker? Eigentlich wirkte sie ganz normal. Sie lachte mich an, schob ihre Kappe keck in den Nacken und sagte: »Mit der Jeans und ein paar T-Shirts komme ich erst mal hin. Es ist doch gar nicht mehr zeitgemäß, mit soviel Gepäck zu reisen. Ein leichter Anzug, ein paar Sommerkleider, das muß genügen. Meine Freundin

Etti nimmt nie mehr als fünf Kilo Gepäck mit, selbst wenn sie sechs Wochen nach Afrika reist.«

Ich nickte. So sollte man verreisen. In einem sündhaft teuren Hosenanzug, der leicht war wie ein Präservativ, und mit nichts weiter als einer American Express in der Tasche. Von mir aus auch mit ein paar Koffern. Hauptsache, man muß sie nicht selber schleppen. Vielleicht hatte Mickie ihre Garderobe abgewickelt, weil sie Angst hatte, daß sie ihre Koffer bei uns selbst tragen mußte?

Erich sagte: »Gib die Pullover lieber mir, du verknitterst sie ja total.«

»Ach, das macht nichts!« rief Mickie. Sie nahm einen Pulli, knüllte ihn vor meinen Augen zusammen und schüttelte ihn wieder aus. »Den können Sie drei Wochen in ein Einweckglas stecken, und er sieht immer noch aus wie frisch gebügelt. Jil Sander. Höchste Webqualität.«

Ich war beeindruckt. Mickie war doch gar nicht so weltfremd. Erich verstand wieder einmal gar nichts und knurrte: »Und warum, bitte, sollte man einen Pulli drei Wochen in ein Einweckglas stecken?«

Wir gingen zum Wagen zurück. Auf der Rückbank war jetzt wirklich mehr Platz. Sogar mehr als bevor wir Mickie getroffen hatten. Ich setzte mich ans Steuer. Erich döste hinten, und Mickie schlief nach wenigen Minuten ein. Ihr Kopf war zur Seite gefallen, und sie wirkte auf einmal wieder sehr traurig. Nachdem wir etwa zweihundert Kilometer gefahren waren, sagte ich leise zu Erich: »Kannst du mir bitte die Cola geben? In dem blauen Müllsack, auf meinen Klamotten liegt eine Flasche.«

Erich faßte hinter sich und kramte herum. »Hier ist kein Müllsack.«

»Wie? Hast du ihn etwa nicht eingepackt?« Mickie stöhnte leise im Schlaf.

»Klar hab ich ihn eingepackt!« zischte Erich. »Das weiß ich genau! Er war hinter dem Zelt!«

Er suchte noch einmal. »Der Müllsack ist weg.«

Ich rief: »Ach quatsch, das gibt's doch nicht!«

Mickie wachte auf und rieb sich die Augen. »Ist irgend etwas nicht in Ordnung?«

»Nein, alles okay Mickie. Erich, schau doch bitte noch mal genau nach! Vielleicht ist er nur nach hinten gerutscht.«

»Suchen Sie etwas?«

»Ja, meinen Kleidersack.«

Mickie sah mich erschrocken an.

»Ihren Kleidersack? Sie meinen doch nicht etwa den blauen Müllsack?« Sie hielt eine Hand vor den Mund. »Den habe ich weggeworfen. War das falsch? Wollten Sie die alten Sachen etwa noch herschenken?«

Ich nahm den Fuß vom Gaspedal und starrte sie an. Welche »alten Sachen«? Das waren die schönsten Stücke meiner Garderobe! Mein blauer Pulli von Tchibo! Um zwanzig Mark heruntergesetzt! Zwanzig Prozent Kaschmir! Zwei Calvin-Klein-Jeans und drei Jil-Sander-T-Shirts!

Mickie hatte einfach alles weggeworfen! Was sollte ich denn jetzt anziehen? Ich hatte nichts, außer, was ich auf dem Leib trug. Und ihre zwei Kaschmirpullis. Erich prustete los. Ich drehte mich entrüstet um.

»Was ist denn daran so lustig?«

»Das ist doch ideal für dich! Jetzt kannst du dich ganz neu einkleiden! Shop until you drop!«

Mickie sagte zerknirscht: »Die Sachen in dem Müllsack wollten Sie noch tragen?« Ihre Augen waren groß wie Kanaldeckel. Sie legte ihre Hand auf meinen Oberarm.

»Oh, verzeihen Sie bitte! Das tut mir wirklich leid! Waren denn Sachen dabei, an denen Sie sehr hingen?«

»Na ja, es geht. Das Problem ist nur, daß ich jetzt kaum

mehr etwas zum Anziehen habe. Nicht einmal frische Unterwäsche.«

»Oh, da kann ich Ihnen aushelfen! Und morgen gehen wir zusammen in Rottach-Egern einkaufen!«

Mickie strahlte schon wieder. Was konnte es Schöneres geben als ein Einkaufsbummel am Tegernsee? Ich hatte da so meine Bedenken. Ich hatte wenig Lust, in einem bayerischen Dirndl durch Venedig zu laufen.

»Was meinen Sie, Erich? Könnten Sie noch einen Tag opfern, bevor Sie weiterfahren? Am Tegernsee ist es wunderschön!«

»Klar, warum nicht?« antwortete er. Erich kümmerte der Verlust meiner Kleider wenig. Empörend. Ich hatte gar nicht gewußt, daß ihm meine Sachen so wenig gefielen. Hauptsache, seine Ursula trug verführerische Fetzen, was? Mickie kuschelte sich zufrieden in ihren Sitz und war ein paar Minuten später schon wieder eingeschlafen.

Erich sagte leise: »Das hast du jetzt von deiner Sensationsgier.« Er kicherte. »Wirft einfach deine Kleider weg, weil sie meint, sie wären abgetragen. Erstaunt dich das? Nun ja, die Frau Gräfin scheint ihre Garderobe nur ein-, zweimal zu tragen, bevor sie sie für barmherzige Zwecke spendiert.«

Ich flüsterte heftig: »Das heißt erstens nicht Frau Gräfin, du ignoranter Idiot, und es hat nichts, aber auch überhaupt gar nichts mit Sensationsgier zu tun, daß wir sie mitgenommen haben! Sie tat mir leid!«

»Ach, sie tat dir leid? Die Ärmste gibt im Monat mehr Geld aus, als du in zwei Jahren verdienst! Dieses hilflose Getue ist doch nur Masche! So wickelt sie die Leute ein! Dabei ist dieses Biest total berechnend. Hoffnungslos egoistisch, selbstverliebt und eitel!«

Mickie warf den Kopf herum und stöhnte im Schlaf.

»Pscht! Du weckst sie noch auf! Was weißt du denn von

ihren Gefühlen? Glaubst du, nur weil sie Geld hat, leidet sie nicht? Meinst du, ihre Millionen schützen sie vor Kummer? Ja«, flüsterte ich aufgebracht, »wenn es um afrikanische Waisenkinder und deine dämlichen Wale geht, dann hilfst du sofort, und sei es nur mit einem Scheck, den du dann sowieso wieder von der Steuer absetzt! Aber wenn jemand wirklich Hilfe braucht, ein wenig Trost und Anteilnahme, dann hast du nur Häme und Spott übrig. Nur weil Mickie Designerschuhe trägt! Wer ist denn hier oberflächlich? Das sieht doch ein Blinder, daß sie sich niemandem anvertrauen kann. Oder meinst du etwa, sie stand zum Spaß mutterseelenallein am Straßenrand?«

»Oooooh, die Arme!« entgegnete Erich. »Wie tragisch! Wahrscheinlich kann sie mit niemandem reden, weil sonst ganz Hamburg von dem Skandal erfährt, den ihr Verlobter angerichtet hat! Wo ist denn jetzt ihre beste Freundin? Oder all die kultivierten Damen, die sie jede Woche zum Ladieslunch um sich scharrt, für geistreiches Geplapper, hä? Wahrscheinlich ist ihre Psychotherapeutin ausgerechnet jetzt auf einer Beautyfarm in der Karibik. Und läßt sich die Lippen unterspritzen!«

»Wie kannst du nur so boshaft sein! Sie hat ein schwieriges privates Problem. Ein sehr pikantes Problem übrigens. Aber das nur nebenbei. Sie braucht eine ehrliche Freundin. Ein Glück, daß wir sie gefunden haben!«

»Was für ein Glück, daß wir hier nicht auf dem Luxusdeck der Titanic sind, wo Gier und Häme wuchern, sondern im fensterlosen C-Deck, ach, was sage ich, wir sind ja fast schon im Maschinenraum. Eine barmherzige Krankenschwester und ein Tierarzt ohne Engagement haben sich der unglücklichen reichen Gräfin angenommen.«

»Kannst du mir mal sagen, was dein Problem ist? Du bist doch nur neidisch. Warum sollen wir ihr nicht helfen? Vielleicht steht Mickie auf der Sonnenseite des Lebens. Aber nur auf den ersten Blick. Aber du versuchst ja nicht einmal, hinter die Kulissen zu schauen! Vorurteile sind auch viel bequemer! Siehst du denn nicht, wie einsam und verzweifelt sie ist?«

Wie um mein Plädoyer zu bestätigen, ging ein Zittern durch Mickie. Sicher träumte sie von ihrem rücksichtslosen Verlobten. Elders Seitensprung war für sie sicher noch schlimmer als für mich Erichs Ausrutscher. Sie war nicht mehr die jüngste, und liebenswerte Männer gab es in ihren Kreisen sicher auch nicht gerade in rauhen Mengen. Und einen dahergelaufenen Konditor konnte sie auch schlecht heiraten. Welche Frau wollte schon einen Mann, der sie nur wegen ihres Geldes heiratete? Mickie war wirklich nicht zu beneiden. Sie war ein echter Sozialfall.

Es war ein Uhr morgens, als wir endlich am Tegernsee ankamen. Wir fanden Ettis Anwesen nicht sofort. Mickie hatte Schwierigkeiten, sich zu orientieren. Genauer gesagt: sie hatte keine Ahnung, wo Gut Friedensruh überhaupt lag.

»Ich werde sonst immer von Ettis Chauffeur am Flughafen abgeholt«, entschuldigte sie sich.

Wir fuhren jetzt seit einer halben Stunde auf Reserve, und weit und breit gab es keine Tankstelle. Was, wenn wir im finstersten Bayern mit dem Auto liegenblieben? Wer von uns würde mit einem Kanister in der Hand durch die Nacht irren?

Erich schnaubte unwillig im Dreivierteltakt. Mickie preßte ihr Gesicht an die Scheibe und sah nach draußen. »Hier! Das kommt mir bekannt vor! Oder? Nein, ich glaube, doch nicht ...« Wir fuhren noch eine ganze Weile ziellos herum. Weder in Gmund, noch in Rottach-Egern oder Bad Wiessee war irgend jemand auf der Straße, den wir nach dem Weg hätten fragen können. Alle Einwohner schlummerten längst unter ihren Anti-Rheuma-Decken. Es war wie verhext. Keine einzige Telefonzelle funktionierte.

Endlich in der Ferne ein blauer Hoffnungsschimmer! Eine Aral-Tankstelle! Sie hatte offen! Und ein leibhaftiger Bayer hockte hinter der Kasse! Leider war er nicht aus der Gegend, sondern erst vor drei Wochen von Salzburg an den Tegernsee gezogen. Von Gut Friedensruh hatte er noch nie gehört. Wir fuhren auf gut Glück weiter. Was blieb uns auch anderes übrig? Vielleicht erinnerte sich Mickie doch noch an ein auffälliges Gebäude oder irgendeinen anderen Hinweis.

»Wenn Sie Ihr Handy nicht einfach weggeworfen hätten, dann könnten Sie jetzt Ihre Freundin anrufen, damit sie uns hilft!« nörgelte Erich.

»Aber der Akku war doch leer«, antwortete Mickie, kramte beleidigt in der Handtasche und zog ihren Lippenstift nach. »Außerdem habe ich ihre Telefonnummer nicht im Kopf. Und mein Adreßbuch liegt zu Hause auf der Spiegelkonsole.«

»Spiegelkonsole!« wiederholte Erich spöttisch und brummte dann irgend etwas Garstiges, das wir aber zum Glück nicht verstanden.

»Könnten Sie wenigstens mal über die Scheibe wischen? Verdammt, sie ist schon wieder beschlagen!« Er hielt Mickie die Unterhose hin. Sie sah sie nur an und rührte keinen Finger.

Auf einmal fuhr Erich an den Straßenrand und schaltete das Deckenlicht ein. Ich riß die Augen auf. Ich war eben weggedämmert.

»Haben Sie wenigstens eine Adresse?« fuhr er Mickie an. »In welcher Straße wohnt Ihre Freundin denn? Sie werden doch wohl wenigstens die Hausnummer wissen!«

»Straße? Hausnummer? Das ist ein eigenständiges Anwesen, da gibt es keine ›Hausnummer‹!« antwortete Mickie.

»Gut Friedensruh am Tegernsee eben. In der Nähe von Tegernsee. Das ist der Ort. Henriettas Gut muß man hier doch kennen!«

Erich fuhr wortlos weiter. Endlich entdeckten wir eine Bahnhofswirtschaft, die noch geöffnet hatte. Ich ging hinein, und die Wirtin erklärte mir freundlich den Weg. Sie trug mir auch gleich Grüße an die Gutsherrin auf. Mickies Freundin Etti besaß eine Privatbrauerei, und die Wirtin schenkte ihr Bier aus. Erich hatte sich auf den Beifahrersitz gesetzt, die Arme verschränkt und döste.

»Jetzt sind wir sicher gleich da«, beteuerte Mickie und zupfte nervös an ihrem Ohrläppchen. Ich konnte mich nicht erinnern, jemals so müde gewesen zu sein. Mir war es allmählich vollkommen egal, ob wir in einem feudalen Himmelbett schliefen oder auf einer muffigen alten Matratze.

Wir fuhren eine Allee entlang. Nebel war aufgekommen. Die knorrigen alten Bäume wirkten wie finstere Kraken. Ab und zu riß der Nebel auf und gab den Blick auf einen sternenklaren Himmel frei. Fehlte bloß noch der attraktive Millionär, der mit seinem Jaguar eine Eiche gerammt hatte und schwerverletzt seiner Rettung entgegenfieberte. Durch eine diplomierte Krankenschwester natürlich. Ich dachte an Mikkies Sohn und sah das weiße Scherengatter fast zu spät. Ich bremste scharf. Mickie schrie auf. Als sie sah, daß nichts passiert war, rief sie: »Wir sind da!« und klatschte begeistert in die Hände. Sie küßte mich euphorisch auf beide Wangen. Sie war putzmunter. Kunststück. Sie hatte mindestens vier Stunden im Auto geschlafen.

Ich reckte meinen Kopf über das Lenkrad. Etwa ein Fußballfeld weit entfernt sah ich ein schloßähnliches Anwesen. Es war so groß, daß darin fünf Familien mühelos Platz gehabt hätten. Das Hauptgebäude lag in leicht erhöhter Lage und besaß als Grundausstattung sicher einen unverbaubaren Seeblick, ein grüner, ein gelber, ein roter Salon, sechs Schlafzimmer, eine Bibliothek, einen Billardraum, einen Swimmingpool, ein türkisches Dampfbad, einen Fitneßraum und einen vorzüglich bestückten Weinkeller. Nur in einem der Türmchen im Seitenflügel brannte noch Licht. Es sah nicht so aus, als ob Mickies Freundin noch Gäste erwartete. Mickie und ich stiegen aus. Ich streckte mich und gähnte. Mickie ging zu dem weißen Torpfosten, um zu klingeln.

»Was ist denn das?« Sie zog an einem Holzstiel, der aus dem Pfosten ragte und sah mich ratlos an.

Auch Erich war ausgestiegen. Er ging zu Mickie und lachte. »Das gibt's doch nicht!« Irgendein Scherzkeks hatte einen Toilettenpümpel über das Kameraauge am Torpfosten gestülpt. Mickie drückte auf die Klingel.

»Ja, bitte?« klang es kurz darauf aus der Sprechanlage.

»Magda, ich bin es! Mickie!«

Ein Überraschungsschrei. »Frau von Höhenstayn! Wie schön! Herzlich willkommen! Ich werde Sie sofort melden!«

Kleine Pause. »Seltsam! Ich kann Sie gar nicht sehen! Die Kamera ist wohl kaputt.«

Das Tor öffnete sich mit einem leisen »Klack«. Mickie schlenderte zum Auto zurück.

Erich zog an dem Pümpel. »Sollen wir den nicht entfernen?«

»Ach lassen Sie nur!« rief Mickie. »Darum kann sich morgen Magda kümmern.« Doch Erich schob seine Telefonkarte vorsichtig unter den Gummi und löste ihn von der Glasscheibe. »Kann ich mal sehen?« fragte Mickie. Sie untersuchte neugierig den Pümpel. »Was ist denn das überhaupt?«

»Damit bekommt man verstopfte Toiletten wieder frei«, sagte Erich. Mickie schrie auf und ließ den Pümpel fallen.

»Wirklich? Machen Sie sich über mich lustig?«

Erich sagte: »Aber nein. Wer spielt Ihrer Freundin wohl solche Streiche?«

»Ach, das waren sicher Jungens aus dem Ort«, antwortete Mickie und betrachtete den Pümpel wie eine giftige Natter. Im Hauptgebäude gingen ein paar Lichter an. Wir fuhren auf einem gekiesten Weg auf das Schlößchen zu.

Etti lebte hinter Gittern. An alle Fenster im Erdgeschoß und im ersten Stock waren wuchtige Eisenstäbe angebracht. Mindestens drei Signalleuchten der Alarmanlage klebten wie rote Pickel an der weißen Fassade.

Ich überlegte, hinter welchem der vielen Fenster wir heute nacht wohl schlafen würden. Ein gutaussehender junger Mann stand vor dem Portal und wartete auf uns. Er trug eine weiße Jacke mit goldenen Knöpfen. Wie die Diener, die in alten Hollywoodfilmen indischen Maharadschas Tee servieren. Glücklicherweise sprach er weder Sanskrit noch Hindi, sondern er schwäbelte nur ein wenig und sah aus wie der ältere Bruder von Leonardo di Caprio. Er begrüßte uns freundlich und fragte: »Kann ich Ihr Gepäck ausladen?« Er ging zum Heck des Wagens.

»Der Kofferraum klemmt leider seit Jahren«, sagte ich entschuldigend.

»Kein Problem«, antwortete er und beugte sich ins Auto. Erich und ich sahen zu der weißen Flügeltür. Mickie war schon in die Eingangshalle gelaufen und kam in Begleitung einer anderen Frau wieder heraus. Mit ihren kanalrohrbraunen Haaren wirkte sie wie eine etwas verunglückte Ausgabe von Jackie Kennedy. Die Fransen hingen ihr ins Gesicht, als wären sie hinterrücks von einem Tornado angeschubst worden, und ihre Lippen erweckten den Eindruck, als hätten sie etwas zu heftig mit einem Schönheitschirurgen geflirtet. Die Hausherrin höchstselbst. Und wir kannten noch nicht einmal ihren Nachnamen. Oder hieß sie wie ihr Bier? Ich konnte sie doch schlecht mit »Hi, Etti!« begrüßen, oder?

Hinter ihr humpelte ein Mops aus dem Haus. Er schleifte beide Hinterbeine hinter sich her. »Hüftschaden wegen Überzüchtung«, diagnostizierte Erich leise. »Und hör mal wie die arme Kreatur schnauft. Wie ein Bergsteiger, der den Mount Everest ohne Sauerstoff besteigt.«

Ich nickte. Auf Möpse, Perserkatzen mit Herzklappenfehlern oder andere Schöpfungen, die einem verschrobenen menschlichen Hirn entsprungen sind, kann ich auch gerne verzichten. Pauli, so hieß der Hund, war von uns aber auch nicht gerade begeistert. Er schnüffelte mißtrauisch an Erichs Schuhen und nieste, so als wolle er sagen: »Gummisohlen, wie gewöhnlich!«

Erich flüsterte: »Weißt du, warum die feinen Damen sich früher Schoßhündchen hielten? Damit ihre Flöhe auf die Hunde übersprangen.«

Mickie rief überschwenglich: »Wie schön, endlich wieder einmal bei dir zu sein, Etti, Liebchen!«

Etti stand wie ein Eiszapfen neben ihr. Mickie hängte sich bei Etti ein.

Erich flüsterte: »Wieso haben diese Weiber eigentlich alle so dämliche Spitznamen? Tita, Tini, Trixi, Dickie, Mickie, Zickie! Warum nicht gleich, Ticki, Tricki und Tracki?« Ich kicherte und überlegte zugleich, wie ich mich nennen könnte. Charla mit agsoh dö gü? Arla? Lotty? Oder Carlotta? Und aus Erich wurde einfach ein Eréc!

Ettis graublaue Augen musterten uns. Ich fühlte mich ziemlich unbehaglich. Sie sagte militärisch knapp: »Grüß Gott.«

Mickie strahlte und streichelte Ettis Oberarm. Etti wandte ihren Blick von uns ab, taxierte jetzt aber unser Auto, als wäre es eine räudige Promenadenmischung, die es gewagt hatte, auf ihrem hochherrschaftlichen Hof ein Häufchen zu hinterlassen. Ich bemerkte, daß der schwäbische Butler zuerst Mickies Koffer aus dem Auto geholt hatte. Oder zumindest die, die sie nicht weggeworfen hatte. Er kam wieder aus dem Haus und wollte Erichs Rucksack nehmen. Erich schüttelte energisch den Kopf. »Ich trage ihn selbst, vielen Dank.«

Der Butler lächelte freundlich und antwortete: »Ganz wie Sie wünschen.«

Ich wünschte mich in ein anderes Sonnensystem, oder meinetwegen auch auf einen Campingplatz. Nur weit weg von dieser Etti. Ich sah mich längst nicht mehr mit Mickie und ihrer Freundin am Kamin sitzen und einen gepflegten Rotwein trinken. Über uns funkelten die Sterne, aber mir war alles andere als romantisch zumute. Ich stellte mir vor, wie Etti erst schauen würde, wenn ihr Butler meinen Rucksack in ihre grandiose Eingangshalle tragen würde. Ich glaube, sie wartete darauf, daß wir uns von Mickie verabschiedeten und endlich wieder aus dem Staub machten. Vielleicht schenkte sie uns noch eine Flasche Champagner, weil wir Mickie heil bei ihr abgeliefert hatten.

»Aber nicht den teuren, sondern eine Flasche von der minderen Qualität, für weniger bedeutende Gäste. Sie wissen schon!«

Erich verabscheute die Gutsbesitzerin sowieso von ganzem Herzen. Er sagte laut: »Also, wir fahren dann weiter.«

Etti zog überrascht ihre linke Augenbraue hoch und sagte sehr höflich: »Aber wollen Sie denn nicht bei uns schlafen? Sie sind doch sicher müde?«

Mickie ließ Etti stehen und stürzte auf mich zu. »Aber Sie wollten doch noch hierbleiben und mit mir einkaufen gehen! Haben Sie das etwa schon vergessen?« Sie hakte sich bei mir unter. Ich warf Etti einen Blick zu. Sie verzog keine Miene und taxierte uns wie ein Metzger, der ein Stück Halsgrat zerlegt. Ich sah Erich unschlüssig an.

Mickie sagte: »Ach bitte, Charlotte, bleiben Sie doch noch ein, zwei Tage, mir zuliebe! Venedig steht auch am Dienstag noch! Wir hatten doch so viel Spaß auf der Fahrt hierher!«

Sie sah Erich an. Wahrscheinlich dachte sie, Erich hätte bei uns das letzte Wort. Kein Wunder, daß ihr dieser Elder auf der Nase herumtanzte. Mickie brauchte dringend ein paar Nachhilfestunden in weiblicher Selbstbehauptung.

Erich sagte: »Es wäre schon sehr angenehm, wenn wir zumindest heute nacht hier übernachten könnten. Es ist auch zu spät, um jetzt noch ein Hotel zu suchen.« Typisch. Seine Trägheit hatte über seinen Widerwillen triumphiert.

Mickie klatschte in die Hände. Das tat sie bei jeder Gelegenheit, ganz gleich, ob es paßte oder nicht. »Wunderbar! Wie schön!«

Etti sah Mickie nachsichtig an, wie ein Kind, dem man einen Wunsch erfüllt, nur damit man seine Ruhe hat. Doch auf einmal schenkte sie uns ein Lächeln, herzlich wie ein Gipsweihnachtsengelchen. Es fehlte nicht viel, und sie hätte ihre Arme ausgebreitet und gerufen: »Ihr Kindchen, kommt alle zu mir, die ihr müde und beladen seid!« Plötzlich kam auch der schwäbische Butler wieder aus dem Haus, obwohl er sich kurz zuvor unauffällig zurückgezogen hatte.

»Wo darf ich Ihren Wagen parken?« fragte er Erich.

Etti sagte zu dem Hausangestellten: »Am besten, Sie stellen den Wagen unserer Gäste zu meinem Bentley.«

Ich rief: »Moment, ich muß nur noch eben meine Tasche holen!« und kramte hektisch in meinem Rucksack. Auch Erich steckte seinen Kopf ins Wageninnere und sagte leise: »Die eine ist vollkommen verrückt und die andere eine selbstherrliche alte Ziege. Hier sollen wir unseren Urlaub beginnen? Gute Nacht!«

Ich zischte zurück: »Sei froh, daß du dir zwei Übernachtungen sparst!«

Sollte ich etwa zugeben, daß ich ihm recht gab, zumindest was die »alte Ziege« betraf? Nein, lieber biß ich mir die Zunge ab. Ich fahndete hektisch nach meiner Zahnbürste. Natürlich fand ich sie nicht und gab die Suche auf. Ich konnte sie auch später noch heimlich holen. Wenn alle schliefen. Ich wollte den netten Butler nicht so lange warten lassen.

Ich konnte die Tüte, in die ich mein Waschzeug geworfen hatte, sowieso nicht unter Ettis Augen mit ins Haus nehmen. Doch hätte ich heute morgen ahnen können, wo wir nachts landen würden? Ich fluchte leise. Wenn es wenigstens eine Tüte von einer schicken Hamburger Boutique gewesen wäre. Oder eine von Douglas.

Erich schulterte unbekümmert seinen Rucksack. Entsetzt sah ich, daß er auch den Pümpel mitnahm. Bevor ich ihn aufhalten konnte, hatte er ihn schon Etti in die Hand gedrückt. Sie war so verblüfft, daß sie den Pümpel ohne zu zögern ergriff. Sie vergaß sogar, mokant unser Gepäck zu mustern.

»Vermissen Sie den? Der klebte über Ihrer Kamera«, sagte Erich und lachte.

Etti sah Erich irritiert an. »Ach ja?«

Mickie nickte eifrig. Etti sagte zu ihr: »Ach, wie dumm. Ich dachte, die Kamera wäre kaputt und habe für morgen den Wachdienst bestellt.«

Wir gingen an den grauen Säulen vorbei in die Eingangshalle. An der Tür war ein Klingelschild angebracht. Henrietta H. Sulzmayr stand dort. Wofür wohl das H. stand? Hannah? Hildegard? Heidemarie? Ich kicherte überspannt. Und gab es hier auch einen Mann? Und wo war der? Nun, höchstwahrscheinlich hatte diese humorlose Schloßbesitzerin ihren Liebsten auf glühenden Kohlen im Keller angekettet.

Mir blieb nicht lange Zeit, mich in der Eingangshalle umzusehen. Als ich den riesigen Lüster betrachtete, kam aus einer der sieben Türen im Erdgeschoß die Haushälterin. Ihre Augen blitzten fröhlich. Um die Hüften trug sie eine weiße Bistroschürze. Ich hatte ein grün-weiß-gestreiftes Kleid erwartet, oder ein graues mit weißem Kragen und ein adrettes Häubchen im Haar. Aber das war wohl längst nicht mehr en vogue.

»Herzlich willkommen«, sagte Magda. »Darf ich Sie in Ihre Zimmer begleiten? Dort können Sie sich frisch machen und dann im grünen Salon einen Schlummertrunk zu sich nehmen.« Sie lächelte, als wäre es der Gipfel der Glückseligkeit, uns diese Frage zu stellen. Ich unterdrückte mit aller Gewalt ein Gähnen. Ich wollte keinen Drink, und ich wollte jetzt nicht einmal den Salon sehen.

Von Erich ganz zu schweigen. Er ging fast immer vor zwölf Uhr ins Bett. Außer an dem besagten Samstag. Mit Ursula hatte er durchgemacht. Das wurmte mich beinahe noch mehr als alles andere. Mit mir ging er gerade mal fünfmal im Jahr richtig aus.

Doch jetzt wollte auch ich ins Bett. Ich stöhnte innerlich. Es war jetzt fast zwei Uhr morgens, aber hier sprangen alle herum, als ginge es zur Frühgymnastik. Hatten der Butler und die Haushälterin nicht längst Feierabend? Was sagte denn die Gewerkschaft zu solchen Arbeitszeiten? Gab es für Hauspersonal überhaupt eine Gewerkschaft?

Magda begleitete uns die Freitreppe hoch. An den Wänden hingen alte Ölschinken, die Frauen und Männer mit gelbstichigen Gesichtern und weißen Halskrausen zeigten. Das Gästezimmer war größer als unsere ganze Wohnung. Erich ließ sich ächzend aufs Bett fallen. Ich sah mich neugierig um. Der Raum war in hellen Farben eingerichtet, und wirkte freundlich und gemütlich. Er paßte so wenig zu Etti wie ein heiteres buntes Sommerkleid. Hier hatte sich bestimmt ein Innenarchitekt ausgetobt.

Mickie klopfte leise und steckte den Kopf ins Zimmer: »Ich hole Sie in zehn Minuten ab, okay?«

Erich sagte: »Mickie, ich bin hundemüde. Was halten Sie davon, wenn wir den Begrüßungscocktail auf morgen verschieben?«

»Oh, Verzeihung! Wie dumm von mir! Ich habe Sie gar nicht gefragt, ob Sie müde sind. Schließlich sind wir mehr als zweitausend Kilometer gefahren.«

Zweitausend Kilometer? Wieso zweitausend Kilometer? Von Hamburg nach München waren es nicht mehr als achthundert Kilometer.

»Schlafen Sie gut, Erich. Aber Charlotte, Sie kommen doch noch auf einen Sprung mit?«

Mickie sah mich bittend an. Sie wollte unbedingt, daß ich mit ihr und Etti noch etwas trank. Eigenartig. Etti war doch angeblich ihre beste Freundin. Wollte Mickie Etti nicht lieber unter vier Augen erzählen, was in Hamburg vorgefallen war?

»Ich komme gerne noch mit, Mickie«, sagte ich. Ich brachte es einfach nicht über mich, sie einfach so stehenzulassen. Mickie lächelte glücklich, drückte freudig meinen Arm und flüsterte verschwörerisch: »Sie werden es bestimmt nicht bereuen.« Dann verschwand sie in ihr Zimmer am anderen Ende des Ganges.

Ich ging ins Bad, drehte begeistert den goldenen Wasserhahn auf und verbrühte mir beinahe die Hand. Das Wasser schoß kochendheiß heraus. Bei uns zu Hause dauerte es immer mindestens eine Minute, bis man auch nur daran denken konnte, zu duschen. Als ich mich abtrocknete, klopfte Erich an die Badezimmertür. Das tat er sonst nie. Brachte die noble Umgebung ihm etwa Manieren bei?

»Mickie ist da, sie hat dir frische Wäsche mitgebracht.« Erich reichte mir ein Bündel, das sorgfältig in weißes Papier eingeschlagen war.

Ich nahm eine Unterhose heraus und hielt sie prüfend an meinen Bauch. Du liebe Güte! Sie hätte einer Zwölfjährigen gepaßt. Aber ich quetschte mich mühsam hinein. Ich konnte doch schlecht ohne am Kamin sitzen, oder?

Mickie wartete schon auf mich. Sie trug eine weite schwarze Hose und einen grauen Rollkragenpullover. Beides stand ihr ausgezeichnet. Auch an ihren Haaren hatte sie etwas verändert. Ich kam nicht gleich darauf, was es war, bis ich begriff, daß sie sich ihre Locken ein wenig herausgekämmt hatte. Auch ihr Make-up saß wieder perfekt. Sie sah aus, als ginge sie auf eine Abendgesellschaft.

Das gefiel mir. Sie hatte sicher in ihrem ganzen Leben noch keinen Tag ernsthaft gearbeitet, und das stand ihr wirklich gut. Erich wußte überhaupt nicht, wieviel Schliff, Niveau und Phantasie dazu gehörte, gepflegten Müßiggang sinnvoll und befriedigend auszufüllen. Mickie war eine wahre Lebenskünstlerin. Wir verstanden uns immer besser. Auch in mir schlummerte eine Prinzessin. Und ich würde schon dafür sorgen, daß sie endlich bekam, was sie verdiente.

Mickie hielt einen vanillefarbenen Kimono aus feinstem Leinen in ihren Händen. Seide oder weiße Frotteebademäntel waren offenbar auch passé. »Ich habe Ihnen meinen Hausanzug mitgebracht.« Ich schlüpfte in den Kimono, und hatte das Gefühl, als umarme mich ein Schmetterling.

Ob ich Etti so unter die Augen treten konnte? Doch wenn Mickie mir einen Kimono brachte, war mein Outfit wohl in Ordnung. Wer, wenn nicht sie, wußte, welcher Dress-code sich hier schickte?

Etti stand in ihrer gewohnten Pose voll majestätischer Arroganz vor dem Kamin, als wir in ihre Bibliothek kamen. Leider flackerte kein Feuer im Kamin, was ich sehr bedauerte. Ich überlegte, ob ich sie bitten sollte, den Kamin anzuzünden, sagte aber lieber nichts. Wahrscheinlich machte man nach Mitternacht kein Kaminfeuer mehr an. Und überhaupt: nur Voll-Prolls bekamen beim Anblick von offenen Kaminen glasige Augen. Ein Kamin war hier natürlich so selbstverständlich wie anderswo die Kaffeemaschine. Etti lächelte lieblich wie eine holzgeschnitzte Madonna, als sie mich sah. »Mickies Kimono steht Ihnen wirklich gut«, sagte sie, und es klang sogar ehrlich.

Ich sah mich interessiert in der Bibliothek um. Etti beobachtete mich und fragte: »Möchten Sie meine Sammlung sehen, Frau Schleusenbaum?« Schleusenbaum! War die Alte denn schwerhörig? Ich sollte das gleich klarstellen. Ich hieß Schlusenbaum!

»Wünschen Sie einen Teller mit Keksen?« fragte sie gönnerisch und deutete auf den Couchtisch. Das Ganze sah eher aus wie Meißen mit exquisitem Waffelgebäck und Pralinenpretiosen. Ich setzte mich auf das Sofa und nahm vorsichtig eine Praline. Mickie griff sich gleich drei. Auf die Sofakante sprang ein einäugiger Kater und fauchte frech. Ich zuckte zusammen und schrie auf.

»Keine Angst«, sagte Etti und lachte. »Er ist harmlos.« Ich betrachtete den Kater konsterniert. Eine stinknormale getigerte Hauskatze? Ich hätte mindestens eine Siamkatze erwartet. Eine Dogge und ein Dobermann hätten auch zu Etti gepaßt.

»Er ist uns erst vergangenes Jahr zugelaufen«, sagte Etti und kraulte den Kater am Hals. Er rollte sich auf den Rükken und schnurrte genießerisch. Ein langer, silbriger Speicheltropfen entschlüpfte ihm.

»Wie heißt er denn?« fragte ich, um überhaupt etwas zu sagen. Sicher Possoblum oder ähnlich exzentrisch.

»Ich habe ihn Edmund getauft.«

»Edmund?«

»Wie der bayerische Ministerpräsident. Er ist ein guter Freund von mir.«

»Aaah ja. Ist er kastriert?«

»Wer? Unser Landesvater?« fragte Etti empört.

»Nein, der Kater«, antwortete ich.

»Ja, natürlich!«

Der Kater setzte sich auf und schüttelte den Kopf. Seine schlüpfrige Gabe landete direkt auf meiner Wange. Ich versuchte verstohlen, den Speichel abzuwischen. Etti H. Sulzmayr lächelte unergründlich und reichte mir ein Stofftaschentuch. Mickie verzehrte selbstvergessen einen Keks nach dem anderen. Wirklich erstaunlich, wie sie ihre Figur hielt.

»Wie sind Sie denn zum Sammeln alter Bücher gekommen, Frau Sulzmayr?« fragte ich und kam mir unwahrscheinlich schlau vor. So schwierig war anspruchsvolle Konversation doch gar nicht! »Ein ungewöhnliches Hobby für eine Frau«, entschlüpfte es mir. Das hätte ich besser nicht gesagt.

Ettis Augen blitzten auf wie Flammenwerfer. »Da irren Sie sich aber gewaltig, meine Liebe! Viele große Frauen waren leidenschaftliche Büchersammlerinnen. Königin Christina von Schweden. Madame Pompadour, die Mätresse Ludwig XV., Katharina von Medici.«

Soso. Die Medici. Ich sagte: »War das nicht diese schlechtgelaunte französische Despotin, die bei der Pariser Bluthochzeit alle Andersgläubigen niedermetzeln ließ?«

»Katharina von Medici hat aber auch das Zitronensorbet erfunden«, warf Mickie ein.

Etti hatte gar nicht zugehört. Sie sagte: »Ich bin über den

Geruch zum Sammeln antiquarischer Bücher gekommen. Jeder Band hat ein unverwechselbares Aroma. Das ist das Bouquet der Weisheit.«

»Ah ja«, sagte ich und unterdrückte mit aller Gewalt ein Gähnen. Warum konnte ich jetzt nicht mit Mickies gutaussehendem Sohn hier sitzen und ihn verführen? Mickie lutschte verträumt an einer Praline. Etti wandte sich um, legte Daumen und Zeigefinger an den Mund und zog eine riesige Schwarte aus dem Bücherschrank. Sie machte eine bestimmende Kopfbewegung. Ich mußte wohl oder übel aufstehen und Interesse heucheln, wenn ich nicht riskieren wollte, daß sie mich mit dem Schürhaken erschlug.

»Treten Sie doch bitte näher, damit Sie einen besseren Eindruck von meiner zweitliebsten Leidenschaft bekommen.« Und was, bitte, war Frau Sulzmayrs größte Leidenschaft? Kinder rösten?

»Hier habe ich einen wunderbaren Band aus der Sammlung der Fürstin von Thurn und Taxis. Übrigens eine gute Freundin von mir.« Sie zog sich weiße Stoffhandschuhe über und reichte mir auch ein Paar. Mir fiel die Geschichte von einem wahnsinnigen Bibliophilen ein, die ich einmal gelesen hatte. Er hatte die Besitzer aller Bücher umgebracht, die er selbst haben wollte, und sie dann aus dem Nachlaß aufgekauft.

Ich stellte mich in sicherer Entfernung neben diese Büchermade mit zweifelhaftem Charme. Während ich die Handschuhe anzog, sah ich in einer Ablage ein paar Geschäftspapiere. Endlose Zahlenkolonnen marschierten über das Papier. Das war vermutlich die große Liebe dieser büchertortenden bayerischen Brauereibesitzerin. Etti beugte sich vor, beschattete wie ein Greifvogel ihre Bilanzen und setzte sich eine Lesebrille mit Goldrand auf. *Jil Sander* stand auf dem Brillenbügel. Ich verkniff mir die Frage, ob sie auch eine

»gute Freundin« von Frau Sulzmayr war. Sie hob das Buch an ihre Nase und schnüffelte wie ein Wombat auf Nahrungssuche.

»Das ist das Fluidum vergangener Zeiten. Denken Sie nur: Als die Druckerschwärze auf diesen Seiten feucht glänzte, war Goethe noch nicht einmal geboren!« Sie seufzte. »Bücher sind erotischer als manche Männer, findest du nicht, Mickie?«

Mickie nickte, murmelte geistesabwesend »Mmmmh?« und blätterte gelangweilt in einer Zeitschrift für Garden-Interiors.

Etti reichte mir die Schwarte, und ich roch artig daran. Sie roch wie vergilbtes Toilettenpapier und modrige alte Socken, doch diese Meinung behielt ich lieber für mich.

»Ich könnte jedes meiner Bücher am Geruch erkennen, mit verbundenen Augen«, sagte Frau Sulzmayr.

»Dann bewerben Sie sich doch bei *Wetten daß*«, sagte ich.

Mickie kicherte. »Wie bitte?« fragte Frau Sulzmayr.

Ich sah heimlich auf die Kaminuhr. Schon halb drei, und Mickie hatte Etti noch immer nicht ihr Herz ausgeschüttet.

Ich fragte: »Was ist Ihre Sammlung denn wert? Welches ist Ihr kostbarstes Buch?«

Etti Sulzmayr schüttelte den Kopf und verzog spöttisch ihren Mund. Ein aufreizendes Grübchen zeigte sich.

»Was ist denn das für eine Frage, Frau Schleusenbaum!«

»Ich heiße Schlusenbaum!« antwortete ich heftig. Mickie sah von ihrer Zeitschrift auf und beobachtete uns neugierig. Etti musterte mich wie ein seltenes und besonders abscheuliches Reptil und sagte: »Oh, verzeihen Sie, da habe ich Sie vorhin wohl falsch verstanden.« Ihre Augen funkelten.

»Ich betrachte Bücher nicht als Geldanlage.« Sie schob ihren Schmöker wieder ins Regal zurück und rezitierte:

»*Was ihr nicht faßt, das fehlt Euch ganz und gar, was ihr*

nicht rechnet, glaubt ihr, sei nicht wahr. Was ihr nicht wägt, hat für Euch kein Gewicht, was ihr nicht münzt, das meint ihr, gelte nicht! Goethe, Faust«, erklärte sie.

»Faust, zweiter Teil, Mephisto«, brillierte ich.

»Sie haben Literaturwissenschaften studiert?« fragte Frau Sulzmayr ein wenig verschnupft.

»Nö, aber *Faust* in der Schule gelesen.«

»Aaah, ja.«

Ich grinste. Ich hatte frei geraten. Etti schritt ihre Bücher ab wie ein Wachsoldat und sagte drohend: »Bücher sind Herbergen des Geistes. Und als solche wollen sie äußerst sorgsam, mit Liebe, Achtung und Respekt behandelt werden!«

Ich wünschte mich ins Bett. Auf einmal blieb sie stehen und fixierte mich. »Und darum hasse ich Leute, die ihre Bücher achtlos aufgeschlagen auf das Gesicht legen, so daß ihnen beinahe der Rücken bricht! Und wenn ich erst an diese widerwärtigen Hineinkritzler denke, diese Barbaren, die erbarmungslos hineinschreiben, mit Kugelschreiber oder Tinte gar! Den ungezogenen Kragen könnte ich solchen Schmierfinken umdrehen!«

Sie streckte pathetisch ihren Arm aus und rief: »Zeige mir, wie du mit deinen Büchern umgehst, und ich sage dir, wer du bist!« Ich sah sehnsüchtig zur Tür. Das wurde ja immer grotesker hier.

»Bitte? Ist etwas passiert?« Mickie richtete sich erschrokken auf. Sie war während Ettis flammender Rede eingeschlummert. Ich dachte an die Taschenbuch-Ausgabe der *Buddenbrooks*, die zu Hause auf unserem Küchentisch lag, mit Ketchup an der »Nase« und durchgedrücktem »Rükken«. Ich las gerne, während ich aß. Eine Marotte, die Frau Sulzmayr gewiß verabscheute. Wahrscheinlich noch mehr als guten Sex.

Ich sagte weise: »Es soll Leute geben, die haben Bücher zum Fressen gern. Im wahrsten Sinne des Wortes. Sie leiden unter dem Zwang, Bücher verschlingen zu müssen. Aufzuessen. Das nennt man Bibliophagie.«

Etti sah mich entrüstet an und schwieg. Ich hielt ihrem Blick stand und lächelte maliziös. Dann ließ ich mich neben Mickie aufs Sofa sinken. Etti hatte sich wieder beruhigt und setzte sich auf die Chaiselongue. Magda brachte ein paar Häppchen, die sie »Fingerfood« nannte, und eine Flasche Bordeaux.

»Haben Sie noch einen Wunsch, Frau Sulzmayr?«

»Danke, Magda. Ich brauche Sie heute nicht mehr. Sie können gehen. Gute Nacht.« Gute Nacht? Guten Morgen!

»Danke, Frau Sulzmayr. Gute Nacht.« Die Haushälterin schloß leise die Tür.

Ich hätte zu gerne gewußt, wie Magda mit Nachnamen hieß. Mich sprachen die Patienten in der Klinik auch immer nur mit meinem Vornamen an. »Schwester Charlotte! Schwester Charlotte!« Ich hätte sie am liebsten alle erwürgt. Auf meinem Kittel stand deutlich zu lesen: Charlotte Schlusenbaum, Ambulanzschwester. Ich war nicht die Schwester von irgend jemandem dort, verdammt noch mal!

Etti hob ihr Glas, und auch ich nahm meines am Stil. Nur Mickie packte ihres am Kelch und trank es auf einen Zug aus.

Etti hob ihre linke Augenbraue und legte eine Hand auf Mickies Arm. »Wie geht es denn deinen Lieben in Hamburg, Mickie?« Sie wollte offenbar harmlos plaudern. Sicher, weil ich dabei war.

»Wie weit sind denn eure Hochzeitsvorbereitungen? Habt ihr den Partyservice gebucht, den ich euch empfohlen habe?«

Mickie schwieg, griff nach der Karaffe und schenkte sich

das Weinglas noch einmal fast bis zum Rand voll. Ich beobachtete ängstlich, wie sie es zu ihrem Mund balancierte. Dann stellte sie es scheppernd auf den Tisch und sagte: »Es wird keine Hochzeit geben. Ich werde Elder nicht heiraten.« Etti setzte ihr Glas ab.

»Er hat mich betrogen. Dieser gewissenlose, lieblose Kretin!« Etti zuckte zusammen. Mickie stiegen wieder die Tränen in die Augen. Wenigstens mußte ich mir jetzt keine Sorgen mehr um ein Taschentuch machen. In Henriettas Anwesen gab es davon bestimmt mehr als genug. Mickie war jedoch anderer Meinung und nahm einfach eine Serviette. »Elder hat dich betrogen? Wer behauptet das? Das glaube ich nicht.«

Ich hatte nicht das Gefühl, daß Henrietta wirklich überrascht war über Mickies Hiobsbotschaft.

»Das behauptet überhaupt niemand. Ich habe ihn dabei erwischt. In flagranti! Ich habe es mit meinen eigenen Augen gesehen!«

»Elder? Das gibt es doch nicht! Jeder andere, ja. Aber Elder?«

Sie reichte Mickie ein Taschentuch, auf dem Noten eines Bachkonzertes abgedruckt waren. Johann Sebastian Bach zum reinschneuzen. Wie degoutant!

»Warum sollte er das tun? Und so kurz vor Eurer Hochzeit?«

Du liebe Zeit, aus welcher Galaxis kam diese Etti eigentlich? »Warum sollte er das tun?« Das war aber auch eine Frage! Warum gehen Männer fremd, und wieso fällt Regen von oben nach unten? Etti nahm Mickie in die Arme und strich ihr tröstend über die Haare. Ich hatte trotzdem das Gefühl, daß sie sich heimlich freute.

»Aber wie kann er dich nur so verletzen?« fragte Etti. »Weiß Alex schon davon?« Ich spitzte die Ohren. Sprach sie von Mickies schniekem Sohn Alexander? Bei diesem Thema hätte ich zuhören können, bis die Sonne zur Supernova verglühte.

Mickie schüttelte den Kopf und schluchzte: »Nein. Ich werde morgen mit ihm sprechen. Keiner in Hamburg weiß, wo ich bin. Ich wollte zum Flughafen, aber dann kam dieser unverschämte Taxifahrer, und wenn Charlotte nicht vorbeigekommen wäre ...«

Sie trank ihr Glas leer und heulte los. Etti schenkte ihr nach und sagte: »Ich verstehe, daß Elder dich verletzt hat. Tief verletzt! Das ist unverzeihlich. Aber Mickie, du darfst jetzt nicht kopflos handeln und dich nur von deinen Gefühlen leiten lassen. Du mußt auch an Alexander denken. Wenn ihr verheiratet seit, wird Elder deinen Sohn adoptieren und ihn zum Juniorpartner machen. Wut und Rachegefühle sind immer schlechte Berater. Elder ist so großzügig. Hat er dir je einen Wunsch abgeschlagen? Du bist eine Seele von Mensch. Aber mit Geld konntest du leider noch nie besonders gut umgehen, mein Schätzchen. Du hast von deinen Eltern ein Vermögen geerbt, und hast trotzdem Schulden! Bei der Eutiner Sparkasse!« Sie schnaubte, als sei gerade das besonders unanständig.

»Na und?« stieß Mickie trotzig hervor.

Etti schüttelte den Kopf. Es spielte sehr wohl eine Rolle, wo man verschuldet war!

Mickie weinte noch heftiger. Diesmal rührte es mich nicht mehr so sehr. Ich war wirklich hundemüde. Etti strich Mickie beschwichtigend über die Hand.

»Mein Vögelchen, du solltest erst einmal über alles schlafen.« Mickie sah auf und blickte Etti gehetzt an. »Es ist mir gleichgültig, wie großzügig Elder ist! Und wenn er mir alle Diamanten dieser Erde zu Füßen legt, ich heirate ihn nicht!«

Etti zog ihre Hand zurück und stand auf. »Du darfst nicht

so egoistisch sein! Denk an deinen Sohn. Diese Ehe ist seine große Chance. Du weißt, daß Elders Vater sein Unternehmen nur an Elder übergibt, wenn Elder ihm einen Erben präsentiert. Und niemand ist dafür geeigneter als dein Alexander!«

Und damit natürlich der ideale Ehekandidat für deine dämliche Tochter, dachte ich. Etti marschierte auf und ab. »Du kannst die Hochzeit platzen lassen, aber denk an den Preis für deinen Dickkopf!«

Mickie stammelte: »Kannst du mich denn nicht verstehen? Charlotte versteht mich!«

Wie bitte? Ich hatte doch noch kein einziges Wort gesagt.

»Ich will doch nur einmal im Leben, ein einziges Mal wirklich geliebt werden!« Sie tupfte sich die Tränen von der Wange und rief: »Ich habe doch nicht mehr viel Zeit! Ich werde im Dezember neunundfünfzig!«

Sie sagte das, als litte sie an einer unheilbaren und äußerst qualvollen Krankheit. Ein Schokokrümel hatte es sich auf ihrem Kinn gemütlich gemacht. Sie blickte wild um sich, als würde sie von unsichtbaren Geistern verfolgt, sprang auf wie ein verschreckter Feldhase und lief aus der Bibliothek. Ich rutschte verlegen auf dem Sofa hin und her.

Etti setzte sich wieder hin, lehnte sich zurück und nippte gelassen an ihrem Wein, so als hätte sie nur eben mal im Fernsehen das Programm gewechselt. »Ich denke, daß war auch für Sie ein sehr anstrengender Tag. Wir sollten alle schlafen gehen. Wann möchten Sie morgen frühstücken?«

Ich stammelte verlegen: »Das ... das ist mir egal ... Wann Sie wünschen ... Wir möchten keine Umstände machen ...«

Sie seufzte. »Also gegen Mittag. Ich wünsche Ihnen eine geruhsame Nacht.« Ich machte, daß ich aus der Bibliothek kam, bevor ihr noch einfiel, mir aus ihren verstaubten Büchern vorzulesen.

Erich lag im Bett und las eine Biografie über Karl Marx.

»Ich dachte, du bist müde und willst schlafen?« sagte ich sarkastisch. Dieser Drückeberger. Beziehungsgespräche unter Frauen scheute er natürlich wie eine Fledermaus das Tageslicht. Ich erzählte ihm, was passiert war. Er legte bedächtig einen Einmerker in das Buch und legte es behutsam auf den Nachttisch. Das hätte Henrietta gefallen.

Dann sagte er: »Tja. Das sind eben die Probleme der armen Reichen. Ich verstehe überhaupt nicht, warum diese Mickie sich so aufregt. Warum tröstet sie sich nicht einfach mit einem tollen Collier und heiratet wie geplant? Was kann es für so eine Frau Besseres geben als einen Kerl mit reichlich Kohle und einem himmelhohen Status? Das ist doch ein ganz klarer Deal. Sie gibt Elders Vermögen mit vollen Händen aus, ihr Sohn erbt das Unternehmen, und wenn Mickie und Elder einmal alt und senil sind, dann kümmert sich eine flotte Privat-Krankenschwester um sie und begleitet die beiden standesgemäß ins Jenseits. Du kannst dich für den Posten ja schon mal vormerken lassen.« Erich lachte mekkernd.

Ich baute mich drohend vor ihm auf und sagte: »Wahrscheinlich bewunderst du diesen Elder auch noch. Ihr Kerle seid doch alle nur darauf aus, uns zu betrügen!«

Erich sah mich beleidigt an.

»Willst du mir meinen Ausrutscher jetzt etwa für den Rest meines Lebens vorhalten?«

Ich hatte jetzt wirklich keine Lust, mit ihm zu diskutieren. Erich kapierte einfach gar nichts. Ich ging zur Tür und sagte: »Ich schaue lieber noch einmal nach Mickie. Am Ende tut sie sich etwas an und schneidet sich die Pulsadern auf.«

Erich sagte: »Ganz bestimmt. Sie ritzt höchstens mit einem Rohdiamanten ein bißchen an sich herum und wartet, bis sie gefunden wird. Und wenn es zu lange dauert, läutet sie nach dem Dienstmädchen!« Als ich das Zimmer verließ, lachte Erich noch immer.

Der Gang war beleuchtet. Hier drehte niemand das Licht ab, um Strom zu sparen. Im Dunkeln hätte man sich in diesem riesigen Herrenhaus auch bestimmt verlaufen. Ich wußte nicht recht, ob ich die elektrischen Fackeln an den Wänden schick finden sollte oder fürchterlich kitschig. Immerhin wirkten sie recht romantisch. Ich beschloß, sie gut zu finden. Vielleicht waren künstliche Flackerlämpchen im Augenblick ungeheuer advanced?

Die Tür von Mickies Zimmer war angelehnt. Ich klopfte und lauschte. Keine Antwort. Ich schob die Tür vorsichtig auf und lugte ins Zimmer.

Das Himmelbett sah unbenutzt aus, obwohl Magda es längst einladend aufgeschlagen hatte. Nur einschlafen mußte man noch selbst. Vor dem Bett lagen, halb umgestülpt, Mickies schwarze Hose, der Pulli und sogar ihre Unterwäsche. Inklusive Slipeinlage. Ich errötete. Die Manierlichste war Mickie nicht gerade. Was sollte Magda denken, wenn sie das morgen beim Aufbetten sah? Aber wahrscheinlich hatte Mickie nicht mehr mit Besuch gerechnet. Sicher würde sie aufräumen, bevor sie ins Bett ging.

Ich schloß noch einmal die Tür und klopfte etwas lauter, um ihr Zeit zu geben, alles wegzuräumen, bevor ich eintrat.

Ich lauschte. Nichts zu hören.

»Mickie?« Ich hüstelte laut.

Nichts.

»Mickie?!«

»Oh, Charlotte! Hallo! Einen Augenblick, bitte!«

Ich hörte die Spülung leise rauschen. Sie säuselte wie eine Ähre im Sommerwind. Wundervoll. Die Spülung bei uns zu Hause hatte mindestens 95 000 Dezibel und war so laut wie ein Mähdrescher ohne Auspuff. Erich hatte sie eingebaut, um die Kosten für den Klempner zu sparen. Mickie kam aus dem Bad.

»Sooofooort!« flötete sie. Ich wartete geduldig. Jetzt räumte sie sicher ihre Unterwäsche weg.

»Komm nur rein!«

Ich trat ins Zimmer. Mickie ging vor dem Himmelbett auf und ab. Sie trug ein erstaunlich unerotisches Nachthemd aus beigem Flanell. Sie stelzte über den Boden, als ginge sie auf glühenden Kohlen. Ich sah auf ihre Füße. Sie hatte um jede Zehe Tissue gewickelt. Ihre Kleider und ihre Unterwäsche lagen immer noch genau wie vorher da. Mickie würdigte sie keines Blickes. Sie stieg darüber hinweg wie über einen Haufen Reißnägel und sank dann ins Bett.

Ich räusperte mich, setzte mich auf einen Sessel und zwang mich, Mickies Wäsche nicht anzustarren. Mickie kümmerte sich überhaupt nicht darum. Ich wäre vor Scham gestorben. Sie verschränkte ihre Arme, sah mich herausfordernd an und sagte: »Etti hat gut reden. Ich heirate ihn trotzdem nicht.«

Ich nickte und wartete. Von der Slipeinlage einmal abgesehen, war ich ganz in meinem Element. Ich hätte gerne einmal in einer Illustrierten die Seite mit der Lebenshilfe betreut: »Bei jeder Sorge, jedem Alptraum, fragen Sie Frau Schlusenbaum!«

»Elder ist doch nur hinter meinem guten Namen her und hinter einem Erben. Und ich habe geglaubt, daß er mich wirklich liebt.« Sie lachte bitter: »Aber ich hätte es eigentlich besser wissen müssen! Das haben sie am Anfang immer gesagt. Daß sie mich lieben. Und immer lieben werden. Diese Heuchler! Aber kaum war ich verheiratet, brach die Hölle über mich herein!«

»Wie oft waren Sie denn verheiratet?« Mein Blick wurde magisch von Mickies Unterwäsche angezogen. Sie irritierte mich maßlos. Sie mußte weg. Aber wie sollte ich das nur machen, ohne Mickie bloßzustellen?

»Ich war zweimal verheiratet.« Sie knetete ihre Bettdecke wie einen Plätzchenteig.

»Der erste hat mich schon ein halbes Jahr nach der Hochzeit betrogen. Obwohl ich schwanger war. Mein zweiter Mann war nicht ganz so schnell. Dafür hatte er später eine Geliebte nach der anderen.«

»War das der mit dem Herzinfarkt?«

Mickie nickte. »Außerdem hat er es geschafft, beinahe mein ganzes Vermögen in sein Pleiteunternehmen zu stekken.« Sie legte ihren Kopf auf den Oberarm und sah mich traurig an. »Ich will doch nur einmal im Leben geliebt werden. Ist denn das zuviel verlangt?«

Ich nickte mitfühlend und überlegte, wie, um alles in der Welt man eine benutzte Slipeinlage einfach auf dem Boden liegenlassen konnte, wenn Besuch kam. Es gab nur eine Erklärung: Mickie war zutiefst verstört und verzweifelt.

Ich fragte: »Lieben Sie Elder denn?«

Sie malte mit ihren Fingern Kreise auf die Bettdecke. »Elder hat mir gleich gefallen. Er war so aufmerksam und so charmant! Und er hat mir so wunderbare Komplimente gemacht!« Sie lehnte sich zurück und schloß die Augen.

»Jetzt!« dachte ich. »Jetzt räume ich den Slip einfach weg!« Ich sprang auf und schlich mich an. Ich konnte Mickie unmöglich zuhören, wenn eine Slipeinlage zwischen uns lag. Alles hat seine Grenzen.

Mickie öffnete wieder ihre Augen und schlug mit der Faust auf die Bettdecke. »Ich dachte, Elder wäre anders als die anderen! Wie konnte ich bloß so naiv sein!«

Ich blieb stehen und wurde rot. Vielleicht war ich einfach nur spießig und verklemmt? Es handelte sich schließlich nur um eine stinknormale Slipeinlage, mehr nicht. Warum war ich so verkrampft? Vielleicht hatte Mickie einfach ein völlig entspanntes Verhältnis zu ihrem Körper. War es denn wirklich nötig, gebrauchte Slipeinlagen immer sofort hysterisch zu entsorgen, als handle es sich um radioaktiven Sondermüll?

Ich setzte mich auf die Bettkante. »Haben Sie nie einen Mann betrogen? Aus Rache zum Beispiel?«

»Nein, natürlich nicht!« antwortete Mickie. »Ich habe diese Männer doch geliebt! Bewundert und geliebt.« Sie strich mit dem Finger nachdenklich über ihre Unterlippe.

Sie war wirklich verdammt rückständig. Und das in einer Zeit, in der sogar die Barbiepuppen längst Pilotinnen waren, und keine ollen Stewardessen mehr! Ich schob meinen linken Fuß vor und schubste Mickies Slip unters Bett. Alice Schwarzer und alle anderen Vorkämpferinnen für eine stolze weibliche Identität sollen mich dafür verfluchen, aber hier saß ich und konnte nicht anders. War es denn wirklich nötig, Slipeinlagen offen herumliegen zu lassen, wenn frau sich selbstverwirklichen wollte?

Außerdem sah es ganz so aus, als wären an Mickie alle, aber auch alle emanzipatorischen Ideen spurlos vorübergegangen. Sie hatte ihre Ehemänner bewundert! Unglaublich. Das es so etwas überhaupt noch gab! Sie war so rückständig, daß es fast schon wieder originell war.

Aber als sich die Frauenbewegung formierte, da hatte Mickie wohl in einem Villenpark Federball gespielt und ihrem ersten Gatten entgegengefiebert. Und der hatte sie dann sicher nicht viel anders behandelt als eine Art atmendes Dekor.

»Sind Sie eigentlich berufstätig?«

Sie sah mich an, als hätte ich sie gefragt, ob sie zufällig bei der ersten Mondlandung mit von der Partie gewesen war. »Berufstätig? Ich? Aber ich bitte Sie, wie stellen Sie sich das vor! Das hatte ich wirklich nicht nötig! Und außerdem hätte ich dazu gar keine Zeit gehabt. Ich habe immer ein großes Haus geführt und Einladungen organisiert. Ich mußte mich um das Personal kümmern, und ich habe meinen Sohn großgezogen!«

»Ah, ja,« sagte ich. Ein großes Haus hatte sie geführt! Beneidenswert! Einmal etwas vollkommen Nutzloses tun! Sich den ganzen Tag nur mit schönen Dingen befassen! Mit Antiquitäten, seidenen Stoffen und charmanten Gästen. Nie wieder betrunkene Patienten, die drei Liter Fusel auf ihr T-Shirt kotzen. Herrlich.

»Aber ich habe vor meiner ersten Ehe als Schwesternhelferin im Malenter Kreiskrankenhaus gearbeitet«, sagte Mikkie eifrig, als fürchte sie, ich könne sie für eine nutzlose Parasitin halten. Ausgerechnet Krankenschwester! Obwohl, warum eigentlich nicht? Vielleicht hätte sie sogar Talent? Ihre Leidenschaft für Cremes und Salben wäre sicher keine schlechte Voraussetzung für den Job. Was machte es da schon, daß ihre Ampullen nur hautstraffenden Wirkungen dienten, statt lebensrettenden Maßnahmen? Für Mickie war das sicher identisch.

Wir schwiegen. Ich überlegte, wie ich Mickie helfen konnte. Mein Blick fiel auf das Öl-Gemälde über dem Bett. Es zeigte zwei leichtbekleidete Damen mit schweinchenrosa Teint, roten Bäckchen und barockem Po bei einem Waldpicknick. Das Bild war sicher unbezahlbar echt, und es war unvorstellbar scheußlich. Erotik à la 18. Jahrhundert, Männerphantasien von anno dazumal. Die Mädels sahen sich verzückt in ihre ferkelblauen Augen. Bei einer von beiden lungerte ein Schwan im Schoß. Der Schwan symbolisierte den Mann. Ein verkappter Spanner. Soviel verstand ich auch noch von Kunst. Ich wandte mich wieder ab.

Und auf einmal wußte ich, wie ich Mickie helfen konnte.

Ich grinste. Klar, so konnte es funktionieren! Ich stand auf, setzte mich wieder in den Sessel und streichelte die chintzüberzogene Armlehne. Die Slipeinlage war auch von hier nicht mehr zu sehen. Ausgezeichnet! Ich räusperte mich, als würde ich gleich eine äußerst bedeutende Rede halten.

Ich wartete, bis Mickie mich neugierig und erwartungsvoll ansah. Dann sagte ich ernst: »Mickie, Sie müssen sich endlich auch einmal wehren. Sie dürfen sich von Elder nichts gefallen lassen. Es hat keinen Sinn, wenn Sie nur davonlaufen. Sie müssen auch gezielt Gegenmaßnahmen ergreifen. Verzeihen ist gut. Aber Rache ist noch viel, viel besser.«

Sehr gut. Das hätte auch Frau Dipl.-Psych. Ursula Schützendübel nicht besser sagen können.

Mickie lächelte unsicher: »Rache. Ja, das würde mir gefallen. Aber wie soll ich mich rächen?«

»Ganz einfach: Sie verpassen Elder einen Denkzettel, den er nie wieder vergißt. Sie müssen ihn verletzen, und zwar noch tiefer, als er Sie verletzt hat. Nur dann wird er auch um sie kämpfen und in Zukunft Ihre Gefühle respektieren!« Ich sah sie triumphierend an.

Doch Mickie war ziemlich schwer von Begriff. »Warum sollte er um mich kämpfen? Er weiß genau, wie wichtig die Hochzeit auch für mich ist. Ich bin seinen Launen doch praktisch ausgeliefert!«

Ich stand auf und ging vor Mickies Bett auf und ab, dynamisch und siegessicher. Auch eine so hoffnungslos altmodische Frau wie Mickie konnte man auf den richtigen Weg führen.

Ich sagte: »Aber Sie können Elder trotzdem bestrafen. Sie müssen ihn nur an seiner größten Schwäche packen. Sie müssen ihn mit etwas konfrontieren, daß kein Kerl erträgt.«

Mickie kaute an ihrem Daumennagel und hörte gespannt zu. Sie wäre nicht aufmerksamer bei der Sache gewesen, wenn ich ihr erklärt hätte, wie sie in drei Tagen locker sechzig Millionen Dollar verdienen könnte.

Sie hatte angebissen. Ich hatte mir gleich gedacht, daß sie ihren Verlobten nicht wirklich hatte verlassen wollen. Nach dem, was er ihr angetan hatte, schon gar nicht. Ein schwerer Fall von Masochismus. Aber es war nie zu spät, ein neues Leben anzufangen. Und für Mickie war es höchste Zeit. Sie mußte sich endlich einmal wehren, wenn sie nicht blindlings in ihre dritte unglückliche Ehe stolpern wollte.

Ich rieb meine Hände und sagte: »Wenn wir mit Elder fertig sind, wird er auf Knien angekrochen kommen. Das garantiere ich Ihnen.«

»Meinen Sie?«

Ich nickte. »Versprochen.«

»Aber wie wollen Sie das erreichen?«

Ich griff nach dem Champagner, den Magda in einen silbernen Kübel neben Mickies Bett gestellt hatte und betrachtete das Etikett. Ein Taittinger. Nicht übel.

»Trinken wir ein Gläschen zusammen?«

Sie nickte, und es gelang mir, die Flasche zu öffnen, ohne den Kristallüster an der Decke herunterzuschießen. Obwohl das auch nicht so tragisch gewesen wäre. Für ein Schlafzimmer war er sowieso viel zu groß.

Wir stießen an. Ich nahm einen Schluck und ließ mir den Geschmack auf der Zunge zergehen. Ich konnte dem Krisenmanagement für Mickie allerhand Gutes abgewinnen.

»So.« Ich stellte das Glas ab und beugte mich vor. »Erstens: Sie müssen etwas tun, was Elder überhaupt nicht von Ihnen erwartet. Sie müssen ihn überrumpeln. Sie haben Ihre Koffer gepackt und sind gegangen. Das war der erste Schritt. Sie haben das übrigens ausgezeichnet inszeniert!«

»Wieso inszeniert? Das war mein voller Ernst.«

»Natürlich. Aber diese Reaktion hat Elder sicher erwartet, und darum hält sich ihre Wirkung auch in Grenzen. Sie müssen Elder überraschen und etwas Außergewöhnliches und völlig Unkontrolliertes tun. Denn wenn Sie nur auf Ihren Landsitz auf Mallorca jetten, und dort ein paar Wochen schmollen, wird er Sie nie ernstnehmen.«

»Aber ich habe gar keinen Landsitz auf Mallorca. Ich wollte in unser Ferienhaus in St. Moritz!«

Ich winkte ungeduldig ab. »Es ist völlig gleichgültig, ob es sich um Mallorca, St. Moritz, oder St. Barth in der Karibik handelt.« Mickie drehte nervös eine Haarlocke um ihren Finger.

»Wenn Sie nach St. Moritz fahren, wird Elder einfach ein paar Tage warten, bis Sie weniger wütend auf ihn sind. Dann wird er anreisen und den Reumütigen spielen. Mit Blumenstrauß und so weiter. Er wird mehr oder weniger vor Ihnen kriechen. Das hängt ganz von seinem schauspielerischen Talent ab.«

Mickies Augen leuchteten. »Ja! Kriechen soll er vor mir!« Sie hielt ihr Glas in die Luft. »Enchanté!«

Ich erwiderte trocken: »Prost. Vielleicht sagt er sogar alle Termine ab und besticht Sie mit einem Collier. Schließlich steht seine Position als Firmenboß auf dem Spiel.«

Mickies Augen blitzten. »Meinen Sie wirklich, er schenkt mir das Collier von Cartier, das ich mir schon so lange wünsche?«

Ich seufzte. Diese Frau war ein fast hoffnungsloser Fall. Aber war ich schon jemals vor einer Herausforderung zurückgeschreckt?

»Mickie!« sagte ich. »Verzeihen Sie so schnell? Wollen Sie Ihr Lebensglück gegen ein paar Brillies eintauschen? Was nützt Ihnen ein Collier, wenn Elder Sie wenig später wieder betrügt?« Ich sah sie eindringlich an. »Begreifen Sie denn nicht, wieviel für Sie auf dem Spiel steht?«

»Sie haben recht. Nein. Niemals. Er ist für mich gestorben, selbst wenn er Ohrringe für eine halbe Million Mark anschleppt. Selbstverständlich kann er meine Gefühle nicht kaufen. Für kein Geld der Welt.« Ich glaubte ihr kein Wort und das sagte ich ihr auch.

»Wenn er mit Diamanten angekrochen kommt, werden Sie doch weich wie ein Pulli aus Pashmina! Sie brauchen sein Geld ebenso wie Elder Ihren Titel braucht und einen Adoptivsohn. Hören Sie endlich auf, sich etwas vorzumachen!«

Mickie sah mich entrüstet an. »Ich brauche sein Geld überhaupt nicht! Ich besitze ein riesiges Landgut!«

Ich sagte: »Trotzdem werden Sie Elder heiraten. Und wenn Sie nichts unternehmen, wird er Sie wieder betrügen.«

Mickie starrte in den perlenden Champagner und sagte leise: »Aber ich will doch nichts anderes, als daß mich noch einmal jemand liebt und begehrt. Ich bin neunundfünfzig, okay, aber ich bin doch nicht schon tot!«

Ich nahm einen Schluck Champagner. »Liebe läßt sich mit keinem Trick der Welt herbeizaubern. Mit Respekt und Begehren ist das schon etwas anderes. Sie müssen Elders Männlichkeit zum Duell fordern.« Ich setzte mich wieder zu Mickie auf die Bettkante.

Sie sah mich bedrückt an. »Aber er hat bisher überhaupt keine Anstalten gemacht, mit mir zu schlafen. Ich bin doch keine russische Ikone, die damit zufrieden ist, angebetet zu werden! Kann ich noch einen Schluck haben? Danke.« Vor dem Fenster sangen schon die ersten Vögel.

»Glauben Sie mir, die Lust auf Zärtlichkeiten wird nicht weniger, nur weil man älter wird.« Sie sah mich unsicher an, als fürchtete sie, ich könnte sie auslachen.

»Natürlich nicht. Warum sollten Frauen nach den Wechseljahren keine Lust mehr auf Sex haben?«

Mickie zuckte zusammen und öffnete den Mund, um zu

protestieren. Ich streichelte beschwichtigend ihren Arm, bevor sie anfing, mir zu versichern, daß sie noch nicht einmal *in* den Wechseljahren war. Überhaupt nicht. Kein Gedanke daran!

»Männer wollen doch auch noch Sex, selbst wenn bei ihnen schon die Implantate wackeln.«

Mickie nickte zustimmend. »Davon kann ich ein Lied singen! Mein erster Mann war auch nicht mehr der Jüngste. Aber das hat ihn nicht daran gehindert, fremdzugehen. Bis ich dem Ganzen ein Ende gemacht habe.« Sie sah nachdenklich auf ihre Hände und errötete.

Ich sagte: »Männer fühlen sich sogar noch berufen, ihr Sperma zu streuen, wenn ihre Chromosomen schon brüchig sind wie Südtiroler Schüttelbrot. Elder muß immer fürchten, Sie zu verlieren. Er darf sich Ihrer nie ganz sicher sein.«

Was erklärte ich ihr da überhaupt? Das wußte doch jedes Kind, wie man sich interessant machte. Leider hatte ich das bei Erich scheinbar auch zwischenzeitlich vergessen.

Mickie starrte mich an. »Meinen Sie?«

»Ja!« antwortete ich.

»Und wie soll ich das machen?«

»Sie müssen etwas tun, was ihm wirklich Angst einjagt.«

»Elder hat keine Angst. Dazu ist er viel zu selbstgerecht.«

Ich flüsterte: »Jeder Mann hat Angst. Sie werden eine Waffe einsetzen, gegen die er vollkommen machtlos ist. Sie müssen sein Selbstbewußtsein als Mann erschüttern. Und es wird ganz allein in Ihrer Macht liegen, ob er es wiederfindet!«

»Sie meinen, ich soll ihn betrügen?«

»Genau.«

»Aber selbst wenn ich das täte, mit wem sollte ich ihn denn betrügen? Wer will mich denn noch, mit dreiundsech ... äh achtundfünfzig?«

Ich nahm sanft ihre Hand und sagte: »Sie irren sich. Sie sind sehr attraktiv. Sie haben Klasse. Sie sind eine ganz wunderbare Frau.«

Sie lächelte glücklich und neigte ihren Kopf wie ein Spatz, der eine besonders leckere Brotkrume entdeckt hat. »Danke. Danke, das ist reizend von Ihnen.«

»Und deshalb betrügen Sie ihn ganz einfach mit einer Frau.«

Mickie starrte mich an, als hätte ich ihr einen Topf Spaghetti über den Kopf gekippt. Sie wollte mir ihre Hand entziehen, doch ich hielt sie fest.

»Wie bitte? Ich soll was tun?«

»Sie betrügen Elder mit einer Frau. Besser gesagt: Sie tun so, als hätten Sie sich in eine Frau verliebt. Und zwar unsterblich.«

Ich ließ ihre Hand los und ging ans Fenster. Über dem See ging die Sonne auf.

Mickie blickte sich hektisch um. »Haben wir noch etwas Champagner?«

Ich antwortete streng: »Wir sind nicht hier, um uns zu betrinken. Wir sind hier, um Ihr Glück zu retten.«

Sie sagte kleinlaut: »Ach so, ja. Mein Glück. Retten.« Sie biß sich auf die Unterlippe. »Mit einer Frau.«

Sie sagte das, als hätte ich ihr vorgeschlagen, mit einer geklonten Giraffe ins Bett zu gehen.

»Genau. Mit einer Frau. Das ist das Klügste und Raffinierteste, was Sie tun können.«

Mickie warf die Decke zurück und sprang aus dem Bett. »Sie sind ja verrückt!«

Sie raffte die Kleider zusammen, die unter ihrem Bett lagen und fing an, ihren Schrank einzuräumen.

»Mickie! Nun hören Sie mir doch erst einmal zu.«

Sie hantierte mit den Kleiderbügeln herum, als hinge ihr

Leben davon ab. Sie war ziemlich ungeschickt. Es sah nicht so aus, als ob sie ihre Kleider gewöhnlich selbst aufhängte. Und sie hatte schon wieder Tränen in den Augen. Sie schleuderte einen Bügel auf den Boden, ging zum Nachttisch und wühlte in einer blutroten Spanschachtel, die aussah, als hätte sie ihr Alexander als Kind zum Muttertag gebastelt. Auf dem Deckel hockte ein goldenes Engelchen. »Ich brauche ein Schlafmittel!«

Ich zog Mickie aufs Bett und nahm ihre Hand.

»Sie brauchen kein Schlafmittel, und jetzt schon überhaupt nicht. Es wird doch gleich hell. Hier, trinken Sie lieber noch einen Schluck Champagner.« Sie beruhigte sich ein wenig.

»Glauben Sie mir: Es gibt keine bessere Methode, um Elder zurückzugewinnen. Er muß lernen, in Ihnen eine begehrenswerte Frau zu sehen und nicht nur die Mutter eines Erben. Was glauben Sie wohl, warum hat Elder Sie betrogen?«

Sie sah mich gereizt an. »Woher soll ich das wissen?«

»Warum ist ein sechzigjähriger Mann so scharf auf eine Zwanzigjährige?«

»Wieso sechzig? Elder ist neunundfünfzig!«

»Das kommt doch auf das gleiche heraus.«

Die Flügel ihrer Nase bebten, als sie hervorstieß: »Das kommt überhaupt nicht auf das gleiche heraus! Ob jemand erst neunundfünfzig ist oder schon sechzig, das ist ein verdammt großer Unterschied!«

Ich sagte schnell: »Ja, ja, Sie haben natürlich recht. Aber warum schläft ein Mann mit einer Frau, die seine Tochter sein könnte?«

»Ich weiß es nicht!« rief Mickie.

»Dann will ich es Ihnen sagen: Weil eine junge Frau Balsam für sein Ego ist. Oder warum verbrauchen die meisten Männer, die es sich leisten können, mindestens drei Ehefrauen in ihrem Leben?«

»Ich kenne sehr glückliche Ehen, in denen die Frau gemeinsam mit ihrem Mann alt wird. Ettis Mann hat sich immer untadelig verhalten.«

Na, auf diesen Musterknaben war ich aber wirklich gespannt. Wahrscheinlich konnte er gar nicht mehr fremdgehen, weil er von der lieben Etti längst Frostbeulen am Schwanz bekommen hatte.

»Männer wie Elder brauchen dauernd Bestätigung für ihr Ego, und deshalb gehen sie fremd. Das steht schon in der Bibel, und aktuelle Forschungen bestätigen das.«

»*Das* steht in der Bibel? Wo denn?«

Ich winkte ab. »Das ist doch jetzt unwichtig!«

Mußte Mickie mich immer unterbrechen? Kein Wunder, daß Elder sich eine Zwanzigjährige gesucht hatte. Eine naive Deern, für die jedes seiner Worte Gold war.

»Kurz und gut, Mickie ...« Ich machte eine Pause. Sie richtete sich etwas auf, als sie ihren Namen hörte.

»Sie blamieren Elder einfach. Und nichts, aber auch gar nichts ist dafür besser geeignet als die Affäre mit einer Frau. Ich kann Ihnen genau sagen, was passieren wird. Er wird es zunächst nicht glauben. Wie heißt die Frau, mit der Elder sie betrogen hat?«

»Frau? Dieses Kind heißt Lavinia.«

»Wie? Lavinia?« Ich lachte. »Für einen Weichspüler wäre das ein perfekter Produktname!«

Ich verstellte meine Stimme und sagte: »›Lavinia, stell dir vor! Mickie ist vollkommen verrückt geworden! Sie hat ein Verhältnis mit einer Frau. Lächerlich!‹

Vielleicht lacht Lavinia, vielleicht flötet sie aber auch:

›Ich finde das gar nicht so lächerlich, Elder.‹

Vielleicht sagt sie sogar zu Elder: ›Ich habe auch schon einmal mit einer Frau geschlafen.‹«

»Meinen Sie?« fragte Mickie und sah mich ungläubig an.

»Klar, warum nicht?« antwortete ich. »Und Elder wird fragen: ›Was, du hattest was mit einer Frau? Wann? Wieso?‹

Und Lavinia: ›Früher, Elder, bevor wir uns kennengelernt haben. Das war eine ganz tolle Erfahrung. Die sollte jede Frau einmal machen!‹

Und Elder: ›Wieso?‹

›Weil Sex mit einer Frau so ganz anders ist als mit einem Mann. Das läßt sich gar nicht vergleichen.‹

Und Elder abfällig: ›Natürlich kann man das nicht vergleichen! Wie soll das schon sein? Ein bißchen Geknutsche und gegenseitiges Gefummel. Und wenn's hoch kommt, schnallt sich eine 'nen Dildo um. Hoffentlich nicht Mickie. Die schafft es doch noch nicht einmal, die Batterien in ihrem Ladyshaver selbst auszutauschen, ha! ha! ha! ha!‹

Aber während Elder noch blöde lacht, sagt Lavinia bestimmt:

›Das ist doch Unsinn, was du da redest, Elder. Völlig überholt. Richtig vorsintflutlich! Eine Frau braucht nicht unbedingt einen Mann, um im Bett Spaß zu haben! Wußtest du das etwa nicht?‹

›Nein, das wußte ich nicht!‹ wird Elder antworten, und sarkastisch lachen. Aber in Wahrheit wird er zu grübeln anfangen, das können Sie mir glauben.«

Mickie hatte gebannt zugehört, wie ein Vierjährige, die zum ersten Mal ein Kasperltheater sieht. »Aber ich habe doch gar keinen Ladyshaver. Ich lasse mir die Haare immer mit dem Laser entfernen.«

Ich schlug ungeduldig auf die Bettdecke. War denn das zu fassen? Die Leitung dieser Frau war länger als die Chinesische Mauer!

»Ich habe doch nur ein mögliches Szenario entworfen, Mickie. Ihre vermeintliche Liäson wird Elder total verunsichern. Männer machen sich über die lesbische Liebe doch nur deshalb lustig, weil sie nichts mehr fürchten, als von einer Frau ausgestochen zu werden. Nichts jagt ihnen mehr Angst ein, als die Vorstellung, sie könnten von einer Frau achtlos zur Seite geschoben werden wie ein schimmliger Joghurt. Stellen Sie sich bloß einmal vor, was los wäre, wenn alle Frauen nur noch Frauen begehren würden.«

»Aber das wäre ja entsetzlich!« rief Mickie und hielt sich erschrocken die Hand vor den Mund.

Ich schickte ein Stoßgebet zum Himmel. Spielte Mickie die Begriffsstutzige nur oder war sie tatsächlich so dämlich? Wie konnte eine Frau in ihrem Alter noch so naiv sein, und das im 21. Jahrhundert? Wo hatte sie denn bisher gelebt? Hinter dem Jupiter? Sah sie denn nie fern? Wahrscheinlich guckte sie nur Opern auf 3sat. Am liebsten hätte ich sie erst einmal eine Woche durch die Schäfer-Kiesbauer-Meiser-Schule geschickt. »Wenn Sie eine Liebesbeziehung mit einer Frau haben, provozieren Sie Elder bis aufs Blut. Es gibt Männer, die laufen deshalb sogar Amok.«

Mickie nickte eifrig. »Stimmt, Sie haben recht! Der Cousin von der Schwiegertochter meiner Großtante hat seine Frau mit der Jagdflinte erschossen. Er wollte es als Unfall tarnen, aber die Polizei hat herausgefunden, daß sie ein Verhältnis mit ihrer Gärtnerin hatte.«

»Ich glaube aber nicht, daß er sie deshalb erschossen hat. Sondern weil sie sich geweigert hat, ihn mitmachen zu lassen.«

»Meinen Sie?«

»Klar. Männer wollen immer dabeisein, wenn zwei Frauen sich lieben. Gucken Sie denn keine Pornos?«

»Wofür halten Sie mich?«

Ich musterte Mickie. Eigentlich wunderte es mich gar nicht, daß Elder sich mit dieser Studentin amüsiert hatte, so prüde wie Mickie tat. Aber ich hielt den Mund. Ich wollte sie nicht kränken. Sie hatte das Recht auf Respekt, und eine weitere unglückliche Ehe wirklich nicht verdient. Sie war mit goldenen Löffeln geboren worden, hatte ihre ersten Schritte auf einem Perserteppich gemacht und war bestimmt von einem englischen Kindermädchen in Milch und Honig gebadet und in seidene Windeln gewickelt worden. Aber hatte sie deshalb kein Recht, glücklich zu leben, ohne Demütigungen und Kränkungen?

Warum hätte ich es Mickie gönnen sollen, daß sie aus ihrem Paradies der S-Klassen und fünftausend-Mark-Picknickkörbe verstoßen wurde. Wozu? Um das »wirkliche Leben« kennenzulernen? Was war denn das wirkliche Leben? Wenn man sich einredete, Glück könne man nicht kaufen, nur um keine Herzrhythmusstörungen vor Neid zu bekommen, wenn ein Ferrari an einem vorbeizog?

Ich wollte, daß Mickie einen Mann bekam, der sie respektierte, wenn er sie schon nicht liebte. Einen Mann, der sie zwar vielleicht auch weiterhin betrügen würde. Aber nie wieder so, daß sie auch nur den leisesten Verdacht schöpfte. Sie sollte seine Achtung bekommen, und nicht nur sein Geld.

Und ganz nebenbei würde ich auch noch eine eigene offene Rechnung begleichen. Wir würden an Elder und Erich ein Exempel statuieren.

»Elder wird sein Potenzgeprotze noch bitter bereuen. Sie werden Ihren Bräutigam als strahlende Siegerin heimführen.«

Mickie schob noch immer empört ihre Unterlippe vor, weil ich sie verdächtigt hatte, Pornos zu gucken.

Ich war auf einmal wieder topfit. Hatte der Champagner diese anregende Wirkung? Ich schob die gelben Seidenvorhänge zur Seite und öffnete ein Fenster. Der Butler ging über den Hof. Sicher um Etti das Frühstück zuzubereiten. Viel Mühe konnte das nicht machen. So wie sie aussah, labte sie sich wahrscheinlich an einem Glas lauwarmer Zitrone und litt schon nach einem halben Knäckebrot unter Völlegefühl.

Erich hatte sicher nicht einmal bemerkt, daß ich die ganze Nacht ausgeblieben war. Mir hätte alles mögliche zustoßen können! Aber er schlief einfach seelenruhig. Und träumte sicher heimlich von Ursula. Er hatte wirklich eine Abreibung verdient.

Mickie stand auf, ging zu ihrem Frisiertisch und trug eine Creme auf. »Wollen Sie sich gar nicht mehr hinlegen?«

»Nein, wozu? Die Nacht ist vorbei. Wir wollten doch Shoppen gehen. Dabei können Sie mir Ihren verrückten Plan noch einmal erklären. Aber ganz überzeugt haben Sie mich noch nicht.« Ich atmete auf. Endlich hatte sie es geschluckt.

Mickie frisierte ihre Haare. »Bürsten ist gut gegen Depressionen«, murmelte sie und sah mich entschlossen an wie ein Ritter, der mit dem Mut der Verzweiflung in sein letztes Turnier reitet.

»Aber wo nehmen wir die Frau her? Soll ich Etti fragen?«

»Nein, um Gottes willen, das wäre vollkommen unglaubwürdig. Sie müssen mit einer Frau durchbrennen, die in ihrem Bekanntenkreis niemand kennt. Mit einer Frau, die auch Elder noch nie gesehen hat. Das quält ihn doppelt und zeigt ihm, daß Sie sehr wohl noch Chancen haben. Sogar bei einer Frau. Und es sollte eine jüngere Frau sein, keine frustrierte High-Society-Ruine.«

Ich biß mir auf die Lippen. Mickie hörte auf, sich zu bürsten. »Was genau meinen Sie mit ›frustrierter High-Society-Ruine‹?« Sie starrte mich giftig an.

Ich antwortete rasch: »Ach, das habe ich nur so dahergesagt. Niemand bestimmten. Ich dachte an all diese gelifteten Schreckschrauben auf den Partyseiten gewisser Zeitschriften. Sie sind eine Frau, die wirklich Stil hat. Sie haben es nicht nötig, sich jünger zu machen als Sie sind. Sie sind sich Ihrer Stärken doch bewußt!«

Mickie sah mich mißtrauisch an. Doch dann lächelte sie und nahm sich die nächste Haarsträhne vor. Ich atmete tief durch. Ich mußte künftig meine Klappe besser im Zaum halten.

»Aber wo finden wir diese Frau? Sollen wir einen Begleitservice anrufen?«

Ich staunte. So etwas kannte Mickie, obwohl sie sonst so unschuldig wirkte? Hatte sie sich vielleicht doch schon einmal heimlich einen Lover bestellt? Mir kam kurz der Gedanke, daß Mickie vielleicht viel durchtriebener war, als sie sich gab. Ich stellte mich hinter sie und legte meine Hände auf ihre Schultern. ›Die Frau haben wir schon gefunden. Ich werde Ihre Affäre sein.«

Sie drehte sich ruckartig zu mir um. »Sie? Sie und ich?« Sie fing an zu lachen.

Ich ging wieder zum Fenster und sah auf den Tegernsee. Das Wasser glitzerte in der Morgensonne. Diese dämliche Etti wohnte wirklich zum Heulen schön.

»Warum nicht? Ich glaube schon, daß ich das spielen kann.« Ich steckte die Hände in die Taschen meines Kimonos, wippte auf und ab und lächelte frech.

»Sie?« Mickie lachte noch immer. »Also Charlotte, ich habe Sie wirklich ins Herz geschlossen! Aber Sie könnten meine Tochter sein! Wir und eine Affäre? Das glaubt uns doch kein Mensch!« Sie gluckste albern.

Ich ärgerte mich. Was war denn daran so lustig? Ich war jung, gutaussehend und charmant. Warum sollte sich Mickie nicht in mich verlieben? Sie betrachtete mich nachdenklich, und ich konnte förmlich hören, wie es in ihrem Kopf ratterte. Sie versuchte sich vorzustellen, wie es wäre, wenn sie mit einer Frau ins Bett gehen würde. Das war ein Gedanke, den Mickie wohl in ihrem ganzen Leben noch nie gedacht hatte. Das erstaunte mich dann doch etwas. Hatte Sie nie mit einer Freundin unter der Bettdecke geschmust? War so etwas in Elitemädchenpensionaten nicht gang und gäbe?

Ich brauchte frische Luft, um den Kopf freizubekommen. Und ich mußte verhindern, daß wir Etti begegneten. Am Ende plapperte Mickie alles aus. Vor Etti mußten wir auf der Hut sein. Sie war eine geborene Intrigantin. Sie weidete sich insgeheim an Mickies Unglück, und sie war ihr an Raffinesse weit überlegen. »Mickie, was halten Sie davon, wenn wir um den Tegernsee radeln?«

»Jetzt gleich?«

»Klar. Morgenluft ist gut für die Haut. Es gibt überhaupt nichts Besseres!«

»Wirklich?«

»Wirklich.«

»Aber wo nehmen wir die Räder her? Henrietta hat keine. Aber ich glaube, Magda hat welche!«

Ich schüttelte den Kopf. Ich wollte jetzt auf gar keinen Fall, daß wir jemanden auf dem Gut trafen. Ich mußte Mickie die nächsten Stunden für mich allein haben, damit ich sie noch einmal richtig bearbeiten konnte. Ich mußte vollendete Tatsachen schaffen, bevor sie wieder der Mut verließ.

»Erich und ich haben zwei Falträder im Auto. Die schnappen wir uns. Damit sind wir am See, bevor überhaupt jemand bemerkt, daß wir ausgebüxt sind.«

Erich lag regungslos im Himmelbett. Das war mir nur recht. Ich hatte wenig Lust, ihm erst lang und breit zu erklären, warum wir so früh am Morgen seine Räder brauchten. Die Falträder waren ihm heilig. Er rieb mir gerne unter die Nase, daß er zwei davon gekauft hatte. Für mich und für sich, und beide in schwarz. Damit jeder sah, daß wir zusammengehörten. Ich angelte vorsichtig den Autoschlüssel aus seiner Hose.

Mickie wartete schon ungeduldig auf mich. Ihre Augen blitzten unternehmungslustig. Sie trug wieder ihre blaue Sportjacke, Jeans und die schwarze Kappe.

Ich fragte: »Kommen wir aus diesem Hochsicherheitstrakt überhaupt unbemerkt heraus?«

Sie zog ein Kästchen aus der Tasche, das aussah wie eine kleine Fernbedienung. »Klar. Ich bin bei Etti praktisch daheim.«

Als ich die Räder aufklappte, ging die Haushälterin über den Hof. Sie blieb stehen und lächelte. »Guten Morgen! Sie sind schon auf? Das sind aber bärige Räder.«

Bärige?

»Wir tun etwas für unsere Fitneß«, sagte Mickie. »Zum Lunch sind wir zurück.«

Mickie stieg aufs Rad und winkte Magda. Wir fuhren durch den Park, vorbei an akkurat geschnittenen Buchsbäumchen. Ein Gärtner hob grüßend die Hand. Alles war wie in einem Hochglanzmagazin. Nur Ettis Gatte fehlte noch. Wo steckte denn dieses angeblich so treue Musterexemplar von Mann?

Wir ließen das weiße Scherengatter hinter uns und bogen am Ende der Allee Richtung See ab. Mickie rief fröhlich: »Ich glaube, ich bin seit zwanzig Jahren nicht mehr Rad gefahren! Herrlich! Das ist einfach herrlich!« Sie lachte ausgelassen. Erst hatte ich Angst, daß sie sich überschätzte. Eine Gräfin mit Schädelbasisbruch war so ziemlich das letzte, was ich gebrauchen konnte.

Doch Mickie war alles andere als unbeholfen. Sie fuhr richtig rasant und war auf einmal gar nicht mehr affektiert. Ich beglückwünschte mich zu meinem Einfall, Ettis Schlößchen für eine Weile zu verlassen, diesen Kerker der Konventionen und Contenance.

Wir fuhren nach Rottach-Egern. Ich hatte alle Mühe, mich nicht von Mickie abhängen zu lassen. Sie hatte eine verflucht gute Kondition. An einer Bahnschranke hielten wir an. Ich rang nach Luft. Sie schob ihre schwarze Kappe noch eine Nuance kecker nach hinten und fragte mich: »Was halten Sie davon, wenn wir Prawda nun einen Besuch abstatten?«

Ich blinzelte. Prawda, wo kein Kleid weniger als zweitausend Mark kostete? Das konnte Mickie doch nicht im Ernst meinen! Ich antwortete: »Das ist wirklich nett, aber mir würden eine Jeans und ein paar T-Shirts fürs erste schon reichen.«

Mickie rief: »Unsinn! Sie brauchen ein schönes Abendkleid für heute abend. Wir werden Etti auf eine exklusive Wohltätigkeits-Gala begleiten. Das wird Ihnen gefallen!« Die Schranke öffnete sich, und Mickie trat wieder in die Pedale, so eifrig, als verteidige sie das gelbe Trikot.

Wir fuhren am Seeufer entlang und ich zählte acht Porsche, drei Jaguar, und zahllose BMW und Mercedes-Cabrios, die an uns vorbeifuhren. In Rottach-Egern belächelte ich den kitschigen alpenländischen Baustil. Vor einer Boutique bremste Mickie plötzlich. Das Gebäude war alles andere als rustikal. Die Schaufensterscheiben nahmen die ganze Fassade ein. Ich sah in den Laden. Die Pullis lagen auf den Regalen wie kostbare Ausstellungsstücke in einem Museum. Der Marmor erinnerte mehr an eine Aussegnungshalle als an eine Boutique. Auch die Verkäuferinnen wirkten ernst und feierlich wie auf einer Bestattung. Mickie hakte sich bei mir unter und zog mich zum Eingang. »Nun kommen Sie schon! Hier finden wir bestimmt etwas für Sie!«

Ich sah an mir herunter und dann noch einmal ins Schaufenster auf die Preise. Siebentausendfünfhundert Mark für einen Mantel? Ich sagte zögernd: »In diesem Aufzug?«

»Aber wir gehen doch bloß shoppen, und nicht auf eine Adelshochzeit!« antwortete Mickie und lachte.

Ein Wachmann hielt uns die Tür auf. Paßte er auf die Kundinnen oder auf die Kasse auf? Wo war sie überhaupt? Ich konnte nichts erkennen, was auch nur im entferntesten aussah wie eine Registrierkasse. Wie wurde hier bezahlt? Mit Credit Card only?

Eine hochgewachsene Frau mit strahlend blauen Augen eilte auf Mickie zu. Sie war von Kopf bis Fuß in Schwarz gekleidet.

»Wie schön, daß Sie uns einen Besuch abstatten, Frau von Höhenstayn! Wie immer kommen Sie genau zur rechten Zeit. Unsere neue Kollektion ist da.« Sie schüttelte auch mir die Hand und lächelte breit. »Herzlich willkommen. Ich bin Frau Waldstein. Ich leite diesen Flagship-Store.« Sie sah Mickie und mich fragend an. »Was möchten Sie trinken? Wir hätten einen wunderbaren Prosecco da.« Sie pries noch ein paar andere Getränke an, als wären wir in einer Bar und nicht in einer Boutique. Ich überlegte kurz, ob ich mir einen *Frozen Margharita* bestellen sollte. Ich war davon überzeugt, daß ich ihn bekommen hätte. Aber ich ließ es lieber bleiben. Das war sicher unfein.

Mickie wollte einen Prosecco, und ich nahm einen Orangensaft. Die Dame, die uns begrüßt hatte, winkte eine junge Frau zu sich. »Frau Ramsauer? Bitte einen Prosecco und einen Orangensaft für unsere Gäste.«

Wie die Geschäftsführerin trug auch Frau Ramsauer nur schwarz. Sie hatte die Silhouette eines Crissinistäbchens. Das hatte ich befürchtet. Wir waren zwar in Bayern, aber besonders barock ging es hier nicht gerade zu. Alle Kundinnen, die zwischen den Regalen wandelten, hatten höchstens Kleidergröße achtunddreißig.

Frau Ramsauer brachte unsere Getränke. Sie war so blaß, als hätten sich eine Million Stechmücken an ihr vergangen. Ich glaube, wenn ich sie einmal angepustet hätte, wäre sie zu den dezenten Deckenflutern geschwebt wie ein Staubwölkchen. Neben ihr fühlte ich mich auf einmal so dick wie ein aufgepumpter LKW-Schlauch.

»Woran hatten Sie denn gedacht, Frau von Höhenstayn?« fragte die Geschäftsführerin.

Mickie streichelte meinen Oberarm und antwortete: »Ich suche ein schönes Abendkleid für meine Freundin und einen schicken Hosenanzug.«

Die Geschäftsführerin musterte mich von den Schuhsohlen bis zum Scheitel. Ich hielt mich verlegen an meinem Orangensaft fest. Sicher würde sie gleich ihre ätherischen Achseln zucken und sagen: »Für Ihre Figur haben wir nichts, bedaure.«

Aber ich täuschte mich. Sie ging zu den Hosenanzügen. »Wir hätten da einen sehr schönen Anzug«, sagte sie begeistert. »Das Design ist very magic.« Sie nahm einen novemberhimmelgrauen Anzug von der Stange.

»Hübsch«, sagte ich und dachte: »Der ist viel zu eng.«

Die Geschäftsführerin sagte zu mir. »Wenn Sie bitte mitkommen möchten?« Sie begleitete mich zu der Kabine und überreichte mir den grauen Hosenanzug behutsam wie ein Neugeborenes.

Ich schlüpfte in den Blazer. Natürlich spannte er um die Hüften, dafür waren die Ärmel zu lang. Die Hose konnte ich nur mit Mühe und Not schließen. Ich reckte vorsichtig meinen Kopf nach draußen und sagte so leise wie möglich: »Gibt es den Anzug vielleicht auch ein, zwei Nummern größer?«

Die Geschäftsführerin lächelte gelassen wie ein buddhistischer Zen-Meister und nickte. Doch Mickie ging mit entschlossenen Schritten zu meiner Kabine und rief: »Nun kommen Sie doch erst einmal heraus und lassen Sie sich anschauen!« Ich schloß verzweifelt die Augen. Mickie verkannte den Ernst der Lage vollkommen. So ähnlich mußte sich Marie-Antoinette gefühlt haben, als sie vor den Augen des Mobs auf die Guillotine geschleift wurde.

Ich verließ die Kabine. Alle im Laden glotzten mich an.

Ich ging zum Spiegel. Er nahm die ganze Wand ein. Ich sah aus wie ein etwas zu pummeliges Mädchen, das sich in Papas besten Anzug gequetscht hatte.

Die Geschäftsführerin zupfte aufmunternd am Revers und sagte: »Wie Sie sehen, ist unsere Mode immer gesichtsbezogen. Wir betonen kraftvolle Persönlichkeiten, indem wir sie mit modischer Qualität ausstatten.«

Mickie nickte eifrig und orderte noch ein Glas Prosecco.

»Das ist luxuriöses Understatement, die fascination des Androgynen«, fuhr die Geschäftsführerin fort.

Ich sah sie irritiert an. Was erzählte sie da eigentlich? Der Anzug sah an mir schlicht und ergreifend entsetzlich aus. Ich sagte: »Also ich weiß nicht ...«, und drehte mich um. Ich wollte den Anzug so rasch wie möglich wieder ausziehen.

»Wir haben ihn selbstverständlich auch noch eine Größe weiter«, antwortete die Geschäftsführerin.

Mickie schüttelte energisch den Kopf und sagte: »Nicht nötig. Bis nächste Woche nehmen Sie einfach ein paar Kilo ab, und schon sitzt die Hose perfekt. So mache ich das auch immer. Oder wie glauben Sie, halte ich in meinem Alter meine Figur in Form?« Sie stützte eine Hand selbstbewußt in ihre schmale Hüfte. Die Geschäftsführerin lächelte zustimmend.

Ich sah von ihr zu Mickie. Ich sollte mich mit Kalorienzählen kasteien? Nur noch Rucola statt Remoulade? Und alles wegen eines Schiiel-Zander-Anzugs? Ohne mich! Ich sagte patzig: »Ich dachte immer, ein gutes Kleidungsstück sollte sich seiner Trägerin anpassen und nicht umgekehrt.«

Die Geschäftsführerin lächelte noch breiter und gab mir ungefragt einen Grundkurs in Ernährungsberatung: »Ihre paar Winterpölsterchen sind mit einer Obst- und Saftwoche rasch weg. Das paßt auch zur Vision unserer Mode: Less is more.«

Was hieß hier »Winterpölsterchen«? Ich war doch kein Murmeltier! Ich hatte weder Winter-, noch Sommer-, noch Frühlingsspeck auf den Rippen. Meine Figur war schlicht und einfach die Summe aller Mahlzeiten, die ich in meinem Leben mit Genuß gegessen hatte. Ich öffnete den Mund, um ihr das zu sagen. Doch da trat eine andere Kundin zu uns. Sie hatte eben ein Kleid anprobiert, das aussah wie eine umgearbeitete Heizdecke. Die Furchen an ihren Wangen waren tief wie das Profil fabrikneuer Winterreifen, und ihre Oberschenkel waren so schmal, daß sie mühelos in den Kindersitz eines Einkaufswagens gepaßt hätten.

Mickie sah sie abschätzig an, als habe sie etwas sehr Unappetitliches im Haar, doch nur für einen Augenblick. Dann lächelte sie breit und sagte: »Das Kleid steht Ihnen ausgezeichnet! Sensationell! Wirklich ganz toll!« Sie betonte jedes einzelne Wort, als wäre es ihr letztes. Die beiden Frauen lächelten sich an. Es sah aus, als umkreisten sich zwei Raubfische.

Die Kundin ließ sich eine Jacke reichen, die so zerknittert war, als wäre sie seit dem Ende des Zweiten Weltkriegs in einem Fingerhut aufbewahrt worden. Sie drehte sich vor dem Spiegel und tastete nach ihrem Po. Selbstverständlich vergeblich. Zweifellos hatte sie erfolgreich jedes Gramm Fett an ihrem Körper beseitigt. Neben ihr fühlte ich mich wie sechzig Kilo reines Griebenschmalz.

»Es sind die Fettpunkte, auf die es ankommt«, erklärte mir die fettlösliche Frau sehr freundlich, und machte sich daran, mich Ahnungslose in die hohe Kunst des Fatburnings einzuweihen.

»So bleiben Sie schlank wie ein Schilfrohr«, schloß sie.

»Zweimal wöchentlich einen Hebe-Senk-Einlauf, daß wirkt auch Wunder«, sagte die Boutiquenbesitzerin.

Ich sah sie entsetzt an. Eine komplette Darmspülung? Zweimal die Woche? »Wie bitte?« fragte ich skeptisch. »Das machen wir in der Klinik nur vor schweren Operationen! Und zweimal wöchentlich? Das ist doch mörderisch für den Darm! Außerdem werden alle Nährstoffe sowieso schon im Dünndarm resorbiert.«

Die Boutiquenbesitzerin rümpfte etwas beleidigt die Nase.

»Ach, wirklich?« sagte die Fettpunkt-Fachfrau enttäuscht. Sie hätte ohne Probleme hinter einem Fahnenmasten einem Mann auflauern können. Einen BH brauchte sie auch nicht mehr.

Die Verfechterin der analen Spülungen fragte mich, ob ich ein Glas Prosecco haben wollte, und Mickie ließ den Anzug einpacken.

Ich war sprachlos. Eine Hose für über zweitausend Mark, und ich fühlte mich darin wie eine eingeschweißte Gurke?

»Mit Alkohol sollten Sie sich jetzt auch besser einschränken«, sagte Mickie, nahm mir das Glas aus der Hand und trank es in einem Zug leer.

Ich überlegte, ob ich ihr sagen sollte, daß Männern ein paar Kilo mehr oder weniger völlig egal sind. Freuen sie sich nicht über einen beherzten Blow-Job mehr, als wenn ihre Liebste sechs Pfund abnimmt? Aber das behielt ich lieber für mich. Wie kam ich denn dazu, diese Kathedrale der Kasteiung zu entweihen, ich, eine simple Krankenschwester?

Die Damen fachsimpelten leidenschaftlich über die unterschiedlichsten Diäten, und sprachen über Methoden, von denen ich in meinem ganzen Leben noch nichts gehört hatte. Jetzt rächte es sich, daß ich die Diät-Beilagen der Frauenzeitschriften immer als Katzenklounterlage mißbraucht hatte. Ich kannte nur die Brigitte-Diät. Aber mit der durfte ich den Ladys hier sowieso nicht kommen. Sie hatten ihr Wissen sicher in exklusiven Wellness-Tempeln erworben. Ich fragte mich allerdings, warum diese Rippen-Fetischistinnen nicht einfach Pril-Supra mit höchster Fettlösekraft zum Frühstück tranken.

Mickie sagte zu der Geschäftsführerin: »Als nächstes bräuchten wir ein elegantes Kleid für meine Freundin.«

Die Geschäftsführerin schraubte ihr Lächeln noch höher. Es sah aus, als hätte sie soeben das Nirwana erlangt.

»Wir haben eine sehr schöne Collection, die Sie problemlos combinen können«, sagte sie und kam mit einem grauen Filzkleid zurück. Von der Kreation wurde mir schon vom bloßen Hinsehen schlecht.

Ich sagte: »Verzeihen Sie, aber das gefällt mir leider nicht so gut. Zu Mickie sagte ich leise: »Das Kleid sieht aus, als hätte es Joseph Beuys mit ein paar Heftklammern zusammengetackert.«

Die Geschäftsführerin zuckte mit dem rechten Mundwinkel, lächelte eine Spur dünner und sagte: »Aber unsere audience supported das Kleid außerordentlich!«

Mir platzte der Kragen. »Und wenn das Kleid aus purem Gold mit Platin-Pailleten wäre, ich würde es nicht anziehen!«

Die Geschäftsführerin starrte mich an.

Mickie versuchte mich zu überreden, doch am Ende setzte ich mich durch. Sie legte ihre Kreditkarte auf ein silbernes Tablett, und ich war Besitzerin eines Abendkleids aus schwarzer Seide und todschicker schwarzer Pumps.

Ich beteuerte eine Milliarde Mal, daß ich ein so großzügiges Geschenk nicht annehmen könne, aber Mickie lachte nur, verließ die Boutique, stieg wieder auf das Fahrrad und rief: »Auf geht's zum Seeberghof!«

Sie umrundete die Verkäuferin und streckte aufgekratzt die Beine von sich. Frau Ramsauer hielt geduldig unsere Tüten in der Hand und blinzelte in die Sonne. Ich nahm ihr die Tüten ab. Sie zögerte, als wäre es ihr ganz und gar nicht geheuer, mir diese Schätze höchster Schneiderkunst anzuvertrauen, wenn ich nicht den Kofferraum einer Limousine öffnete.

Ich hielt die Tüten unschlüssig in der Hand. Sollte ich die edlen Stücke etwa einfach auf den Gepäckträger schnallen? Was, wenn der Geschäftsführerin augenblicklich die sorgfältig geföhnten Haare zu Berge standen?

»Worauf warten Sie noch?« rief Mickie ungeduldig. Ich hob die Taschen in die Luft.

»Auf den Gepäckträger damit, gut festzurren und los!« rief Mickie.

Ich tat, was Mickie sagte. Als ich fertig war, warf ich der Flagship-Store-Chefin einen Blick zu, doch sie verzog keine Miene. Lediglich Frau Ramsauer prüfte noch einmal, ob der Gummigurt auch wirklich fest saß.

Mickie wandte sich noch einmal um und winkte leutselig. »Tschüüüß!«

Sie trat in die Pedale, als verpasse sie andernfalls einen Gratis-Flug mit der Concorde von Paris nach New York.

»Vielen Dank für Ihren Besuch, Frau von Höhenstayn«, rief die Chefin und nickte mir zu, als würden wir uns seit Jahren kennen.

»Auf Wiedersehen, Frau Schlusenbaum. Ich würde mich sehr freuen, wenn Sie wieder einmal bei uns vorbeischauen würden!«

Auch Frau Ramsauer rief: »Vielen Dank! Auf Wiedersehen, Frau Schlusenbaum.«

Ich fuhr los. »Auf Wiedersehen, Frau Schlusenbaum«, sang es in meinen Ohren. Ich grinste verzückt. Beim Shoppen mit dem eigenen Namen verabschiedet zu werden, das war beinahe noch schöner, als in ein Abendkleid aus teuerster Seide zu schlüpfen und es dann auch noch zu kaufen.

Der See schimmerte im Sonnenlicht wie Millionen Champagnergläser. Die Bergkuppen waren noch mit Schnee überpudert, doch die Blätter der Bäume leuchteten schon in frischem Grün. Mickie sah sich begeistert um und drehte ihren Kopf abwechselnd nach links und nach rechts, so als könne sie gar nicht genug von dieser wunderbaren Welt sehen. Sie benahm sich beinahe so, als wäre sie bis heute blind gewesen. Sie war manchmal etwas überspannt, aber das gehörte nun einmal zu ihr.

Ich sah mich alle paar Meter um und vergewisserte mich, ob wirklich noch alle Tüten auf meinem Gepäckträger waren. Vielleicht wäre es doch besser gewesen, wenn wir das Auto genommen hätten, traumhafter Frühlingsmorgen hin oder her. Was, wenn ich den Anzug und das Abendkleid verlor?

Ich legte mich ins Zeug, bis ich Mickie eingeholt hatte und keuchte: »Ist es noch weit bis zum Seeberghof?«

»Nein. Ach, ich freue mich schon! Das ist eine einfache und ganz entzückende kleine Pension!«

Wir bogen ab und es ging steil bergauf. Ich trat ächzend in die Pedale, trotzdem mußte ich das letzte Stück schieben. Mickie war schon oben.

Auf dem Parkplatz stand die seeübliche Ansammlung von Luxuskarossen. Ein Jaguar, zwei Porsche, eine knallrote Corvette und ein Golf Cabrio. Das gehörte wahrscheinlich der Küchenhilfe.

Jetzt wußte ich, was Mickie unter einer »entzückenden kleinen Pension« verstand. Der Seeberghof war ein umgebautes altes Bauernhaus. Doch ein Blick auf die Speisekarte genügte, um mich davon zu überzeugen, daß hier kein Wiener Schnitzel mit Kartoffelsalat für vierzehn Mark serviert wurde.

Ich las: »Parfait von Süßwasserfischen und Safran-Tomatenvinaigrette, Wachtel-Bressepoulardenterrine, dazu Rhabarbertopfentiramisu mit Erdbeerconfit«. Die Preise waren nur als Ziffern angegeben, ohne den banalen Zusatz »DM«.

Mickie rief: »Wollen Sie etwa schon zu Mittag essen?«

Ich schüttelte den Kopf, nahm meine Tüten und sah zweimal nach, ob ich auch wirklich nichts verloren hatte. Mickie ging auf die Panoramaterrasse und begrüßte überschwenglich eine Frau in dotterfarbenem Kostüm mit dotterfarbenem Hut und dotterfarbenen Ohrringen.

Sie sah kurz an Mickie vorbei und ließ ihren Blick über unsere Fahrräder schweifen. Ihre mißbilligende Mine glättete sich wie geschmolzenes Vanilleeis, als sie die Prawda-Tüten sah. Ich lächelte blasiert. Das Faltrad stammte schließlich von unserer Segelyacht, die unten am See lag. Noch Fragen, Madame?

Ich gesellte mich zu Mickie. Sie stellte mir die dotterfarbene Dame als »Ihre Erlaucht, Gräfin Feodora zu Kaisersegg, Innenarchitektin und Gartengestalterin« vor. Ihr Mann, Typ Gentleman, betongraue Schläfen inklusive, zog an einer Zigarre und war, so Mickie, »Porzellanunternehmer«. Ihm gehörte die Firma »Billeboy & Loch«. Ein Kloschüssel-Fabrikant also. Wir hatten auch einige Modelle seiner rektalen Keramik in der Klinik.

Ich ließ mich in einen Korbstuhl sinken. Er war so bequem, daß ich am liebsten nie wieder aufgestanden wäre.

Das war auch besser so. Die Preise auf der Speisekarte waren nämlich zum Davonlaufen. Ich klappte die Karte wieder zu und sah mich um. Wenigstens die Aussicht über den Tegernsee und die Berge war gratis und wirklich unbezahlbar.

Eine Kellnerin im schicken Dirndl kam. »Grüß Gott! Womit kann ich dienen, bittschön?«

Mickie bestellte sich eine Tasse grünen Tee und ein Hörnchen. Ich orderte das größte Frühstück. Mickie machte große Augen. Ich sagte entschlossen: »Das große Frühstück bitte zweimal.« Mickie protestierte erst, änderte meine Bestellung dann aber doch nicht.

Die Dottergelbe spähte neugierig zu uns herüber. Doch immer wenn sich unsere Blicke begegneten, tat sie sofort so, als genieße sie nur die Aussicht.

Ich legte meine Hand auf Mickies Handrücken und fragte leise: »Sind die beiden auch aus Hamburg?«

»Ja, natürlich. Er stammt aus einer uralten hanseatischen Kaufmannsdynastie. Und ihre Einladungen als Gastgeberin sind sehr begehrt und beinahe legendär. Die beiden kennen jeden in Hamburg, der Rang und Namen hat.«

»Sehr gut. Die schickt der Himmel!« Mickie sah mich verständnislos an. Sie hatte schon wieder vergessen, worüber wir die halbe Nacht gesprochen hatten.

Der Kloschüsselfabrikant stand auf, verneigte sich leicht vor seiner Frau und ging ins Haus. Sicher mußte er aufs Urinal. Die Gräfin sah sich blasiert um. Dieser Tegernsee war ja ganz nett. Aber natürlich überhaupt kein Vergleich zur Hamburger Außenalster, an deren Ufern sie – selbstverständlich – residierte!

Mickie war mit ihrem Frühstück beschäftigt. Sie bestrich ihre Brötchen abwechselnd dick mit Leberwurst und Orangenmarmelade und schlang alles in sich hinein, als wäre es ihre letzte Mahlzeit.

Wir mußten vollendete Tatsachen schaffen, solange diese angerostete hanseatische Gesellschafts-Gouvernante noch zwei Tische weiter an ihrem abführenden Pampelmusensaft nippte. »Mickie, hören Sie! Elder muß über Dritte von Ihrer Affäre erfahren, und das Gerücht muß aus einer absolut glaubwürdigen Quelle stammen. Die Dame dort drüben ist dafür ideal.«

Doch Mickie hörte mir gar nicht zu, sondern biß in ihr drittes Brötchen. Sie saß am Tegernsee in der Sonne, und niemand hinderte sie daran, all das zu essen, was ihr schmeckte. Niemand hielt ihr vor, wie unbedingt erstrebenswert eine mädchenhafte Figur und Größe vierunddreißig waren. Alles andere schien sie nicht zu interessieren. Sie war manchmal wirklich wie ein Kind.

»Mickie«, flüsterte ich und streichelte ihren Arm. Aus den Augenwinkeln sah ich, wie sich der Kopf der Gräfin langsam zu uns drehte wie ein verwitterter Wetterhahn.

»Ziehen Sie jetzt bloß nicht Ihren Arm weg, sonst ertränke ich Sie nachher eigenhändig im Tegernsee«, zischte ich, und lächelte Mickie zugleich verliebt an.

»Machen Sie, was ich sage. Vergessen Sie nicht: Ihr Glück steht auf dem Spiel!«

Mickie hörte auf zu kauen und flüsterte aufgeregt: »Um Himmels willen! Nehmen Sie Ihre Hand da weg! Was soll denn Feodora denken? Sie ist das schlimmste Klatschweib von ganz Hamburg! Wenn Sie ihren Freundinnen erzählt, daß wir hier herumturteln, bin ich geliefert. Das wäre ein Skandal!«

Na, um so besser! »Lächeln Sie mich an, Mickie! Los, lächeln Sie, als seien Sie verrückt nach mir! Nun geben Sie sich doch ein bißchen Mühe! Oder wollen Sie Elder etwa anrufen und sagen: ›Ich liebe eine Frau‹? Das nimmt er ihnen niemals ab. Sie können doch gar nicht lügen. Dazu sind Sie viel zu ehrlich und viel zu gutmütig. Und jetzt lächeln Sie endlich verliebt, verdammt noch mal!«

Mickie lächelte mich verunsichert an.

»Schon besser«, sagte ich und lächelte aufmunternd. »Ein bißchen mehr Begeisterung könnte allerdings nicht schaden. Und jetzt drücken Sie kurz meine Hand und schieben sie dann weg. Ja, schauen Sie ruhig verlegen zu Boden. Und dann gucken Sie ängstlich zu Feodora. So als hätten Sie einen Augenblick nicht aufgepaßt und wollten sich vergewissern, daß sie Ihr süßes Geheimnis nicht entdeckt hat.«

Mickie tat genau, was ich ihr gesagt hatte. Und sie errötete sogar, als sie zu der Gräfin schaute. Als sich ihre Blicke trafen, sah die Gräfin verächtlich weg.

Ich lehnte mich befriedigt zurück. Das kurze Intermezzo hatte genügt, um die ganze Geschichte in Gang zu bringen. Es hatte wirklich so ausgesehen, als hätte sich Mickie das erste Mal im Leben in eine Frau verliebt.

Der Kloschüsselfabrikant kam wieder aus dem Seeberghof. Er bezahlte, dann nahm er seine Frau am Arm und grüßte freundlich zu uns herüber. Die Gräfin nickte Mickie kurz zu und kräuselte spöttisch ihre Lippen. Es war nicht schwer, ihre Gedanken zu erraten. Vollkommen verkommen, diese Mickie von Höhenstayn. Verdrückte hemmungslos fünf Brötchen zum Frühstück, statt sich an einen entschlackenden Saft zu halten und flirtete dann auch noch schamlos in aller Öffentlichkeit mit einer Frau! Mit einer *Frau!*

Sie stöckelte zu ihrem Jaguar und sprach aufgeregt auf ihren Mann ein. In zwei Stunden würde ganz Hamburg Bescheid wissen. Ich lachte.

»Das finden Sie lustig? Was glauben Sie, was jetzt los ist?«

Mickie schob ruckartig ihren Stuhl zurück und sprang auf. »Ich muß der Gräfin sagen, daß alles nur ein Mißverständnis ist. Sie macht mich sonst in Hamburg unmöglich!« Sie lief der Gräfin hinterher.

Ich rief laut: »Mickie, Liebling!«

Die anderen Gäste sahen mich neugierig an. Mickie redete aufgeregt auf die Gräfin ein. »Das ist eine Cousine von mir, wissen Sie!«

»Ach, tatsächlich?« antwortete Feodora. »Die Dame haben Sie mir aber noch nie vorgestellt. Sicher aus der bürgerlichen Linie Ihrer Verwandtschaft? Auf Wiedersehen, Frau von Höhenstayn. Einen anregenden Aufenthalt wünsche ich Ihnen noch.«

Ich tupfte mir den Mund genüßlich mit der Stoffserviette ab. Mit jedem Dementi bestätigte Mickie nur um so mehr, was sie verschleiern wollte. Ich mußte mich beherrschen, nicht ausgelassen zwischen den Frühstücksbrötchen zu tanzen. Mickie kam wieder zurück. Sie war völlig aufgelöst. »Sie hat mir kein Wort geglaubt! Was soll ich denn jetzt machen? Ganz Hamburg wird glauben, ich wäre, ich wäre ...« Sie würgte an dem Wort herum.

»Ganz Hamburg wird denken, Sie wären lesbisch geworden, exakt. Und genau das wird Elder zähmen.«

»Ich kann mich auf keinem Fest, keiner Vernissage mehr blicken lassen! Elder wird mich fallen lassen wie eine heiße Kartoffel!«

»Wie eine heiße Crevette«, murmelte ich.

»Was?«

»Genau das Gegenteil wird passieren, Mickie. Sie waren zweimal verheiratet, Sie haben einen Sohn. Niemand wird ernsthaft glauben, daß Sie mit einer Frau durchbrennen! Aber Elder wird trotzdem kommen, um sich zu überzeugen, daß an dieser Geschichte nichts wahr ist. Und wenn er uns in flagranti erwischt, wird er alles daran setzen, Sie aus meinen Fängen zu befreien, nur um sich zu beweisen, daß er kein

Schlappschwanz ist. Machen Sie sich keine Sorgen um Ihren Ruf. Nur er wird mit eigenen Augen sehen, daß Sie wirklich mit einer Frau ins Bett gegangen sind. Und das wird er bestimmt brav für sich behalten. Oder glauben Sie wirklich, Elder posaunt herum, daß seine Verlobte ihm eine Frau vorzieht? Noch dazu eine Krankenschwester, die nicht mehr als fünftausend Mark auf dem Konto hat?«

Mickie riß schockiert ihre Augen auf, als hätte ich ihr eben anvertraut, daß ich nur noch ein halbes Jahr zu leben habe. »Sie besitzen nur fünftausend Mark? Oh. Das tut mir leid.«

Sie bezahlte und verließ mich kurz, um auf die Toilette zu gehen.

Wir rollten bergab. Ich konnte nur hoffen, das die Bremsen an den Fahrrädern in Ordnung waren. Ich hatte keine Lust, kopfüber in einen der Villenvorgärten zu purzeln, so schön sie auch waren.

Am Seeufer kaufte ich uns am Kiosk ein Eis. Wir setzten uns auf eine Bank, und ich kramte mein Kleid aus der Tüte. Im Sonnenlicht glänzte es noch eindrucksvoller als in der Boutique.

Ich erklärte Mickie noch einmal meinen Plan, obwohl es nun keine Rolle mehr spielte, wie sie sich verhielt. Nach der Szene im Seeberghof gab es kein Zurück mehr. Sie durfte nur Etti nicht einweihen, denn dieses durchtriebene Aas würde uns bestimmt alles vermasseln.

Mickie schleckte glücklich an ihrem Eis. »Ein Stileis!« rief sie, als ich ihr ein Magnum reichte, so begeistert, als erblicke sie zum ersten Mal in ihrem Leben die Niagarafälle. Ich glaube, sie hatte die längste Zunge, die ich je gesehen habe. Sie konnte bestimmt gut küssen. Aber Elder war wohl zu dämlich, um das zu kapieren.

Ich dachte an Alexander. Wenn er auch nur ein Viertel vom Charme und Temperament seiner Mutter geerbt hatte, war er der Mann meiner Träume. Ich sah auf den See und stellte mir vor, wie sie Alexander mit einer Kopfplatzwunde bei uns einlieferten, während ich Nachtdienst hatte. Natürlich hatte sich dieser verstörend aufregende Mann in unsere Ambulanz nur verirrt. Die Notaufnahme von St. Georg im Hamburger Hauptbahnhofsviertel verarztet gewöhnlich Rentnerinnen, Drogenabhängige, Obdachlose oder Alkoholiker, aber keine jungen Unternehmer.

Ich würde Alexander sofort drannehmen, obwohl er später gekommen war als die anderen Patienten. Bis die diensthabende Ärztin kam, würde ich seinen Puls messen und zärtlich sein maßgeschneidertes Hemd hochkrempeln. Vorsichtig würde ich das Blut an seinem Haaransatz abwischen und mit meinen Fingern behutsam die Ader an seiner Schläfe berühren. Durch die Schmerzen würde sie sich noch deutlicher als sonst auf seiner Stirn abzeichnen. Ich würde auch seine Herztöne abhören, obwohl das bei einer Kopfplatzwunde gar nicht nötig ist. Er würde die Augen aufschlagen, mich erblikken und seine Verlobte Amelie sofort vergessen. Oder, besser noch: er würde durch den Sturz an Gedächtnisschwund leiden und sich in mich verlieben. Und ich würde künftig als begehrte Fotografin arbeiten und alle Landsitze und Stadtresidenzen unserer Freunde für einen anspruchsvollen Bildband fotografieren. Ursula würde es vor Neid zerreißen und …

Mickie griff mir ins Haar. Ich zuckte zusammen und schrie auf.

»Mit Ihren Haaren müssen wir vor der Gala noch etwas machen.« Sie zwirbelte sanft eine Locke, schloß die Augen, wie eine Katze, die am Hals gekrault wird und schwärmte: »Sie haben wunderbares Haar! Giovanni wird begeistert sein. Er wird eine Principessa aus Ihnen machen!«

»Giovanni?«

»Unser Stylist. Er kommt heute abend aus seinem Münchner Salon zu Etti und macht uns die Haare und das Ball-Make-up.« Sie lutschte sorgfältig die Schokolade vom Holzstil.

»Wollen Sie noch eines?«

»Aber nein!« rief sie, schielte aber auf mein Eis. Ich hatte es erst zur Hälfte aufgegessen. Eigenartig. Sie war so vermögend und doch immer hungrig.

Wir fuhren auf Gut Friedensruh zurück. Henrietta umarmte Mickie wie eine verlorene Tochter und spielte die Besorgte. »Mickie, wo bist du denn gewesen? Ich dachte schon, dir ist etwas zugestoßen. Seit wann fährst du Fahrrad? Warum hast du nichts gesagt? Mein Chauffeur hätte dich gefahren!« Sie warf mir einen tadelnden Blick zu. Ich sah sie unschuldig an. War ich etwa Mickies Kindermädchen?

Henrietta legte den Arm um Mickie und sagte leise: »Elder hat angerufen, und wollte wissen, ob du hier bist.« Mikkie sah sich nach mir um. Ich zwinkerte ihr zu. Das hatte noch schneller geklappt, als ich gedacht hatte. In Hamburg war Mickies vermeintlicher Seitensprung also schon bekannt.

Henrietta streichelte zärtlich Mickies Wange. Ich erschauerte. Lieber wäre ich von einer fauligen Fischflosse berührt worden. »Elder hat angerufen?« Mickie sah Henrietta gespannt an. »Und was hast du ihm gesagt?«

»Liebste, ich habe natürlich gesagt, daß du hier bist, und daß es dir gutgeht. Er macht sich große Sorgen! Wie konntest du nur abreisen, ohne ihm eine Nachricht zu hinterlassen? Wo hast du überhaupt dein Handy?«

»So. Er macht sich große Sorgen«, sagte Mickie. »Auf einmal! Vielleicht hätte er vorher überlegen sollen, was er tut. Vielleicht hätte er sein Flittchen nicht vor meinen Augen vögeln sollen«, stieß sie hervor.

»Aber Mickie!« antwortete Henrietta entsetzt.

Ich lächelte. Endlich hatte Mickie begriffen, worauf es ankam. Am liebsten hätte ich ihr applaudiert.

Ein großer Jeep fuhr auf den Gutshof. Im Anhänger lag ein toter Hirsch. Henriettas Mann sprang aus dem Jeep, die Flinte über der Schulter. Henriettas Mops schleppte sich sofort zu ihm und wackelte begeistert mit dem Hinterteil. Henriettas Mann Hubertus war ein älterer Herr von allererstem Format. Weltgewandt und hochkarätig. Ein echter Grandseigneur. Er hatte auffallend lange seidige Wimpern.

Mickie stürzte auf ihn zu und umarmte ihn. »Hubertus! Wie schön, dich zu sehen!« Offensichtlich beneidete sie Henrietta um diesen Mann, der statt jüngeren Frauen nur im Wald und auf der Heide Hasen, Wildschweinen und Bambies nachstellte. Hubertus reckte und streckte sich, als müsse er demonstrieren, wie sehr es gegen seine Natur war, auch nur eine halbe Stunde nicht sportlich auf die Pirsch zu gehen.

Mickie schritt mit ihm und Etti die Beute ab und bewunderte sie ausgiebigst. Hubertus berichtete, wie er dem Hirschen aufgelauert hatte. Ich verschanzte mich hinter meinem Fahrrad. Ich hatte wenig Lust, lebloses Wildbret zu bewundern. Hubertus Jagdgehilfe lud eine Metallwanne mit den Eingeweiden des Hirschen aus und überreichte sie Ettis Koch. Mir graute. Hoffentlich gab es das glibberige Gekröse und die Gurgel nicht zum Mittagessen.

Ich beschloß, nach oben zu gehen, um mich vor dem Essen umzuziehen. Ich ging an der Gräfin vorbei und atmete schon auf, als Henrietta schnippisch sagte: »Frau Schlusenbaum?«

Ich wandte mich um.

Sie spielte mit ihrer Perlenkette und lächelte spöttisch. »Ihr Freund sucht Sie.«

»Ja?« antwortete ich. Wahrscheinlich suchte er uns, weil er Angst um seine Falträder hatte.

»Ist er etwa schon aufgestanden? Ich dachte, er schläft noch. Wenn ich ihn nicht ab und zu aufwecken würde, würde er sein ganzes Leben zwischen zwei Laken verbringen.«

Etti Sulzmayr fand das gar nicht komisch. Sie hob eine Augenbraue und sagte: »Ich lasse den Lunch um halb zwei auf der Terrasse servieren. Es wäre schön, wenn Sie uns Gesellschaft leisten würden.« Sie sagte das, als meine sie genau das Gegenteil, und sie gab sich nicht die geringste Mühe, das zu verschleiern.

Ich antwortete steif: »Danke, sehr gerne.«

Ich wollte mich gerade ins Haus davonmachen, als ich Erichs Nissan hörte. Gerade jetzt, wo fast die ganze feine Familie versammelt war. Nur Alexanders Verlobte Amelie fehlte noch. Hoffentlich machte mir Erich keine Szene.

Er parkte ganz selbstverständlich neben Henriettas Zweitwagen, einem Porsche, stieg aus und begrüßte mich fröhlich. Er hatte uns gar nicht gesucht, sondern war einfach spazierengefahren und hatte sich die Gegend angeschaut. Um mich hatte er sich nicht die geringsten Sorgen gemacht. Das ärgerte mich. In der Liebe sollte nichts selbstverständlich sein. Aber er würde sich noch wundern.

Etti und Mickie folgten uns in die Eingangshalle. Magda kam aus dem Salon. Sie wollte Mickie das Telefon reichen. »Frau von Höhenstayn, Herr Burgberg würde Sie gerne sprechen.« Mickie warf mir einen Blick zu und sagte langsam und sehr laut: »Sagen Sie ihm, ich bin nicht für ihn zu sprechen. Weder jetzt noch irgendwann anders.« Dann hob sie den Kopf und sagte nachdrücklich: »Überhaupt nie wieder.«

Magda teilte das Elder Burgberg höflich mit. Dann lauschte sie und hielt das Handy wieder Mickie hin. »Verzeihen Sie, Herr Burgberg besteht darauf, mit Ihnen zu sprechen, Frau von Höhenstayn.«

Mickie ging wortlos an der Haushälterin vorbei. Erich und ich folgten ihr. Henrietta schüttelte den Kopf und rief: »Sei doch vernünftig Mickie!« Sie nahm Magda forsch das Handy aus der Hand und flötete: »Einen Augenblick, Elder.« Sie legte ihre Stirn in Falten, tief wie Gletscherspalten.

Mickie blieb auf der oberen Hälfte der Freitreppe stehen und rief: »Henrietta, zwischen mir und Elder gibt es nichts mehr zu bereden. Es ist aus!« Sie strich mit der Hand über den Freilauf der Treppe, dann schritt sie weiter nach oben. Henrietta bellte ins Telefon: »Einen Augenblick, Elder, ich regle das!« Energisch folgte sie Mickie.

Mickie beugte sich über die Brüstung. Henrietta blieb stehen und sah sie ängstlich an.

Mickie rief: »Ich liebe eine Frau!« drehte sich um und verschwand.

Erich sah mich an. »Was?«

Nicht schlecht. Soviel schauspielerisches Talent hatte ich ihr gar nicht zugetraut.

Henrietta starrte ihre Haushälterin an. »Wie bitte? Ich höre wohl nicht recht? Magda, was hat sie gesagt?«

Magda lächelte unverbindlich und antwortete: »Gnädige Frau, Frau von Höhenstayn sagte: ›Ich liebe eine Frau.‹«

»Wie bitte? Was liebst du?« Henrietta rannte die Treppe hoch und rief in das Handy, aus dem es aufgeregt quakte.

»Ach Unsinn, Elder! Ja, ich spreche mit ihr! Sie ist vollkommen überdreht, hat heute nacht kaum geschlafen. Mach Dir keine Sorgen!« Doch nach kurzer Zeit kam Henrietta allein zurück. Mickie hatte sie nicht in ihr Zimmer gelassen. Henrietta sprach noch immer auf Elder ein. Sie ging mit dem Handy in den Salon, nicht ohne vorher einen Blick auf mich abzuschießen, ätzend wie Rattengift. Am liebsten hätte sie mich wohl vierteilen lassen. Ich schenkte ihr mein reizendstes Lächeln.

Erich sah mich fragend an. »Was ist denn hier los?«

Ich antwortete: »Gar nichts«, und zog ihn hinter mir her. »Komm, wir gehen nach oben. Ich will mich umziehen.«

Ich zog mein neues Kleid an und flanierte auf dem Perserteppich auf und ab, als handle es sich um die Fifth Avenue. Erich beobachtete mich schweigend.

»Und? Gefällt es Dir?«

Er griff nach dem Etikett. »Bist du verrückt? Fünftausendsiebenhundert Mark!«

»Hat Mickie mir geschenkt. Sie ließ sich nicht davon abbringen.«

»So ein teures Geschenk kannst du doch nicht annehmen!«

»Das kapierst du mit deiner Krämerseele eben nicht. Man muß Größe besitzen, um ein großzügiges Geschenk auch annehmen zu können.«

»Du gibst es sofort zurück!«

»Niemals!« Ich ging zum Spiegel und betrachtete mich.

»In Jeans gefällst du mir viel besser. So etwas hast du doch gar nicht nötig!«

So, so, dachte ich. Aber wenn deine Uschi Strapse trägt, dann bist du bestimmt begeistert, oder etwa nicht?

Erich warf sich aufs Bett und sagte: »Ich bin wieder fit. Was hältst du davon, wenn wir noch heute abend weiterfahren?«

Ich legte mich neben ihn und umkreiste mit dem Finger zärtlich sein linkes Ohr. »Das geht leider nicht, Liebling. Heute abend begleiten wir Mickie auf eine Gala ins Grandhotel Lachmayer, und ich werde mein Kleid ausführen.«

Ich ließ mich quietschend nach hinten in die Kissen fallen und strampelte mit den Beinen. »Und für dich hat Mickie einen Smoking.«

»Wie bitte? Auf gar keinen Fall! Wir sind doch nicht die

Lebenshilfe für eine nichtsnutzige, betrogene Frau Baronin, die ihr ganzes Leben lang noch nicht einen Tag gearbeitet hat!«

Ich sah Erich verständnislos an. Was hatte denn Mickies Kummer damit zu tun, ob sie vierzig Jahre lang täglich ins Büro getrabt war oder nicht? Ich sagte verärgert: »Sie ist Gräfin, keine Baronin.«

»Und wenn sie Lady Diana höchstpersönlich wäre, dann wäre mir das so was von scheißegal!«

Ich sah auf die Uhr, lief ins Bad und flötete: »Wir müssen zum Lunch, Liebling.«

Erich rief: »Beeil dich, ich habe noch nichts gefrühstückt und einen irren Hunger! Wir könnten doch auch in den Ort fahren und in einem netten Café etwas essen!«

»Das geht nicht«, sagte ich. »Die Freude mache ich Henrietta nicht. Und Mickie wäre enttäuscht.«

»Mickie, Mickie, Mickie! Ich kann diesen Namen langsam nicht mehr hören!«

Ich dachte, sei froh, daß ich nicht den ganzen Tag von Alexander schwärme.

Als ich wieder aus dem Bad kam, erklärte ich noch einmal, warum Mickie unsere Unterstützung brauchte. Aber es war sinnlos. Erich lachte nur böse. »Da braucht so ein alterndes Kaschmir-Prinzesschen bloß ein paar Krokodilstränchen auf seinen Hummer zu heulen ...«

Es klopfte, und Mickie steckte ihren Kopf ins Zimmer. Sie hatte sich umgezogen und trug jetzt ein rot-lila Kostüm mit silbernen Knöpfen. Sie erinnerte mich an einen phosphoreszierenden Tiefseefisch. »Störe ich?« fragte sie.

»Aber nein. Kommen Sie rein.«

Erich sah stur in den Fernseher. Irgendeine Champions-League lief, die Weltmeisterschaft, die Bundesliga, oder alles zusammen.

»Haben Sie sich schon für die Gala umgezogen?« fragte ich.

Mickie strich über den Stoff und lächelte geschmeichelt. »Nein. Das ist für den Lunch. Gefällt es ihnen? Es gehört eigentlich Etti.«

»Steht Ihnen außerordentlich gut«, log ich.

»Amelie, Alexanders Verlobte, kommt auch zum Lunch. Sie ist erst heute morgen aus Afrika zurückgekommen.«

Alexanders Verlobte kam? Unter diesen Umständen war natürlich die volle Ausstattung angebracht, mit allen Extras. Ich huschte ins Bad und legte noch Lidschatten und etwas Rouge auf.

»Leider begleitet Amelie uns nicht auf die Gala. Sie ist ziemlich geschafft. Es gab Probleme mit ihrem Rückflug.«

Mickie fragte Erich: »Sind Sie soweit?«

Er grummelte »ja«, und schwang sich vom Bett, den Blick immer noch auf den Fernseher gerichtet. Er benahm sich unmöglich. Doch wenn Mickie sich darüber ärgerte, ließ sie es sich zumindest nicht anmerken.

Sie bot mir ihren Arm an. Ich zögerte. War das nicht etwas zu dick aufgetragen? Aber ich hängte mich bei Mickie ein, während Erich hinter uns herschlenderte, betont lässig, die Hände in den Hosentaschen vergraben.

Als wir zu Tisch kamen, erzählte Alexanders Verlobte Amelie gerade mit einer nervtötend hohen Stimme von der afrikanischen Luxus-Safari, an der sie teilgenommen hatte. Wenn sie lachte, quietschte sie wie eine ungeölte Fahrradkette. Gutgelaunt nahm ich auch zur Kenntnis, daß sie lispelte. Okay, nur ein bißchen. Aber immerhin. Das machte meine paar Kilo Übergewicht leicht wieder wett.

Was, um Himmels willen, gefiel Mickies Sohn bloß an ihr? Sie hatte lange, fast weißblonde Haare, reizend geschwungene Augenbrauen, eine tolle Figur und irre lange Beine. Aber sie hatte ungefähr soviel Ausstrahlung wie eine nackte Schaufensterpuppe.

Ich sah mich auf der Terrasse um. Wunderbare Fotos könnte man hier machen. Die Aufnahmen würde jedes Lifestyle-Magazin mit Handkuß drucken.

»Was machen Sie eigentlich beruflich?« fragte Etti mich prompt. Ich überlegte rasch. Was sollte ich antworten? Ich öffnete den Mund, um zu sagen: »Ich bin Fotografin.« Doch Erich sagte: »Charlotte ist Krankenschwester. Sie arbeitet in der Ambulanz im Hamburger Hauptbahnhofsviertel und versorgt Brüche von Alkoholikern, die in den Rinnstein gestürzt sind, Schnittwunden von Messerstechereien, und Ehefrauen, die ›versehentlich in eine Glastüre gefallen‹ sind.«

Etti sah betreten auf ihre Krebse in Dillschaum. Ich starrte Erich mit offenem Mund an und überlegte, ob ich ihm den Weinkühler über den Kopf stülpen sollte. Ich sagte hastig: »Ich fotografiere nebenbei auch für eine Zeitung. Aber am liebsten würde ich schöne Einrichtungen ablichten. So wie die Ihre, Frau Sulzmayr.« Ich lächelte einnehmend, doch Etti sah noch immer auf ihren Teller, als verdopple sich dort gerade der Kurs ihrer Brauereiaktien. Dafür klebten auf einmal Amelies Augen an mir. Sie glänzten wie Frischhaltefolie. »Sie helfen den Unterprivilegierten? Das finde ich bewundernswert. Ein so schwieriger und fordernder Beruf! Ich weiß nicht, ob ich das könnte! Dabei ist das so sinnvoll!« Sie beugte sich interessiert vor. Um ein Haar hätte ihre Designerbluse Bekanntschaft mit der Sauce Hollandaise gemacht. »Erzählen Sie doch mehr von Ihrer Arbeit!«

Ich hatte nicht die geringste Lust, von meiner Arbeit im Krankenhaus zu erzählen. Das fehlte noch! Ich wollte lieber wissen, wo ich die raffinierten Seidentapeten aus unserem Gästezimmer kaufen konnte. »Wissen Sie, unsere Arbeit ist eigentlich nicht immer so sinnvoll, wie Sie vielleicht denken«, antwortete ich. »Die Leute kommen zum Alkoholentzug. Ich nehme ihnen Blut ab und registriere ihre Werte. Ein paar Tage später hauen sie ab, und kurz darauf werden sie wieder eingeliefert. Mit einer Alkoholvergiftung. Es gibt Tage, da denke ich, es wäre besser, sie würden sich einfach alle an die Hand nehmen und von der Köhlbrandbrücke springen.«

Amelie blinzelte schockiert. Etti schob plötzlich ihren Teller weg, als läge dort eine Vogelspinne an Weberknecht-Mousse.

»Noch etwas französischer Babyhummer?« fragte Magda mich.

»Gerne.«

»Was machen Sie denn so, Amelie?« fragte ich, um das Thema zu wechseln.

»Ich bin Tromp d'loeil-Malerin.«

Erich sagte: »Sie machen also Graffiti für Wohnzimmer?«

Amelie fauchte: »Das ist Illusionsmalerei«, sah ihn beleidigt an und wandte sich wieder an mich. »Sie könnten doch in die Entwicklungshilfe gehen und den Kindern in Afrika helfen! Ach, ich hätte doch Ärztin werden sollen!« Sie nippte an ihrem Glas. »Wir versuchen zwar, mit Spenden zu helfen, aber als Krankenschwester können Sie wirklich Leben retten. Das muß ein tolles Gefühl sein!«

Ich lächelte Etti an. »Wo bekommt man denn Ihre wundervollen Seidentapeten?«

Amelie sah mich enttäuscht an. Sie wollte lieber über die Lepra plaudern, brasilianische Favelas und indische Slums.

Etti sagte: »Unsere Seidentapeten kommen aus Paris. Vom gleichen Innenausstatter, den auch die englische Königin hat.«

Ich sagte: »Wow!«

»Ffffhhhh!« machte Erich verächtlich. Nur das Wachtelspiegelei, das jetzt aufgetragen wurde, hinderte mich daran, ihm auf der Stelle eine zu scheuern. Mickie beteiligte sich überhaupt nicht am Tischgespräch, sondern starrte abwesend vor sich hin. Sie war in sich zusammengesunken wie ein welkes Salatblatt. Erst als Hubertus sie ansprach, richtete sie sich auf und lächelte auf einmal wie ein Delfin auf Hochzeitsreise.

Nach dem Essen weigerte sich Erich erst recht, mit mir auf die Gala zu gehen. »Was soll ich denn da?« schimpfte er, als wir wieder in unserem Zimmer waren. »Was sind diese Parties denn anderes als die Futterkrippen und Balzwiesen der High-Society?«

Es klopfte.

»Ja bitte?«

»Beinahe hätte ich das Wichtigste vergessen«, sagte Mickie und trat in das Zimmer. »Erich, der Smoking ist von meinem Sohn. Er hat ihn das letzte Mal, als wir hier waren, vergessen. Er müßte Ihnen eigentlich passen.«

Erich wollte etwas sagen, doch diesmal war ich schneller.

»Danke Mickie. Das ist nett!«

»Kommen Sie gleich mit? Der Stylist ist jetzt da.«

»Ich komme gleich nach.«

»Gut. Wir sind in Ettis Badezimmer.« Sie wandte sich zum Gehen.

»Und Mickie?«

»Ja?«

»Denken Sie bitte daran, was wir abgemacht haben. Kein Wort zu Etti, okay?«

Mickie blinzelte verschwörerisch: »Klar. Sie können sich auf mich verlassen!«

Als sie die Tür wieder geschlossen hatte, fragte Erich mißtrauisch: »Auf was kannst du dich verlassen? Was wird hier eigentlich gespielt?«

Ich küßte ihn auf die Wange und sagte: »Das erkläre ich dir später.« Ich knuffte ihn neckisch. »Nun komm schon! Wir gehen eine Stunde auf die Gala und fahren anschließend gleich los. Wenn die Sonne aufgeht, sind wir schon am Meer!«

Ich konnte mich nicht erinnern, schon einmal so glücklich über eine Einladung gewesen zu sein. Ein nobler Wohltätigkeitsball am Tegernsee. Prominente, wohin das Auge reichte, Adelige, Filmschauspieler und sogar ein Hollywoodstar. Und wir saßen an einem der besten Tische und hatten ungehindert Zugang zum exklusiven VIP-Bereich! Endlich einmal ein richtiger Ball, statt dieser öden Parties, auf die jeder eine Schüssel selbstgemachten Kartoffelsalat mitbrachte. Erich ging leider noch immer am liebsten auf Feten, auf denen alle Bier aus der Flasche soffen und auf dem Boden herumlungerten, um ausgiebig zu kiffen.

Als ich wieder aus dem Bad kam war es halb sieben. Erich lag noch immer in Jeans auf dem Bett und las Zeitung.

Mir platzte der Kragen. »Also gut, mein Schatz«, sagte ich. »Dann bleib eben hier. Ich sage Mickie, daß du Migräne hast.«

Erich ließ die Zeitung sinken. »Sag mal, spinnst du?«

»Wieso? Irgendwie muß ich dich wohl entschuldigen, oder? Diese Ausrede ist genausogut wie jede andere auch!«

»Wozu brauchst du denn eine Ausrede? Sag doch einfach die Wahrheit! Ich sage Mickie gern, daß ich nicht die geringste Lust habe, diesen Heuchlern zuzusehen, wie sie tausend Mark für kranke Kinder springen lassen, nur um ihr Gewissen zu beruhigen. Und dabei saufen sie scheinheilig Champagner, kommen sich ungemein großzügig vor und fädeln in Wirklichkeit am Büfett ein paar neue Geschäfte ein! Wahrscheinlich hält eine dieser Tussen vor dem Dessert auch noch einen Vortrag über mukoviszidosekranke Kinder und Tschernobylopfer, damit es alle auch angenehm gruselt. Nein, vielen Dank!« Erich sah mich trotzig an.

»Gut«, sagte ich kühl. »Du kannst mich gegen Mitternacht abholen. Ich warte vor dem Haupteingang des Hotels auf dich. Weißt du, wo das Lachmayer ist?«

»Das werde ich schon finden. Für wie blöd hältst du mich eigentlich?« Ich sagte ihm nicht, für wie blöd ich ihn im Augenblick hielt, sondern drückte ihm einen Kuß auf die Lippen und wappnete mich innerlich für den Frisörbesuch.

Giovanni war ein blondierter Bayer, der eigentlich Joseph hieß. Er wartete schon auf mich und klatschte entzückt in die Hände, als er mich sah. Das heißt, mich selbst nahm er eigentlich gar nicht wahr. Er hatte nur Augen für meine Haare.

Eben dachte ich noch, meine Haare wären eigentlich ganz passabel. Naturlocken, die einfach wieder einmal einen guten Schnitt brauchten.

Irrtum. Das Grauen beginnt immer mit der Frage: »Womit, um Gottes willen, waschen Sie Ihre Haare?«

Wehe, wenn du dann arglos erzählst, daß du dein Haar mit Nivea Hair Care pflegst, die Packung für knappe vier Mark. Von Tengelmann. Ebensogut könntest du sagen: »Ich nehme Kernseife und verdünnte Salzsäure, wieso?« Jeder, aber auch wirklich jeder Frisör kreischt sofort: »Nivea, oh, Gott!« und schwatzt dir ungefragt das Pflegeprogramm des Salons auf. Und die genau kalkulierten Kosten für einen Haarschnitt steigen sofort um dreißig Prozent. Oder hat zu Ihnen schon einmal ein Frisör gesagt: »Gratuliere, Sie haben beneidenswert gesundes und dichtes Haar, kraftvoll bis in die Spitzen!«? Na bitte!

Einmal hatte ich gedacht, ich könne den Pflegeguru austricksen. Mit unschuldigem Augenaufschlag schwindelte ich: »Wie ich meine Haare pflege? Ich verwende seit mehr als zehn Jahren nur edelste Essenzen von Hamburgs Starcoiffeuse Marlies Möller.«

Mein Übermut hatte schreckliche Folgen. Der Frisör schnitt mir rachsüchtig meine Haare so kurz, daß ich für drei Monate Uwe Ochsenknecht ähnlicher sah als mir selbst. Er behauptete einfach, das sei der absolute Sommer-Trendschnitt. Natürlich zahlte ich keinen Pfennig für diese Verwüstung, mußte aber bis Allerheiligen mit einer Baseball-Kappe herumlaufen. Es war das einzige Mal, das ich mir wünschte, Krankenschwestern würden noch immer Häubchen tragen.

Der Gipfel der Grausamkeiten ist aber das sogenannte »Finish«. Die wahre Absicht, nämlich einen Menschen vollkommen zu entstellen, wird mit diesem Wort heimtückisch verschleiert. Nach einem »Finish« beim Frisör brauchst du garantiert keine Maske mehr, wenn du deine Hausbank überfallen willst, weil dich dann nicht einmal mehr die eigene Mutter noch erkennt.

In Ettis Boudoir erging es mir nicht besser. Giovanni strich mir mysteriöse Tinkturen und geheimnisvolle Essenzen ins Haar. Es gelang ihm sogar, nicht nur seinem Gesicht, sondern sogar seinen Fingern eine skeptische Aura zu verleihen, als er eine meiner Naturlocken untersuchte. Das Ganze endete damit, daß er mir alle Locken aus den Haaren zog und mich um einige Nuancen blonder neu erschuf und mir lächelnd einen Mittelscheitel verpaßte, mit dem ich meiner Grundschullehrerin aus den siebziger Jahren glich. Auch Mickie plättete er die Haare, während er Etti Locken und eine Hochsteckfrisur verordnete, mit der sie aussah wie Heidis garstige Gouvernante Frau Rottenmeier.

Erich murmelte etwas von »Vergewaltigung«, und lachte blöde, als er mich sah. Ich hätte ihn töten können. Wie damals, als ich mir einmal meine Haare selbst mit »Laboratoires Garnier« getönt hatte und anschließend aussah wie eine Kreuzung aus Pippi Langstrumpf und einem Golden Retriever. Und Erich hatte es überhaupt nicht bemerkt!

Er zappte sich durchs Programm und trank Bier aus der Flasche, obwohl ihm Magda ein Glas dazugestellt hatte. Zu Hause trank er nie aus der Flasche. Aber hier machte er natürlich auf Arbeiterklasse, weil er sich von Stuckdecken und Seidenvolants umzingelt fühlte. Es fehlte nur noch, daß er Etti verriet, daß er PDS wählte, die Partei der »sozialen Gerechtigkeit«. Aber dazu würde er zum Glück keine Gelegenheit mehr haben. Wir würden noch heute nacht von hier verschwinden. Und zwar alle drei.

Mickie und Etti warteten schon im Salon. Mickie trug ein weitausladendes schwarzes Abendkleid mit einer riesigen roten Schleife am Bauch. Henrietta aber übertraf alles. Sie hatte sich in ein seitlich hochgeschlitztes blaues Ballkleid aus schwerer Atlasseide gehüllt. Auf ihrem gewagt ausgeschnittenen Dekolleté glänzte Goldpuder. Sie sah aus wie die Hauptrolle in einer ungarischen Operette. Ich hatte eigentlich gedacht, wir würden auf eine Wohltätigkeitsgala gehen und nicht auf ein Kostümfest.

Ich bewunderte Henriettas Kleid höflich, aber sie legte auf meine Meinung keinen Wert, sondern reichte mir ein Glas Champagner, als sei es ein Revolver. Eigentlich hatte ich Lust auf eine Cola, aber ich hätte mir eher die Zunge abgebissen, als das zu sagen. Etti wartete doch nur auf einen solchen Fauxpas.

Ich lächelte vergnügt. Am Ende der Gala würde ich Mikkie ins Auto verfrachten und wir würden gemeinsam nach Venedig durchbrennen. Das würde Elder erst so richtig anstacheln. Wir würden ein paar Tage untertauchen und Elder im Dunkeln tappen lassen, wohin seine Verlobte verschwunden war. Aber dann würden wir Mickies Seitensprung inszenieren. Hoffentlich hatte Mickie ihre Kreditkarten dabei. Es war wirkungsvoller, wenn Elder uns im Bett eines Luxus-Hotels erwischte. Natürlich konnte er auch hereinplatzen, wenn ich mit seiner Verlobten in einem Schlafsack lag. Und vielleicht wäre eine schäbige Absteige sogar die glaubwürdigste Kulisse. Nur, ich bevorzugte nun einmal einen gewissen Rahmen für meine Inszenierung.

Der schwäbische Butler war auch unser Chauffeur. Er trug jetzt einen schwarzen Anzug und hielt uns die Tür von Henriettas Bentley auf. Ich war ein bißchen enttäuscht von der Limousine. Sie war weniger imposant, als ich sie mir vorgestellt hatte und sah aus wie ein besserer Volvo.

Ich saß zwischen Henrietta und Mickie. Ettis glanzvoller Gatte Hubertus hatte auf dem Beifahrersitz Platz genommen. Henrietta und Mickie unterhielten sich über diverse Gäste, die auf die Gala eingeladen waren. Es handelte sich um einen Klinikchef; einen Innenarchitekten, der mehrere Villen an der Côte d'Azur eingerichtet hatte, und um einen alternden Playboy, der jetzt als Künstler dilettierte, obwohl er auf Fotos so wirkte, als könne er allein nicht einmal mehr eine Klobrille in die Horizontale bringen.

Ich hatte trotzdem größeres Herzklopfen als vor meinem ersten Rendezvous. Die Gästeliste war wirklich beeindrukkend. Die Creme de la Creme der deutschen Gesellschaft. Und ich mittendrin! Hoffentlich klappte mein Plan. Alles hing davon ab, ob es mir gelang, Mickie nach Venedig zu entführen. Die Welt der glamourösen Galas war schließlich ihr artgerechtes Biotop, und ich fürchtete, sie könnte in jeder anderen Umgebung nach kurzer Zeit jämmerlich eingehen.

Henrietta zog das Fax einer renommierten Hamburger

Sonntagszeitung aus ihrer Handtasche und sagte zu Mickie: »Du entschuldigst doch, wenn ich das rasch beantworte. Es kam eben noch rein, und sie warten dringend darauf.« Ich lehnte mich unauffällig etwas weiter nach rechts, um die Fragen auf dem Fax zu lesen.

»1. Worauf möchten Sie nicht verzichten?« stand dort. Henrietta kritzelte darunter: »Auf eine Muschel, die ich am Strand von Sardinien gefunden habe.«

Während sie schrieb, sagte sie lebhaft: »Wir überlegen, ob wir uns für repräsentative Gelegenheiten den Silber Seraph von Rolls-Royce anschaffen oder den Maybach-Mercedes. Was meinst du, Schätzchen? Wenn ich allein an das wunderbare Design der Türgriffe des Rolls denke! Und jetzt gibt es auch das Corniche Cabrio für nur sechshundertfünfundachtzig.«

Sechshundertfünfundachtzig was? Tausend? Dafür bekam man ein Einfamilienhaus.

»Was kostet der Mercedes?« fragte Mickie.

»Eine halbe Million«, antwortete Henrietta. Sie sah bei allem was sie sagte nur Mickie an. Henriettas Handy klingelte. Es spielte die ersten Takte aus »Also sprach Zarathustra«. Taaa Taaa Ta TAAA! Ich fand das ziemlich ordinär.

Sie rief: »Hallo? Hallo? Bist du's, Hil?«

Mickie klappte mit der linken Hand ein silbernes Spiegelchen auf und überprüfte ihr Make-up.

Henrietta schürzte ihre Lippen und lauschte. »Ich bin mir sicher, du hast an alles gedacht, Hil. Natürlich hast du viel bedeutendere Gäste als die Hoyhenlowe, aber sicher, Schätzchen! Deine Gala wird ein Bombenerfolg werden!« Sie hörte wieder zu, dann lachte sie meckernd.

»Wer hat gesagt, die Hoyhenlowe wäre so dämlich, daß sie denkt, der Dax ist ein Tier?« Sie gackerte so schrill, das mein Trommelfell schepperte.

»Moment, Hil, einen Augenblick, das muß ich Mickie erzählen!« Sie stieß Mickie an. »Weißt du, was Hil über die Fürstin Schnettermich gehört hat? Kürzlich hat ihr ihre Zugehfrau erzählt, daß sie sich einen Panda gekauft hat. Und weißt du, was die Fürstin geantwortet hat? Mickie, du glaubst es einfach nicht! Sie sagte zu der Putzfrau: »Kann meine kleine Enkelin den Bären mal sehen?« Henrietta und Mickie lachten überdreht.

Ich sah etwas genervt aus dem Wagenfenster. Vielleicht hätte ich mir doch lieber mit Erich ganz gemütlich *Wer wird Millionär?* im Fernsehen ansehen sollen.

»Selbstverständlich meinte das Mädchen ihr Auto, das haben wir schon verstanden. Ha Ha Ha Ha Ha! Noch etwas, Hil, wie ist denn die Tischordnung? Die Filmproduzentin sitzt auch bei uns? Wunderbar!«

Ich spitzte die Ohren. Eine echte Filmproduzentin an unserem Tisch? Phantastisch! Vielleicht hatte sie einen Job für mich!

Henrietta klappte ihr Handy zu wie eine Hofdame ihren Fächer.

»Stell dir vor, was Hil noch erzählt hat! Die Kaiser, diese Münchner Modedesignerin, läßt jetzt Geister in ihrer Villa austreiben! Ein russischer Pope geht mit geweihten Kerzen und Spiegeln durch alle Räume und beschwört ... Aaah, da sind wir schon!«

Ein Page mit Goldtressen öffnete den Wagenschlag. Henrietta stieg aus und stand sofort mit ihrem Mann im Blitzlichtgewitter. Mickie bekam etwas weniger Aufmerksamkeit, doch sie schenkte den Fotografen ihr strahlendstes Lächeln. Mich fotografierte natürlich kein Mensch.

Im Foyer sagte Mickie zu mir: »Baron Dünkelbier ist Ihr Walker und Tischherr, und er wird Sie durch den Abend begleiten.« Was? Baron Dünkelbier war mein Begleiter? Was sollte das heißen? Ich mußte unbedingt immer in Mickies Nähe bleiben. Es war gut möglich, das Elder schon auf dem Weg hierher war.

Mickie winkte einem dicken älteren Mann mit hochrotem Gesicht und Halbglatze. Er trug Frack, was ihn aber leider auch nicht appetitlicher machte. »Hallo, Baron Dünkelbier! Wie schön, daß Sie schon hier sind!«

»Frau von Höhenstayn, wie reizend, Sie zu sehen!« Er grinste glücklich. Als sein Blick auf mich fiel, strahlte er wie ein explodierter Reaktor. »Und das ist wohl die entzückende junge Dame, mit der ich heute abend das Vergnügen habe.« Er ergriff meine Fingerspitzen und hauchte einen Kuß über meinen Handrücken.

Mickie drückte meinen Arm und sagte fröhlich: »Bis später. Amüsieren Sie sich gut!« Dann ging sie zu Henrietta und begrüßte euphorisch einen Mann mit schlüpfrig-gegeltem Haar.

»Sie arbeiten als Fotografin, junge Frau?« fragte der Baron und bot mir seinen Arm an. Ich sah skeptisch auf den schwarzen Stoff. Der Frack war sicher maßgeschneidert. Doch das einzige, was an diesen Arm noch hingehörte, war ein Blutdruckmesser. Ich betrachtete die langen weißen Haare auf seinem Handrücken.

»Greifen Sie ruhig zu, Fräulein Schlusenbaum«, schnaufte er.

Ich sagte spöttisch: »Fräulein?« Ich war über dreißig Jahre alt. Dieser verschlissene Adelige war wohl von allen guten Geistern verlassen! Ich sah mich um und der Anblick all der aufregenden Abendroben munterte mich wieder ein wenig auf. Vielleicht hatte ich Glück und der Baron erlitt noch vor dem Hors d'oevre einen Herzinfarkt. Ich lächelte einem blendend aussehenden Kellner zu. Er schwenkte sein silbernes Tablett sofort in meine Richtung, und ich nahm mir ein Glas Champagner. Am liebsten wäre ich mit diesem Beau sofort von hier abgehauen. Aber er steuerte bereits auf unsere Nachbarn zu. Ich flüchtete kurz auf die Empore, um mir das ganze Treiben aus der Vogelperspektive anzusehen. Aus jedem Konversations-Grüppchen ragten ein oder zwei Kleiderschleppen wie Trauerschleifen aus einem Friedhofskranz.

Eine Fotografin eilte auf den Baron zu. Er winkte mir aufgeregt, und ich mußte wohl oder übel wieder nach unten. Er grinste geschmeichelt in die Linse und schlang schneller als ein Frosch, der eine Fliege fängt, seinen Arm um mich. Dann warf er sich in Pose. Ich lächelte automatisch, damit die Fotografin rasch wieder abzog. Offenbar war der Baron wichtig, obwohl ich seinen Namen noch nie gehört hatte.

Auf einmal blitzte es im Foyer wie verrückt. Ich reckte den Kopf. Eine bekannte Schauspielerin schritt mit ihrem neuen Geliebten, einem noch bekannteren Regisseur, über den roten Läufer. Die Fotografen bedrängten das Paar sofort, und unsere Fotografin warf sich herum und lief zu der Schauspielerin im rücken-bauch-und-beinahe-busenfreien Abendkleid. Dazu trug sie Schuhe, die aussahen, als hätte sie ihre alten Badeschlappen mit Nagellack lackiert. Ein paar Fotografen gingen in die Knie und fotografierten freudig ihre kunterbunt lackierten Zehennägel.

Ich starrte sie an. Mein Gott, so klein war diese Diva in Wirklichkeit, so enttäuschend klein? Auf der Leinwand wirkte sie viel größer.

»Auf Ihr Wohl, Fräulein Schlusenbaum«, sagte der Baron und schwenkte aufdringlich sein Glas.

»Prost, Herrlein von Dünkelbier«, antwortete ich säuerlich und trank mein Glas auf einen Zug aus.

Der Baron lachte gefällig. Dieser alte Idiot. Eine ältere, ziemlich reduzierte Dame schritt am Arm eines sportlichen jungen Mannes herein und wurde mit Begeisterung fotografiert. Ihr Gesicht sah aus, als hätte es ein übereifriger Schönheitschirurg gründlich ausgewuchtet und runderneuert.

»Wer ist das?«

Er nippte wie ein Rotkehlchen am Champagner und antwortete salbungsvoll: »Die Erbprinzessin Tita von Schwerzingen. Sehr etablierter und alter Adel.«

»Und er?«

»Bedaure. Den jungen Mann kenne ich nicht. Wahrscheinlich ihr Friseur.«

»Aha«, sagte ich und warf dem Baron einen bösen Blick zu, denn seine hochwohlgeborenen Augen stöberten in meinem Dekolleté. Er bemerkte es jedoch gar nicht und sagte: »Das Kleid steht Ihnen wirklich ausgezeichnet. Sagen Sie, welche Schule haben Sie doch gleich besucht?«

Ich antwortete schnippisch: »Ich war auf einem Lyzeum in der Schweiz.«

Sein gefälliges Gebrabbel konnte er sich sparen. Ich wollte in Ruhe Promis beobachten. Wann hatte ich schon einmal die Gelegenheit, all diese glamourösen Wichtigtuer in freier Wildbahn zu sehen?

Er lachte meckernd. »Sie sind ein echter Schalk. Mickie sagte, Sie hätten in Hamburg-Farmsen Ihren Realschulabschluß gemacht.«

Das hatte Mickie ihm erzählt? Ich antwortete nicht, sondern wandte den Kopf demonstrativ in eine andere Richtung. Mickie stand an der Bar und unterhielt sich mit einem anderen Pärchen. Sie amüsierte sich prächtig. Sie kam mir vor wie ein Asteroide, der endlich wieder in seiner gewohnten Umlaufbahn kreiste. Als sich unsere Blicke trafen, winkte sie mir kurz zu. Ich hob die Hand, um zurückzuwinken, doch der Arm von Dünkelbier kam mir schon wieder in die Quere. »Frau Schlusenbaum, ich sehe Freunde von mir. Ich würde Sie

Ihnen gerne vorstellen. Wenn Sie mich gefälligst begleiten wollen?«

Ich sah ihn giftig an. Wie redete dieser blasierte Tattergreis eigentlich mit mir? Doch er machte eine ausgesprochen liebenswürdige Miene. Er hatte das Wort »gefälligst« auch so gemeint. Ich seufzte. Dieser Mann war nicht nur aus dem vorigen Jahrhundert, er sprach auch so. Ich ergriff seinen Arm so begeistert wie ein ranziges Käsebaguette. Der Baron steuerte eine Frau in einer auffallend scheußlichen Abendrobe an. Ihr Kleid war so bunt, daß mir die Augen weh taten. Ein überdimensionales Bonbon. Und ihr Schmuck mußte an die zwanzig Tonnen wiegen. Wahrscheinlich hatte sie sich auch noch in den Po Diamanten gepierct. Sie war ausgemergelt wie eine Bohnenhülse, die vier Tage in der Sonne gelegen hatte. Dafür war ihr Mann um so dicker. Der Smoking paßte sich seinen gigantischen Körpermaßen fast ängstlich an.

Der Baron sagte: »Erlauben Sie mir, Sie bekannt zu machen? Horst Vüssen und seine Gattin Mariella. Frau Schlusenbaum, Fotografin. Sie macht gerade Aufnahmen auf dem Anwesen von Henrietta Sulzmayr.«

Ich sah ihn erstaunt an. Davon wußte ich ja noch gar nichts. Offenbar hatte Mickie beschlossen, mich als Interieur-Fotografin in ihre Kreise einzuführen. Raffiniert. Allerdings hätte sie mir vorher vielleicht noch sagen sollen, für welche Zeitschrift ich eigentlich fotografierte.

»Herr und Frau Vüssen besitzen eine einzigartige Kunstsammlung und haben ein bezauberndes Domizil am Schliersee. Das wäre für Ihr Magazin sicherlich interessant!«

Frau Vüssens verbitterte Gesichtszüge hellten sich auf. Sie lächelte mich erwartungsvoll an. Ihre Lippen wölbten sich so stark nach außen, daß ich mich fragte, ob ihr Zahnarzt die Watteröllchen in ihrem Mund vergessen hatte.

Ich nickte wichtig. »Sehr gerne. Nur augenblicklich habe

ich keine Termine mehr frei. Leider. Aber ich komme bei Gelegenheit gerne darauf zurück.«

Frau Vüssens Miene erstarrte sofort wieder zu Eis.

»Frau Vüssen, gestatten Sie die Frage – womit befassen Sie sich beruflich?«

Sie hob ihre Augenbrauen und sah ihren Mann an. Der Baron hüstelte. Ich lächelte Frau Vüssen scheinheilig an. Der Baron sagte: »Mickie sagte schon, daß Sie recht originell sind.« Hüstel, hüstel.

Warum schauten die Vüssens denn auf einmal so pikiert? Mariella sah mit ihrem Schellfischblick durch mich hindurch und sagte: »Als Foto-Journalistin wissen Sie sicher, daß mein Gatte Vorstandsvorsitzender der Vüssen AG ist. Ich bin Gesellschafterin der Schloß Hohenerzleben GmbH, Kuratorin der Graf von Palm-Palm-Stiftung und habe gemeinsam mit Hiltraud, Fürstin von Schwartenberg, diese Benefizgala zugunsten traumatisierter Kriegskinder organisiert. Wir haben Deutschlands bekannteste Event-Agentur. Vüssen & Schwartenberg. Wann wird denn Ihr Artikel über unsere Gala erscheinen?« fragte sie.

Ich sah sie erstaunt an. Da hatte Mickie wohl etwas übertrieben. Das sah doch ein Blinder, daß ich keine Society-Reporterin war. Die Vüssen sah mich erwartungsvoll an. Ich sagte: »Das genaue Erscheinungsdatum des Artikels kann ich Ihnen leider noch nicht sagen.« Ich fühlte mich völlig fehl am Platz. Ein schickes Kleid genügte bei weitem nicht, um in den Inner Circle der Upper Class aufgenommen zu werden.

»Ach ja?« sagte Madame Vüssen. Ihr Lächeln war so natürlich wie ein künstliches Hüftgelenk, und auf einmal brach es so rasch zusammen wie eine Schönwetterfront.

Ich fühlte mich wie ein Angorahäschen, das irrtümlich in den Schleudergang einer Waschmaschine geraten ist. Um sie endlich loszuwerden sagte ich: »Wußten Sie eigentlich, daß die Wahrscheinlichkeit, von einem Champagnerkorken getötet zu werden, größer ist, als von einer Giftspinne gebissen zu werden? Und übrigens kann man an der Form der Nasenlöcher den Charakter eines Menschen bestimmen.« Das sollte eigentlich genügen, um die Vüssens in die Flucht zu schlagen. Aber ich täuschte mich.

»Tatsächlich?« fragte Mariella Vüssen interessiert. »Welche Kriterien gelten da?« Sie schielte auf die Nase ihres Mannes. Doch der Baron entschuldigte uns eiligst. Endlich.

»Schreiben Sie etwas Schönes«, zirpte Frau Vüssen und kehrte mir ihren makellosen nackten Rücken zu.

Wir gingen in den Ballsaal. Er war über und über mit weißen Rosen geschmückt. Was das gekostet hatte! Ich sah mich nach Mickie um, entdeckte aber nur Etti. Doch der Baron zog mich unerbittlich in die entgegengesetzte Richtung. »Da sind die Krafts, unsere Tischgäste«, sagte Dünkelbier. Wer? Die Ketchup-Könige?

Der Baron beugte sich zu mir und brachte seine Lippen so nah wie möglich an mein Ohr: »Das ist Peter Kraft, Eigner der Hamburger Stahl und Metall GmbH.«

Peter Krafts Gesichtsfarbe war purpurrot. Seine Augen glubschten gierig in die Welt. Ein Herzinfarkt in spe. Eines Tages würde er nach Luft schnappen wie ein künftiges Schlemmerfilet auf einem Fischfrachter. Seine Frau wurde mir als Angelica Kraft vorgestellt. Mein eingetrockneter Blaublüter betonte: »Angelica mit C«. Er glaubte auch, daß ich über die Gala schrieb.

Angelica mit Cs Locken waren nach außen geschwungen wie Suppenschöpflöffel. Sie trug Killerstilettos, an deren Riemchen zwei lila-grüne Bommel vorm Schienbein hin- und herbaumelten wie das Perpendikel einer Standuhr.

Wir begrüßten die anderen Gäste und setzten uns. Neben

mir saß nicht, wie eigentlich üblich, ein anderer Herr, sondern Angelica mit C. Sie trug ein sehr elegantes Samtkleid und lächelte freundlich.

Ich sagte zu ihr: »Das Kleid steht Ihnen ausgezeichnet!« Sie strahlte mich an, als wäre es das erste Kompliment, das sie in ihrem ganzen Leben bekommen hatte. Das überraschte mich nicht. Ihr Mann sah nicht gerade aus, als wäre er überaus galant. Er tupfte sich mit der Serviette den Schweiß von der Stirn und glotzte unverblümt einer Serviererin auf die Beine. Sie trugen alle ziemlich kurze Röcke.

»Vielen Dank. Aber sagen Sie ruhig Angelica.«

»Gerne. Von welchem Designer ist Ihr bezauberndes Kleid denn?«

»Von Jil Sander«, hauchte Angelica mit C und lächelte breit. »Meines auch«, log ich.

»Das dachte ich mir. Der erstklassige Schnitt, die phantastische Paßform. Ich trage nur Jil Sander. Man merkt einfach, daß diese Designerin Frauen liebt.«

Ihre Augen hingen wie Saugnäpfe an mir.

»Dann sind wir sozusagen im Partnerlook,« witzelte ich.

Angelica mit C hauchte: »Ja, das sind wir« und blinzelte verschwörerisch. Ich sah sie irritiert an und ließ meinen Blick durch den Saal schweifen.

Hannah Hickop, die berühmte Society-Kolumnistin, Bestsellerautorin und Talkmasterin steuerte auf unseren Tisch zu. Die Männer an unserer Tafel schnellten hoch. Ein Dr. Alfons Griesbeck, Lutschbonbonfabrikant, verbeugte sich und sagte: »Welche Ehre, Sie an unserem Tisch begrüßen zu dürfen.«

Die Star-Kolumnistin strahlte aus jeder Pore. Ich glaube, sogar ihre Ohren lächelten. Sie hätte sich längst an einem traumhaften Ort zur Ruhe setzen können. Allein mit ihren Büchern hatte sie Millionen verdient. Trotzdem schwirrte sie als Gesellschaftsreporterin von Party zu Party. Neben all ihren lukrativen Jobs war sie auch noch dreifache Mutter und glücklich verheiratet. Anders als in ihrer gefürchteten Kolumne gab es in ihrem eigenen Leben weder Scheidungen, Trennungen noch andere Katastrophen.

Aber wenigstens hing die Haut an ihrem Hals herunter wie bei einer nordfriesischen Milchkuh. Ich faßte an mein Kinn und lächelte zufrieden. Alles noch schön fest.

Der erste Gang wurde serviert. Scampi an Blattspinat. Angelica mit C aß beherzt ein Spinatblatt, dann schob sie den Teller zur Seite, und zog aus ihrer Handtasche den neuesten Roman von Hannah Hickop und einen Füllfederhalter, der aussah, als könne man ihn mühelos gegen einen fabrikneuen Mittelklassewagen eintauschen.

»Ach bitte, Frau Hickop, würden Sie für mich Ihr Werk signieren? Ich habe Tränen gelacht!«

Ich seufzte leise. Warum konnte ich nicht einfach einen Bestseller schreiben? Wenn nicht bald irgend etwas geschah, würde ich den Rest meines Lebens in der Klinik Alkoholleichen aus ihren Unterhosen pellen, während Hannah Hickop die Porsche-Modelle wechselte wie andere Leute ihr Haarshampoo.

Ich hielt nach Mickie Ausschau. Sie plauderte mit ihrem Begleiter und warf ihren Kopf lachend zurück.

»Vielen Dank, Frau Hickop«, flötete Angelica mit C und lächelte euphorisch.

Sie flüsterte ihrem Mann, der bisher noch kein einziges Wort mit ihr gesprochen hatte, etwas ins Ohr. Er winkte dem Sommelier. »Wir hätten gerne einen 1993 Château Kirwan.«

»Sehr gern«, sagte der Weinkellner. Baron Dünkelbier bestellte auch sofort eine Flasche. »Die Bouteille zu achthundert Mark«, prahlte er und fing an, von seinen Heldentaten als U-Boot-Offizier zu erzählen.

Mir blieb auch nichts erspart. Ich tat eine Weile, als würde ich ihm zuhören. Dann sagte ich plötzlich: »Gab es 1866, im deutsch-französischen Krieg, überhaupt schon U-Boote?«

»Ich war im Zweiten Weltkrieg aktiv und nicht im vergangenen Jahrhundert«, antwortete Dünkelbier beleidigt.

Der Hauptgang kam. Lamm-Medaillons auf Thymianspießchen. Der Ober wollte mir Wein nachschenken, aber ich sagte: »Ich hätte gerne ein Weizenbier, geht das?«

Angelica mit C rief: »Oh, das hätte ich auch gerne! Aber bitte ein Paulaner! Du auch, Peter?«

Er antwortete steif: »Nein danke. Ich hätte gerne den Chablis.«

Ich sagte: »1973, Südhang, Löschboden, ein grandioser Jahrgang.« Angelica mit C kicherte.

»Möchten Sie das Weizenbier naturtrüb oder kristallklar?«

Ich antwortete: »Lieber mit Hefe. Alles andere sieht doch aus wie Natursekt mit Kohlensäure versetzt.«

Baron Dünkelbier sah mich entrüstet an. Ich blinzelte ihm listig zu. Woher wußte denn ein so kultivierter alter Herr, daß mit Natursekt Urin gemeint war? Angelica mit C kicherte. Auch sie war über ausgefallene sexuelle Vorlieben überraschend gut im Bilde.

Es herrschte betretenes Schweigen am Tisch, bis Angelica mit C sagte: »Könnte ich statt dem Dessert ein Eis haben, ein I Cistelli? Aber bitte lassen Sie es in der Packung. Ich mag es so am liebsten.«

Peter Kraft sagte: »Meine Frau liebt Extravaganzen ...«

Der männermordenden Bestsellerautorin gefiel das natürlich. Sie prostete Angelica mit C zu.

Der Ober sagte zu ihr: »Zum Nachtisch werden frische Erdbeeren gereicht.«

»Das macht nichts«, antwortete Angelica mit C. »Ich

nehme zuerst das Eis, und zu den Erdbeeren dann einen Kaffee. Aber bitte nur einen Instant-Kaffee. Sie haben doch Nescafé?«

»Selbstverständlich«, antwortete der Ober ungerührt. Sicher hätte er ebenso reagiert, wenn Angelica mit C drei flambierte Karthäuserkätzchen bestellt hätte.

»Man muß seinen Gelüsten immer freien Lauf lassen, sonst werden sie übermächtig«, sagte Angelica mit C.

»Das sagt meine Psychoanalytikerin auch immer«, entgegnete ich.

»Sie gehen zur Analyse?« fragte Angelica mit C.

»Natürlich«, antwortete ich. »Sie etwa nicht?«

»Doch, selbstverständlich!«

Das Weizenbier wurde serviert, und wir stießen miteinander an. Baron Dünkelbier erzählte jetzt dem Mädchen neben sich von seinen heldenhaften Einsätzen im Mittelmeer. Sie nickte ergeben wie ein Metronom im Zehn-Sekunden-Takt.

Ich mußte später ein ernstes Wort mit Mickie reden. Wie hatte sie mir nur diesen gräßlichen Society-Onkel aufhalsen können? Oder hatte Etti mir das eingebrockt?

Angelica mit C löffelte genüßlich aus einem riesigen Pappbecher ihr Eis. Ihr Mann ließ sich wichtigtuerisch den Wein dekantieren und warf seiner Frau mißbilligende Seitenblicke zu. Es sah nicht so aus, als wäre diese Ehe ein Zuckerschlekken.

Als der Ball eröffnet wurde, war ich schon ziemlich angeheitert. Angelica mit C ging mit ihrem Mann aufs Parkett. Ich wäre gerne sitzengeblieben, um der Kolumnistin und ihren Klatschgeschichten zuzuhören, doch der Baron wollte unbedingt mit mir tanzen.

Ich nickte grimmig. Das konnte er haben. Er konnte froh sein, wenn er noch einmal lebend von der Tanzfläche kam.

Leider schaffte ich es trotzdem nicht, Dünkelbier ins Jenseits zu tanzen. Er sprang um mich herum, als hätte er einen ganzen Jungbrunnen leergesoffen.

Ich musterte die anderen Paare. Gab es hier denn weit und breit keinen schmucken Millionär, der nur darauf brannte, mich aufzufordern?

Sah nicht so aus. Ich mußte mir selbst helfen. Beim nächsten Tanz verbeugte ich mich vor Dünkelbier und sagte: »Sie gestatten, Baronesse?« Ich übernahm einfach die Führung und rammte natürlich sofort das beträchtliche Bäuchlein des Barons. Er blieb stehen und keifte mißbilligend: »Was soll denn das, Fräulein Schlusenbaum?«

Angelica mit C hatte uns beobachtet und warf lachend ihre Haare zurück. »Rollentausch, Graf Dünkelbier? Da müssen Sie aber noch ein bißchen üben!«

Ich sah mich nach Mickie und Henrietta um, entdeckte sie aber weder an ihrem Tisch noch auf der Tanzfläche. Vielleicht wurden sie auch von meinem Tunnelblick verschluckt. Warum hatte ich bloß soviel getrunken?

Angelica mit C rief auf einmal: »Damenwahl!«, ließ ihren Tanzpartner, den Lutschbonbonfabrikanten, einfach stehen und kam auf mich zu. Ihre Augen glänzten. Sie war wohl auch nicht mehr ganz nüchtern. »Sind Sie nicht Mickies Freundin?« gurrte sie.

Ich stutzte. Hatte sich das Gerücht schon bis hierher herumgesprochen, in so kurzer Zeit? Zwei Fotografen richteten ihre Objektive auf uns. Das Orchester spielte den Walzer *An der schönen blauen Donau*, und Angelica mit C geriet völlig außer Rand und Band und lachte wie ein kleines Mädchen. Sie war eine hervorragende Tänzerin und benahm sich, als wäre sie Madame Bovary auf dem Ball des Marquis von Anderviliers. Die Paare um uns herum traten zur Seite.

Besser konnte es gar nicht laufen. Wir erregten richtig Aufsehen. Nur Angelica mit Cs Mann ignorierte uns und flirtete lebhaft mit einem Mädchen vom Service. Er tat so, als lebe seine Frau nur eine ihrer albernen Marotten aus. Eine lächerliche Kinderei, um die er sich nicht weiter zu kümmern brauchte. Der Walzer wurde etwas langsamer, und ich sah am Eingang des Ballsaals die Kloschüsselfabrikantengattin von heute morgen. Sie sprach auf einen attraktiven Mann ein und deutete in unsere Richtung.

Am liebsten hätte ich ihr eine Kußhand zugeworfen. Sie hatte fleißig für uns gearbeitet. Die Gesellschaft war über Mickies vermeintlichen Fehltritt bereits bestens im Bilde.

Bei der nächsten Drehung sah ich, daß der Mann und sie uns noch immer beobachteten. Er war genau mein Typ, trotz Brille. Vielleicht faszinierten ihn Frauenpärchen? Er hätte wohl auch gerne einmal zugeschaut, wenn zwei Frauen miteinander ins Bett gingen. Den Gefallen konnte ich ihm nicht tun, aber ich umfaßte Angelica mit C etwas inniger. Kein Zweifel, sie stand auf Frauen, lebte ihre Neigung aber nur aus, wenn sie angetrunken war. Sie lächelte verzückt, und ich ging vorsichtig wieder etwas auf Abstand. Am Ende rückte sie mir noch auf die Pelle. Allerdings: Ich durfte jetzt nicht zimperlich sein. Ein spektakulärer Auftritt in der Society würde Elder wirklich nervös machen. Ich überlegte, ob ich Angelica mit C küssen sollte, um den Eklat perfekt zu machen. Vielleicht lockte das auch den schnieken Brillenträger an. Ich wollte ihn unbedingt aus der Nähe sehen. Mit jeder Drehung gefiel er mir besser. Ich sah wieder zu der Kloschüsselfabrikantengattin, aber sie hatte den Saal verlassen. Das war kein Verlust, aber wo war der prächtige Adonis hin?

Als der Walzer zu Ende war, ließ ich Angelica mit C los und suchte den Ballsaal nach ihm ab.

Er stand neben Mickie. Sie entdeckte mich und winkte mir freudig zu. Er sah ernst zu mir herüber. Unsere Blicke kreuzten sich wie Schwertklingen. Ich kniff die Augen zusammen. Dieser attraktive Mann war kein Spanner der lesbischen Liebe, sondern Alexander, Mickies Sohn! Obwohl ich nicht mehr tanzte, schlug mein Herz jetzt heftiger als zuvor. Einige Frauen im Saal beobachteten ihn interessiert. Dieser Typ war so begehrt wie eine überzeichnete Superaktie. Ein echter Womanizer. Aber warum war er hier? Hatte Henrietta ihn angerufen, damit er seine Mutter aus den Fängen einer Frau rettete?

»Noch ein Tänzchen?« fragte Angelica mit C atemlos. Der nächste Walzer begann und sie sah mich erhitzt und herausfordernd an.

Ich schüttelte den Kopf. Ich mußte so schnell wie möglich wieder nüchtern werden und mich um Mickie kümmern. »Vielen Dank. Es war wunderbar, aber ich muß auf die Toilette. Mir ist schwindlig.« Das stimmte sogar. Aber seit ich Alexander gesehen hatte, war ich mir nicht mehr sicher, ob das nur daran lag, daß wir so schnell durch den Saal gewirbelt waren. Ich ging rasch zum Ausgang.

An der Hotelbar saß ein Herr in den Jahren, die bei Männern immer die »besten« genannt werden, obwohl sie das auch nicht jünger macht. Vor ihm stand ein doppelter Whiskey. Auf der Theke lag der prächtigste Blumenstrauß, den ich jemals in der Nähe eines Mannes gesehen habe. Diese Erscheinung mit schütterem Haar und Geheimratsecken mußte Elder sein. Wer sonst würde mit einem halben Blumenladen unterm Arm einer Frau auflauern?

Wie naiv Männer doch waren! Glaubte Elder etwa, Mikkie würde über ein paar Rosen vergessen, was er ihr angetan hatte? Er trug keinen Smoking, sondern einen dunkelblauen Busineßanzug. Es sah ganz so aus, als hätte er überstürzt seine Chefetage verlassen. Die Sorge um Mickie hatte ihn allerdings nicht davon abgehalten, sich neben eine junge Frau mit langem brünetten Haar zu setzen. Sie hatte keine Einladung für den Ball. Die brauchte sie auch gar nicht. Sie hielt im Foyer nach gutsituierten, großzügigen und ballmüden Herren Ausschau. Sie unterhielt sich angeregt mit Elder. Ihr Ausschnitt gestattete tiefe Einblicke. Ich spürte, wie die Wut in mir hochstieg. Dieser Kerl hatte wirklich Nerven. Schäkerte herum, während er Mickie auflauerte. Von Reue keine Spur.

Als ich an ihm vorbeiging, blinzelte er mir zu. Ich kämpfte den Impuls nieder, ihm augenblicklich eine zu scheuern. Vielleicht wäre alles ganz anders gekommen, wenn er nicht versucht hätte, mit mir zu flirten.

Wie eine giftige Spinne lauerte dieser skrupellose Hurensohn Mickie auf. Neben dem Blumenstrauß, der für fünf Frauen gereicht hätte, lag ein kleines Päckchen. Darin war bestimmt das Collier, von dem Mickie geschwärmt hatte. Sicher setzte Elder den Schmuck als »Werbungskosten« oder »besondere Belastungen« von der Steuer ab.

Er reckte seinen Hals in Richtung Ballsaal, wie eine Schildkröte, die einem Salatblatt entgegenfiebert. Wenn Mickie jetzt herauskam, war sie geliefert. Ich hätte nicht gedacht, daß er so schnell reagieren würde. Aber vermutlich wurde Elder von seinem Vater unter Druck gesetzt. Ich konnte den alten Patriarchen förmlich hören: »Du heiratest Mickie und adoptierst ihren Sohn, oder ich vererbe dir mein Unternehmen niemals!«

Auf einmal wurde mir wirklich speiübel. Ich fragte den Barkeeper, wo es zur Toilette ging und rannte los. Ich riß die Tür auf. Natürlich waren alle Kabinen besetzt. Auch die Waschbecken wurden von Horden lippenstiftnachziehender Frauen belagert. Ich lief hinaus und stieß auf der Herrentoilette um ein Haar mit einem bekannten Modeschöpfer zusammen. Er ließ gerade sein Schoßhündchen aus dem Waschbecken trinken. Mit knapper Not erreichte ich das Pissoir und umklammerte das Porzellan.

Als es mir wieder besserging, philosophierte ich, daß man nach einem achthundert-Mark-Bordeaux und fünfzig Umdrehungen in einem prächtigen Ballsaal auch nicht anders kotzte als nach sechs Flaschen Aldi-Wein.

Hinter mir ein Räuspern. Ich drehte mich langsam um. Hinter mir standen vier Männer im Smoking. Einer davon sah aus wie ein leibhaftiger amerikanischer Hollywoodstar. Ich traute meinen Augen nicht und starrte ihn an. Der Star und die anderen drei Jungs hatten gewartet, bis ich fertig gekotzt hatte, obwohl rechts und links von mir alle Pissoirs frei waren. Keiner hatte Lust, sein bedeutendstes Lust-Accessoire aus der Unterhose zu pellen, während daneben eine Frau in die Keramik kotzte.

Der Kloschüsselfabrikant kam herein. Er sah mich schokkiert an. Eine Frau auf der Herrentoilette! Aber was konnte man von einer Frau schon erwarten, die Mickie von Höhenstayn zu widernatürlicher Unzucht verführt hatte? Ich wurde rot und murmelte: »Verzeihung, aber ich bin schwanger.« Sofort nickten die vier Jungs ergriffen. Der Hollywoodstar lächelte und gab mir ein Taschentuch und einen Kaugummi. Ich war baff. Ich schenkte ihm mein schönstes Sonn- und Feiertagslächeln und schwebte hinaus.

Unfaßbar! Ich hatte neben Harrison Ford gestanden! Und er hatte mich beschenkt! Ich sah nach, ob eine Telefonnummer auf dem Taschentuch stand. Leider nicht. Aber ich war mit ihm in einem Raum gewesen! Zum Greifen, ach was, zum Küssen nah! Einfach so! Ich segelte auf die Damentoilette. Jetzt waren natürlich alle Kabinen frei. Ich setzte mich auf den Klodeckel und wartete, bis die Kacheln aufhörten sich um mich zu drehen wie ein Kaleidoskop. Ich mußte

Mickie aus dem Hotel schaffen, bevor sie Elder in die Arme lief. Und ich mußte mich unbedingt nachschminken. Meine Augen tränten, und mein Lippenstift war völlig verschmiert. Aber Harrison Ford hatte mir trotzdem einen Kaugummi geschenkt! Persönlich! Und ein Taschentuch!

Der Kaugummi war rot. Die Farbe der Liebe! Ein gutes Omen. Die Tür klappte auf und eine Frau rief aufgeregt: »Kannst du dir das vorstellen? Jemand hat die Los-Kollekte gestohlen! Das ist eine Katastrophe! Ich bin blamiert! Alle Spendengelder sind weg!«

Ich lauschte interessiert. Nach dem dritten Walzer waren die Klatschkolumnistin Hannah Hickop und andere Prominente mit Champagnerkübeln von Tisch zu Tisch gegangen, hatten Lose verkauft und einen Tausend-Mark-Schein nach dem anderen eingesammelt. Zu gewinnen gab es ein SLK-Cabriolet, eine Traumreise in die Karibik und ein Brilliantencollier im Wert von achtundzwanzigtausend Mark.

»Beruhige dich, Hiltraud! Ein großer Teil der Spenden wurde doch durch die Eintrittskarten abgedeckt. Und vielleicht taucht das Geld ja wieder auf.«

Hiltraud schluchzte auf. »Aber wenn das die Presse erfährt! Die Hickop schreibt das doch sofort in ihrer bösartigen Kolumne! Aber, Tini, was kann ich denn dafür?« Sie rief hysterisch: »Die Hoyhenlowe wird sich schadenfroh die Hände reiben und überall herumposaunen, ich wäre zu dämlich, eine Charity zu organisieren!«

»Aber Hiltraud ...«

»Dabei, was ist diese aristokratische Landpomeranze aus Dithmarschen denn schon? Verarmter Adel und ein Ex-Modell, das vor dreißig Jahren einmal Werbung für einen Deoroller gemacht hat! Für einen Deoroller! Dieses Weib wartet doch nur darauf, mich vor allen Leuten lächerlich zu machen!«

»Jetzt bist du aber ungerecht«, antwortete Tini. »Vanessa ist schon seit vielen Jahren Galeristin und eine sehr erfolgreiche dazu. Ihre Karriere als Mannequin ist mehr als zwanzig Jahre her!«

»Nimm sie nur in Schutz!«

»Hiltraud, nun beruhige dich doch! Wenn uns jemand hört!« Sie gingen in die Kabine nebenan und verriegelten die Tür.

»Da, nimm drei Baldrian, – und werde jetzt bitte nicht hysterisch.«

»ICH WERDE HYSTERISCH, WANN ICH WILL UND SO OFT ICH WILL!!!« brüllte Hiltraud, und fing dann an zu heulen.

»Hauptsache, die Gala kommt den Kindern zugute«, sagte Tini. »Ich habe dir doch gleich gesagt, daß es nicht einfach wird, wenn du Vanessa ihre Stellung als Charity-Lady streitig machen willst. Sie setzt sich seit mehr als fünfzehn Jahren für notleidende Kinder ein und verteidigt ihre Stellung eben mit allen Mitteln.«

Hiltraud schneuzte sich ausgiebig und rief: »Aber das ist doch absurd! Ich engagiere mich doch für ganz andere Kinder als sie! Meinen Kindern geht es viel schlechter als ihren! Meine Kinder leben im elendsten Elend, das man sich überhaupt nur vorstellen kann! Und weil jeder, der Rang und Namen hat, genau weiß, daß meine Kinder weitaus mehr leiden als Vanessas Kinder, kommen zu meinen Wohltätigkeitsbällen auch wirklich wichtige Gäste und spenden Unsummen! Summen, von denen kann so eine wie die Hoyhenlowe doch nur träumen! Das letzte Mal habe ich mehr als drei Millionen Mark für meine armen Würmchen gesammelt! Soviel sammelt die doch in ihrem ganzen Leben nicht!«

Ich sah auf die Uhr. Es war halb zwölf Uhr vorbei. Höchste Zeit, daß ich wieder in den Ballsaal ging und mich mit

Mickie davonmachte. Ich ging in den Waschraum und schminkte mich nach. Ich mußte mich dazu sehr weit über das Waschbecken beugen. Das Licht war aus Rücksicht auf die älteren Ladys dezent gedimmt.

Jetzt konnte Alex kommen. Ich besaß auch einige Reize, die nicht zu verachten waren. Harrison Ford hätte sicher nicht jeder einen Kaugummi geschenkt. Und ein Taschentuch!

Elder war inzwischen noch näher als zuvor an die Dame an der Hotelbar herangerückt. Ob ich es riskieren konnte, Mickie durch das Foyer an ihm vorbeizuschmuggeln? Nein, ausgeschlossen. Wenn sie sah, daß er schon wieder mit einer anderen flirtete, drehte sie durch und alles war verloren. Am meisten wäre ihr geholfen, wenn sie Elder verließ. Aber das würde sie niemals tun. Man muß Damen der Gesellschaft da abholen, wo sie stehen.

Ich ging in den Ballsaal zurück. Mickie, Alexander und Etti waren im abgesperrten VIP-Bereich, in dem sich die Prominenten und die Presse tummelten. Ein Sicherheitsbeamter mit dem Charme eines russischen Mafiabosses gewährte Einlaß – vorausgesetzt, man trug ein rotes VIP-Bändchen am Arm. Ich stolzierte an dem Bodyguard vorbei und ging zu Mickie. Je näher ich kam, desto weicher wurden meine Knie.

Alexander haßte mich! Kein Zweifel. Wie er mich schon ansah! Er dachte bestimmt, ich wäre eine lüsterne Lesbe, die nichts lieber tat, als traurige Millionärinnen zu trösten. Um an ihr Geld zu kommen.

Zum Glück lächelte mir in diesem Augenblick Harrison Ford zu. Ich lächelte sofort zurück, als wären wir alte Bekannte. Alexander hatte es genau gesehen. Er hielt seine Mutter am Arm, als müsse er sie vor mir beschützen. Ich setzte mein einnehmendstes Lächeln auf. Als ich zu Mickie trat, runzelte Alexander die Stirn. Mein Gott, war dieser

Kerl süß! Am liebsten hätte ich ihn sofort geküßt. Er musterte mich kühl.

Wenn ich ihm nur sagen könnte, daß ich in Wirklichkeit gar nichts mit seiner Mutter hatte! Eine reine Erziehungsmaßnahme für Elder.! Zum Wohle seiner Mutter. Er mußte doch spüren, das mir nichts ferner lag, als mich in eine Frau zu verlieben! Wie gerne hätte ich ihm ein Lächeln entlockt!

Mickie fragte mich: »Haben Sie sich mit dem Baron gut amüsiert?« Alexander sah uns irritiert an. Er hatte sicher erwartet, daß wir uns längst duzten. Sein Blick sagte, daß er uns dieses Theaterspiel nicht glaubte.

»Alexander, darf ich dir meine Freundin und Retterin Charlotte vorstellen?« Mickie lachte mich an. Sie machte das sehr gut. Wenn ich es nicht besser gewußt hätte, hätte ich beinahe selbst geglaubt, sie wäre in mich verliebt. Ich schüttelte Alexander die Hand und fühlte mich wie ein Durchlauferhitzer, kurz bevor die Sicherung herausspringt. Alexander verzog keine Miene.

»Sie waren so freundlich, meine Mutter an den Tegernsee zu fahren?« fragte er. »Das war wirklich sehr nett von Ihnen. Meine Mutter sagte, Sie und ihr …« Er stockte.

Ich antwortete überstürzt: »Mein Freund und ich.«

»Ihr ›Freund‹ und Sie wollen morgen schon weiterfahren?«

Ich nickte. Ich hatte mir unzählige geistreiche, witzige und charmante Sätze überlegt, die ich zu Alexander sagen wollte, wenn wir uns kennenlernten. Mir fiel kein einziger mehr ein.

Ich überlegte, ob wir ihn in unseren Plan einweihen sollten. Vielleicht konnten wir Alexander zu unserem Komplizen machen. Er wollte sicher nur das Beste für seine Mutter. Aber er würde das Geheimnis bestimmt ausplaudern. Und wahrscheinlich würde er es gar nicht begreifen. Schließlich war er auch nur ein Mann. Wenn auch ein ausgesprochen gelungenes Exemplar. Nein. Wir mußten unsere Komödie jetzt auch zu Ende spielen. Alles andere würde für Mickie in einer Tragödie enden. Wir Frauen mußten zusammenhalten. Auch wenn das gerade verdammt schwierig war.

Zwei Ober öffneten alle Flügeltüren, die zur Seeterrasse hinausgingen.

Ein wenig Zeit blieb uns noch. Elder, dieser Feigling, würde niemals in den Ballsaal kommen. Denn wenn Mickie ihm hier eine Szene machte, würde es wirklich jeder mitbekommen. Wir mußten Etti und Alexander loswerden und über die Seeterrasse von hier verschwinden.

In diesem Augenblick stürzte Hannah Hickop auf Alexander zu und fegte mich zur Seite. »Alexander! Das ist aber eine schöne Überraschung!« tirilierte sie, küßte Alexander zweimal auf jede Wange und erzählte noch im gleichen Atemzug, wie schrecklich es sei, daß jemand die Spenden gestohlen hatte. Ihre dunkle Stimme übertönte wie ein Nebelhorn alle anderen Gespräche.

Ich sagte zu Mickie: »Es ist so wahnsinnig heiß hier. Gehen wir kurz auf die Terrasse?«

Sie nickte, legte, als wäre es selbstverständlich, ihre Hand auf meinen Arm und sagte Alexander, daß wir nach draußen gingen. »Einen Moment, Mama …«

Er wollte ihr folgen, aber Hannah Hickops Redesalve nagelte ihn unbarmherzig fest. Er nickte immer wieder artig, obwohl ihn ihr Geschwätz überhaupt nicht interessierte. Aber sie würde ihn nicht eher wieder aus ihren Fängen lassen, bis sie ihrer Schadenfreude gründlich Luft gemacht hatte. Auch Henrietta nahm regen Anteil an ihrer Erzählung und hatte uns vergessen. Uns folgten verstohlene Blicke. Mickie schien es gar nicht zu bemerken. Oder sie dachte, es gälte ihrer Abendrobe.

Wir schlenderten zum Geländer. Bayerische Blasmusik

drang von einem Frühlingsfest am Seeufer zu uns herüber. Mickie sagte: »Ich war schon so lange nicht mehr auf einem richtigen Volksfest. Ich würde jetzt für mein Leben gern ein paar Bratwürste essen!«

Meinte sie das etwa ernst? Hier floß der Champagner in Strömen, Hummerhäppchen standen herum wie anderswo die Chips, aber Mickie zog es auf ein Volksfest.

Ich beugte mich über das Geländer und sah prüfend nach unten. Wenn wir hier herunterkletterten, mußten wir nur durch ein paar Meter kniehohes Wasser waten und konnten auf dem Volksfest untertauchen, bis Erich uns abholte. Elder würde auf Mickie an der Hotelbar warten, bis ihm auch noch die letzten paar Haare ausfielen. Ich zog meine Pumps aus. »Was halten Sie davon, wenn wir einen kurzen Abstecher auf das Volksfest machen?« Mickies Augen leuchteten auf.

Ich sagte: »Wir schauen eine Viertelstunde vorbei, fahren einmal Karussell, und bevor überhaupt jemand bemerkt, daß wir nicht mehr hier sind, überraschen wir Alexander und Etti mit gebrannten Mandeln und Zuckerwatte!«

Mickie murmelte verträumt: »Zuckerwatte. Ja, das wäre schön.« Sie sah wieder zu den bunten Lampions. »Aber warum gehen wir nicht einfach durch die Hotelhalle?«

»Weil das hier viel lustiger und sportlicher ist.«

Mickie beugte sich über das Geländer und sagte: »Also ich weiß nicht ...«

»Sie sind doch gelenkig wie eine Achtzehnjährige! Für Sie ist das doch überhaupt kein Problem!«

Mickie lächelte geschmeichelt, zog ihre Schuhe aus, sah sich noch einmal auf der Terrasse um und rief: »Nu ma loos!« Das Grüppchen an der Freiluftbar verstummte und beobachtete, wie Mickie ihre Robe lüftete, die Riemen ihrer Slingpumps zwischen die Zähne nahm und über das Geländer stieg.

Ich kletterte hinterher. Das kühle Wasser tat mir gut. Ich sah nach oben. Ein paar Gäste waren an das Geländer getreten und sahen uns nach. Ich überlegte, ob ich mein Kleid ein bißchen lüften sollte, um ein wenig Leben in die selbstgerechten Langweiler dort oben zu bringen.

Mickie balancierte auf den Kieselsteinen. Hoffentlich stolperte sie nicht und fiel ins Wasser. Daran konnte alles scheitern.

Ich rief: »Mickie, sei vorsichtig!« und rutschte aus. Ich ruderte mit den Armen, doch auch der Gedanke daran, wie teuer mein Kleid gewesen war, half nicht. Ich verlor das Gleichgewicht und fiel ins Wasser. Mickie lachte aus vollem Halse. Auch ein paar Schaulustige auf der Seeterrasse lachten, und einer klatschte sogar blöde. Mickie wartete schon am Ufer und winkte. Ich watete zu ihr und jammerte: »Jetzt habe ich das schöne Kleid ruiniert. Die Wasserflecken gehen bestimmt nie wieder raus!« Mickie sagte: »Mein Gott, da gibt es wirklich Schlimmeres!« Sie nahm meine Hand, rannte los und zog mich an den Bierbänken vorbei zielstrebig zum Würstchenstand. Sie hatte es auf einmal sehr eilig. Sie bestellte vier »extra große Bockwürste«, und fischte ihre Kreditkarte aus der Handtasche. Ich sagte: »Lassen Sie mal, ich bezahle das.« Ich angelte einen nassen Zwanzig-Mark-Schein aus meiner Tasche und schob Mickie auf eine Bierbank.

»Ich hole etwas zu trinken und bin sofort zurück. Rühren Sie sich nicht von der Stelle!« Ich mußte Erich anrufen, damit er uns abholte. Ich fand nicht gleich eine Telefonzelle, und es dauerte ziemlich lange, bis ich ihn endlich an der Strippe hatte. Wahrscheinlich war er schon wieder eingeschlafen.

»Hör mal, ich bin in den See gefallen. Warum? Erkläre ich dir später. Kannst du gleich kommen? Ich warte auf dem

Parkplatz bei dem Volksfest. Und lade bitte unser ganzes Gepäck ein, wir fahren gleich weiter. Mickie? Mickie fährt mit Etti zurück«, schwindelte ich. Ich hatte schon heimlich gepackt und in meinen Rucksack vorsorglich auch ein paar Klamotten von Mickie hineingeschmuggelt.

Als ich zurückkam, hatte Mickie ihre Würstchen schon aufgegessen und bestellte gerade bei der Kellnerin zwei Hähnchen, drei Portionen »Obatzt'n« und stieß fröhlich mit unserem Tischnachbarn an. Den Ball schien sie völlig vergessen zu haben.

Ich sah mich um. Alexander, Henrietta und Elder hatten uns ganz gewiß nicht vergessen. Früher oder später würden sie Mickie suchen und hier aufkreuzen. Bis dahin waren wir besser verschwunden.

Nachdem Mickie alles aufgegessen hatte, stand sie auf. »Ich hole mir noch rasch eine Zuckerwatte, ja? Aber vorher muß ich noch auf die Toilette. Wo sind denn hier die Toiletten?«

Ich deutete auf die blauen Kunststoffhäuschen. Ich hatte eigentlich erwartet, daß Mickie rief: »Waas? Das sollen Toiletten sein? Das ist doch nicht Ihr Ernst?« Aber sie ging ohne zu zögern zu den Dixie-Klos.

Keine Sekunde zu früh. An der Würstchenbude tauchten zuerst der Blumenstrauß auf und dann Elder. Neben ihm stand Alexander und suchte in der Menge nach seiner ausgerissenen Mutter. Ich rannte zu den Toiletten.

Ich hatte nicht darauf geachtet, in welche Mickie gegangen war. Alle Toiletten waren verschlossen, bis auf eine. Ich tippte sie vorsichtig an. Ich hatte mich nicht getäuscht. Mikkie hatte vergessen, abzusperren. Sie übergab sich beinahe geräuschlos. Das hatte gerade noch gefehlt! »Mickie, was ist denn los? Waren die Würstchen nicht in Ordnung?«

Sie zuckte zusammen, wischte sich mit einem Taschentuch

über den Mund und drehte sich langsam um. Sie sah mich schuldbewußt an. »Oh, hallo, Charlotte. Nein, nein, es ist alles in Ordnung ... Ich meine, ja, hm, mir war nicht gut.« Sie lächelte gekünstelt.

Endlich kapierte ich, was los war. Den Würstchen hatte nicht das geringste gefehlt. Mickie litt an Bulimie. Natürlich. Warum hatte ich das nicht früher bemerkt? Deshalb war sie so schlank, und darum verschlang sie alles, was in ihre Reichweite kam. Und anschließend übergab sie sich. Die Arme! Sie hatte einen untreuen Bräutigam, war über sechzig und litt auch noch unter einer schweren Eßstörung. Dieser verfluchte Elder!

Mickie sagte trotzig: »Man ist nie zu reich oder zu schlank.«

Ich seufzte. An dieser Frau hätte eine Psychotherapeutin ihre helle Freude gehabt.

Ich stieß die Toilettentür einen Spalt auf und lugte hinaus. Wir konnten jetzt unmöglich auch noch über ihre Eßstörung debattieren. Ich beschloß, alles auf eine Karte zu setzen und sagte: »Mickie, Elder ist hier.«

Sie riß die Augen auf und stützte sich mit einer Hand an der blauen Plastikwand ab. »Bitte?«

»Elder ist hier, und er sucht Sie. Ihre sogenannte Freundin Etti muß ihn auf den Ball gelockt haben.« Ihre Augen wurden groß wie Untertassen.

»Er ist sogar schon hier auf dem Volksfest. Wir müssen weg, bevor er Sie findet!«

Mickie ließ sich auf den Rand der Toilette sinken. Sie stierte ins Leere und murmelte fassungslos: »Etti. Das darf doch nicht wahr sein. Ich habe sie doch gebeten, ihm zu sagen, daß ich schon wieder abgereist bin.« Sie sah mich enttäuscht an, und ihre Augen füllten sich mit Tränen.

»Warum macht Henrietta so etwas? Sie muß doch verstehen, daß ich ihn jetzt nicht sehen will.« Sie schlug mit der Faust gegen die Wand und rief: »Ich hasse diesen Mann!«

»Keine Sorge. Wenn Sie ihn nicht treffen wollen, dann werden Sie ihn auch nicht treffen. Erich muß jeden Moment hier sein. Wir gehen jetzt zum Parkplatz und hauen von hier ab.«

»Aber das hat doch keinen Sinn! Er wird zu Henrietta kommen.«

»Soll er ruhig. Wir fahren nicht nach Friedensruh zurück. Wir fahren nach Venedig.«

Ich sah sie gespannt an. Hoffentlich ging sie auf meinen Vorschlag ein. Ein Betrunkener torkelte in die Nebentoilette und übergab sich lautstark. Mickie griff sich an den Kopf und schwankte. Ich stürzte auf sie zu. Sie war im Begriff, ohnmächtig zu werden. Ich schlug sie auf die Wange, bevor sie ins chemische Klo plumpste.

»Henrietta«, murmelte sie. »Warum hört sie nie auf mich? Sie nimmt mich einfach nicht ernst. Niemand nimmt mich ernst!«

»Kommen Sie! Lassen Sie uns von hier verschwinden! Wenn Elder Sie nicht findet, wird er sich Sorgen machen, und das ist gut so!«

»Ja! Er soll leiden, leiden, leiden! Ich gehe jetzt zu ihm hin und ohrfeige ihn vor allen Leuten!« Sie richtete sich auf, ballte ihre Hände zu Fäusten und schrie: »Wo ist dieses Schwein?!«

Ich hielt ihr den Mund zu und sagte: »Um Gottes willen Mickie, genau das werden Sie nicht tun! Darauf wartet er doch nur! Sie werden ihm eine Szene machen und dann klein beigeben. Sie müssen von der Bildfläche verschwinden.«

»Ich werde nicht klein beigeben, glauben Sie das bloß nicht! Ich werde kämpfen wie eine Löwin! Ich werde ihn umbringen!«

»Pscht!«

Ich spähte noch einmal nach draußen. »Jetzt! Kommen Sie!« Ich nahm ihre Hand und bückte mich, als liefe ich durch ein Sperrfeuer. Mickie tat es mir gleich.

Zwischen zwei Buden blieb Mickie plötzlich stehen. Sie hatte Elder gesehen. Er stand neben Alexander und flirtete hemmungslos mit einer bayerischen Kellnerin. Die Blumen hielt er lieblos in der Hand. Henrietta, diese Verräterin, ließ ihren Blick wie ein Gefängnissuchscheinwerfer über die Bierbänke schweifen. Ich zerrte Mickie mit aller Gewalt weiter. Wir kamen sicher am Parkplatz an. Ich sah mich hektisch um. In zwanzig Metern Entfernung wartete Erich und winkte mir zu. Ich hätte ihn knutschen können!

»Was will Mickie denn hier?« fragte er verblüfft. Ich setzte mich mit Mickie auf den Rücksitz und rief: »Fahr los, und zwar schnell! Henrietta ist hinter uns her! Ich habe ihre Jugendstiluhr geklaut!«

Erich drehte sich ruckartig um und rief entsetzt: »Du hast was?«

»Du hast schon richtig gehört. Ich mußte die Uhr einfach haben. Nun fahr schon los, verdammt noch mal!« Ich sah durch die Heckscheibe. Henrietta lief mit einem Polizisten auf den Parkplatz und deutete aufgeregt auf unseren Wagen.

»Bist du verrückt geworden? Warum hast du das getan? Du bringst sie sofort zurück!« rief Erich.

Ich sagte ganz ruhig: »Du fährst jetzt besser los. Die Uhr habe ich in deinem Gepäck versteckt. Oder willst du die Nacht etwa auf einer bayerischen Polizeiwache verbringen? Wir schicken ihr den Krempel morgen mit der Post zurück, wenn dich das beruhigt!«

Erich sah sich gehetzt um und ließ den Motor an. »Du bist ja völlig verrückt geworden! Warum machst du denn so einen Scheiß?«

Ich sagte leise zu Mickie: »Das mit der Uhr stimmt gar nicht, keine Angst. Aber wir haben jetzt wirklich keine Zeit für lange Diskussionen!«

Sie antwortete wie in Trance: »Was für eine Uhr?« und drehte sich um. Als sie sah, wie Elder auf unser Auto zurannte und ihren Namen schrie, als ginge es um sein Leben, lächelte sie. Die Blumen hatte er wie einen Feuerlöscher an seine Brust gedrückt. Er schrie und winkte. Leider stolperte er nicht und fiel in den Dreck. Ich hätte Mickie auch diesen Triumph gegönnt. Ich setzte mich zurecht und atmete tief durch. Das war geschafft!

Erich fuhr auf die Hauptstraße und fragte: »Und wohin sollen wir jetzt fahren, bitte schön?«

Mickie und ich riefen einstimmig: »Nach Venedig natürlich!« Schließlich machten wir es uns gemütlich. Mickie murmelte noch: »Jetzt habe ich doch keine Zuckerwatte bekommen«, dann schlief sie ein.

Als ich wieder aufwachte, war es schon später Nachmittag. Wir waren längst in Italien. Ich richtete mich vorsichtig auf, um Mickie nicht zu wecken, kurbelte das Fenster herunter und hielt meine Hand in den warmen Fahrtwind. Erich lotste den Wagen geschickt durch den turbulenten Verkehr. Ich winkte freudig der ersten Vespa zu, die ich sah. Sie brummte an uns vorbei wie ein riesiger roter Käfer.

»Wo sind wir?«

»In Mestre, ein paar Kilometer vor Venedig«, antwortete Erich.

»Bist du gar nicht müde, Erich? Laß uns auf der Piazza San Marco frühstücken.« Ich streckte mich und gähnte. Mickie schlug ihre Augen auf.

»Bist du verrückt? Weißt du, was dort allein eine Tasse Kaffee kostet?« keifte Erich. »Der Markusplatz ist der teuerste Platz der Welt, das Zentrum des gnadenlosen Nepp! Und Parkplätze kosten in Venedig ein Vermögen! Wir fahren jetzt erst einmal zum Campingplatz! An der Punta Sabbioni können wir dann mit dem Schiff nach Venedig übersetzen. Vom Camping Miramare fährt mindestens alle Stunde ein Boot zum Markusplatz!«

Mickie gähnte und murmelte schlaftrunken: »Wo bin ich?«

»In Venedig!«

Sie rappelte sich hoch, strich sich eine Haarsträhne aus dem Gesicht und sah nach draußen. »Oh. Das sieht hier aber nicht aus wie Venedig.«

»Wir sind gleich da. Wir müssen nur noch aus Mestre raus. Was hältst du von einem Cappuccino auf dem Markusplatz?«

Unwillkürlich hatte ich Mickie geduzt. Schließlich hatten wir offiziell eine Affäre, oder?

»Aaaah ... jaaaaaaa.« Sie räkelte sich ausgiebig. »Das ist eine ganz wunderbare Idee!« Sie strahlte mich an, und ihre Augen leuchteten smaragden wie die Costa Smeralda. »Gut siehst du aus!«

Erich nörgelte: »Suuuper Idee! Und wo, bitte, soll ich parken?«

Mickie antwortete: »Auf der Piazzale Roma natürlich. Und nach dem Frühstück nehmen wir ein Wassertaxi und fahren an den Lido. Ins Hôtel des Bains. Das ist ein herrliches Hotel. Ich habe dort meine Flitterwochen verbracht.«

Welche? Die ersten oder die zweiten?

»Ich glaube kaum, daß wir uns so einen Luxuskasten leisten können«, sagte Erich.

Mickie lachte. »Ach was. Diese Sorge überlaßt bitte mir.«

Ich lächelte verzückt. Wie oft hatte ich davon geträumt, Venedig zu sehen und in einem Fünf-Sterne-Hotel zu logieren. Fehlte nur noch, daß ich verliebt war. Nun, ein wenig hatte ich mich schon verliebt. Ich dachte an Alexander. Wie schön wäre es, mit ihm durch Venedig zu bummeln. Was er wohl gerade machte? Sicher suchte er mit Elder verzweifelt seine Mutter.

Wir fuhren über den Damm, der Venedig mit dem Festland verbindet. Die Sonne ließ die Umrisse der Stadt klar hervortreten, und der Kampanile ragte wie ein angespitzter Bleistift in den Himmel. Ich hatte mir die Verheißungsvolle nie wie ein verrottetes Touristenmekka vorgestellt. Aber ich hatte immer an eine geheimnisvolle Stadt gedacht, von Nebel verhüllt.

Mickie klappte ihre Handtasche auf und fing an, sich sehr sorgfältig ihre Haare zu kämmen. So als bereite sie sich darauf vor, von einer außergewöhnlichen Schönheit empfangen zu werden.

»120000 Lire für vierundzwanzig Stunden, die sind ja vollkommen verrückt!« rief Erich, als wir den Parkplatz erreichten. »Davon könnten wir uns ein Hotelzimmer leisten!« Ein Parkplatzwächter sah uns erwartungsvoll an. Mickie holte ein Bündel Lire aus ihrem Chanel-Portemonnaie und gab es Erich. Ich sah sie erstaunt an. Wo hatte sie auf einmal die Lire her?

Erich drehte sich um und sagte: »Aber wenn das Hotel auf dem Lido ist, müssen wir später Richtung Jesolo fahren und vom Punta Sabbioni übersetzen! Wir können das Auto unmöglich tagelang hier stehenlassen. Was glauben Sie, was das kostet!«

Mickie legte Erich ihre Hand auf die Schulter und sagte sanft: »Das Auto holen wir morgen früh, okay?«

Sie sah mich mit verschleierten Augen an. Für einen Moment fühlte ich mich etwas unbehaglich. Ich hatte das Gefühl, das irgend etwas, was Mickie bisher vor mir verborgen hatte, an die Oberfläche trat.

Aber ich war wahrscheinlich nur etwas übernächtigt. Als ich ausstieg und in die Sonne blinzelte, war dieses seltsame Gefühl wieder verschwunden. Ich war hungrig, und wir mußten alle zur Toilette. Wir gingen zu der öffentlichen Toilette am Rande des Parkplatzes. Das war nicht gerade die feierlichste Handlung, wenn man zum erstenmal einen Fuß in diese Stadt setzt, doch leider scherte sich meine Blase kein bißchen um eindrucksvolle Palazzi. Außerdem mußte Mickie sich umziehen. Sie trug noch immer ihr Ballkleid. Über dem Eingang zur Damentoilette stand in großen Lettern: »2000 Lire«. Bloß Erich mußte natürlich nichts bezahlen. Er grinste und verschwand auf der Herrentoilette.

»Wieso kostet das Eintritt wie im Museum?« fragte Mickie verständnislos. Ich kramte nach einer Münze. Ich hatte aber nur deutsches Geld, das die Toilettenfrau nicht haben wollte. Mickie sprach aufgebracht auf sie ein, aber die Italienerin ließ sich nicht erweichen, sondern wiederholte stur: »Zweitausend Lire.«

Schließlich zauberte Mickie seufzend einen Zehntausend-Lire-Schein aus ihrem Ballkleid und gab ihn der Toilettenfrau.

»Wann hast du denn Geld gewechselt?« fragte ich.

»Ach, das hatte ich noch von meiner letzten Reise.«

Als wir zurückkamen, stand Erich schon beim Auto und machte ein Gesicht, als hätte er eben erfahren, daß gleich ein riesiger Meteor auf dem Markusplatz einschlagen würde. Irgendeine Katastrophe war passiert. Ich ahnte auch schon, welche.

Mickie hatte die Beifahrertür nicht abgeschlossen. Natürlich nicht. Die Autos, die Mickie fuhr, hatten alle Zentralverriegelung.

»Seid ihr verrückt geworden?« schrie Erich mich an. »In Venedig die Autotür offenzulassen!«

Ich blaffte zurück: »Nun reg dich bloß nicht auf! Fehlt denn überhaupt etwas?«

»Das weiß ich doch nicht!«

Mickie schlenderte über den Platz und zupfte ein paar Fusseln von ihrer gletscherweißen Prada-Bluse. »Gibt es Probleme?«

Erich wandte sich schnaubend von ihr ab, und verschränkte die Arme. »Es ist doch nicht zu glauben! Wie kann eine Frau nur so dämlich sein!«

»Was ist denn los?« Mickie sah mich verständnislos an.

Ich sagte leise: »Mickie, ich fürch ... ich glaube, du hast die Beifahrertür offengelassen.«

»Wie? Das verstehe ich nicht.«

»Das Auto hat keine Zentralverriegelung.«

»Nein? Tatsächlich? Oh.« Sie legte ihre Hand über die Augen und spähte in den Wagen. »Ist denn die ganze Aufregung überhaupt nötig? Fehlt etwas?«

»Ich weiß es nicht.«

Plötzlich schrie Mickie auf, riß die Tür auf und griff hektisch unter den Fahrersitz. »Meine Handtasche ist weg! Meine Kreditkarten! Oh, nein!«

Erich sah zum Himmel. »Mamma mia! Ich wußte, daß diese Frau eine Katastrophe ist. Zu blöde, um eine Tür abzuschließen!« Scheiße.

Meine Spiegelreflexkamera war auch weg. Ich sagte aber nichts, damit die Situation nicht völlig aus dem Ruder lief. Statt dessen stemmte ich meine Hände in die Hüften und wies Erich zurecht: »Jetzt halt mal die Luft an, ja? Was kann Mickie denn dafür, daß deine blöde alte Schrottkarre kein vernünftiges Schloß hat?!«

Mickie stürzte auf mich zu, umarmte mich und fing an zu heulen. Erich ging wütend auf und ab. Nach einer Weile sagte er etwas ruhiger: »Und was machen wir jetzt?«

»Wir melden den Diebstahl der Polizei und fahren auf den Campingplatz, was sonst? Oder meinst du etwa, Mickie kann im Hotel einchecken ohne Bargeld und Kreditkarte?« Ich strich Mickie tröstend über ihre Haare.

»War denn dein Bargeld auch in der Handtasche?« Sie nickte.

Ich sagte: »Aber erst brauche ich einen Cappuccino. Und auf diesen Schreck am besten noch drei Grappa.«

Wir gingen durch eine enge Gasse. Wäschestücke flatterten über uns im Wind, wie bunte Farbtupfer, die ein übermütiges Kind in den azurblauen Himmel gekleckst hatte. Zwischen zwei grünen Fensterläden saß ein schwarzer Hund mit einem weißen Ohr und verbellte uns. Und dann standen wir am Canal Grande. Er war weder schwarz wie der Trauerflor einer Witwe, noch ölig und brackig, wie Erich orakelt hatte. Das Wasser glitzerte hellgrün und appetitlich.

»Wir nehmen ein Vaporetto und fahren damit auf dem Canal Grande, bis wir ein schönes Café finden!« rief ich und rannte zur Anlegestelle. Erich umklammerte seine Geldkatze und sah sich mißtrauisch um. Mickie folgte mir zögernd.

Zur Polizei konnten wir später immer noch gehen. Ich hatte keine Lust, jetzt in einer italienischen Amtsstube zu schmoren, wenn wir im schönsten Freilufttheater der Welt flanieren konnten. Die Kamera und das Geld waren sowieso futsch. Ich ging zu dem Fahrkartenhäuschen und löste drei Karten für das Wassertaxi. Eben war ein Vaporetto abgefahren. Wir warteten vorne am Kai, damit wir im nächsten Schiff garantiert einen Logenplatz bekamen.

Das Vaporetto legte an, und ich eroberte am Bug des Schiffes drei Plätze. »Ich wäre so gerne mit der Gondel gefahren«, sagte Mickie und seufzte. Das tat mir leid, aber von unserer Urlaubskasse konnten wir uns keine Gondel leisten. Und als das Boot ablegte und ich die ersten prächtigen Palazzi sah, war es mir egal, ob ich in einer Gondel saß oder nicht. Wahrscheinlich wurde mir darin sowieso schlecht. Am liebsten wäre ich überhaupt nie wieder ausgestiegen.

Mickie schon. Als sie ein mondänes Café sah, in dem sie zuletzt vor mehr als zwanzig Jahren gewesen war, scheuchte sie uns aufgeregt vom Boot. Kurz darauf saßen wir schon zwischen eleganten Damen und geschniegelten Dandys am Canal Grande. Ein Ober in weißer Jacke servierte auf einem silbernen Tablett drei Tassen Cappuccino und süße, leckere Hörnchen. Ich ließ mir das nußige Aroma auf der Zunge zergehen, während Erich skeptisch die Preise studierte. Doch ich ließ mir diesen wunderbaren Augenblick nicht vermiesen. Es war doch vollkommen gleichgültig, wieviel das Frühstück an einem der schönsten Plätze der Welt kostete. Auch Mickie entspannte sich wieder.

»Ich werde Alexander anrufen. Er soll mir Bargeld per Express ins Hotel schicken«, sagte sie. Ich nickte.

»Das ist eine gute Idee. Dann weiß er auch gleich, wo Sie stecken.« Elder mußte schließlich wissen, wo seine Verlobte mit einer Frau sein Geld durchbrachte. Morgen, spätestens übermorgen würde er hier sein.

Ich sah einem Pärchen nach, das in einer Gondel vorüberschipperte. Er war alt, häßlich und reich, und sie war jung, wunderschön und sicher so vermögend wie eine ausgeraubte Kirchenmaus.

Wir gingen wieder auf ein Vaporetto. Doch schon an der übernächsten Haltestelle trieb Erich uns vom Schiff. Er bestand darauf, daß wir den Diebstahl sofort meldeten. »Morgen ist es zu spät! Denkt an die Versicherung!«

Ich protestierte, doch Mickie war mir keine große Hilfe. Sie verließ das Vaporetto ohne Murren. Vermutlich war ihr ein öffentliches Verkehrsmittel zu vulgär.

Ein Polizist sah gelangweilt von seinen Papieren auf, als

ich mit Erich den Dienstraum betrat. Doch als Mickie an den Tresen trat, beschleunigte der Polizist auf einmal wie ein getunter Porsche. Er setzte seine Mütze auf, eilte Mickie entgegen und neigte diensteifrig den Kopf.

Mickie schilderte ihr Malheur ausgiebig und in perfektem Italienisch. Der Polizist hörte ihr aufmerksam zu und sagte immer wieder: »Mi dispiace! Mi dispiace, signora!« Dazu machte er eine unsagbar betrübte Miene und füllte das Formular so liebevoll aus, als arbeite er an einer Radierung. Nach einer Stunde unterschrieb Mickie endlich das Formular, und der Polizist warf sich in die Brust, salutierte beinahe und schoß hinter dem Tresen hervor, um Mickie zur Tür zu begleiten. Sie schritt wie eine Filmdiva die Stufen vor der Polizeiwache hinunter und übernahm die Führung. Wir wanderten durch die Gassen zur Bootsanlegestelle und fuhren zum Parkplatz zurück.

»Wir holen jetzt unser Gepäck, nehmen ein Wassertaxi und fahren zum Hotel«, ordnete Mickie an, als wir wieder beim Auto waren. Erichs Einwände ignorierte sie einfach. Wir schleppten ihre Koffer und unsere Rucksäcke zum Kai, während Mickie auf das Gepäck aufpaßte und eine Zigarette rauchte. Sie winkte einem Wassertaxi, und kurz darauf saßen wir in einem schnittigen Holzboot und überholten ein Vaporetto nach dem anderen. Mickie reckte selbstzufrieden ihren Kopf in die Sonne. Ich genoß das Gefühl, privilegiert zu sein. Nur Erich zerbrach sich vermutlich den Kopf über den Preis des Taxis. Wir schossen am Markusplatz vorbei, in die Lagune hinaus und legten ein paar Minuten später am Lido an. Ein Hotelpage wartete schon mit einem Mercedes-Shuttle auf uns. Wir fuhren durch eine breite Promenierstraße, vorbei an schicken Boutiquen, Restaurants und Souvenirläden.

Das Hôtel des Bains war kein Hotel, es war ein Palast. Das

Shuttle fuhr die Auffahrt hoch. Sofort kam ein Page und kümmerte sich um unser Gepäck. Mickie schritt in die Hotelhalle, ohne die eleganten Säulen und vornehmen Korbsessel auf der Terrasse auch nur zur Kenntnis zu nehmen. Ich sah mir den Park und den Pool an. Von den Frauen, die sich in den Liegestühlen räkelten, wog gewiß keine mehr als fünfzig Kilo, obwohl alle mindestens ein Meter fünfundsiebzig groß waren. Nur ein paar ältere Männer waren fett wie Walrösser.

Der Hotel-Petrus lächelte Mickie zuvorkommend an. Sie erklärte dem Concierge den vorübergehenden Verlust ihrer Kreditkarten. Er lächelte etwas dünner. Er wurde nicht so garstig, als wären wir eine fünfköpfige Familie, die Viskose-Achselshirts trägt, ein Schlauchboot mitschleppt und seine Hotelhalle entweiht. Das nicht. Doch er wirkte auf einmal etwas steif. Er schüttelte mehrmals den Kopf und tat zerknirscht. Mickie sagte: »Ich bin die Gräfin von Höhenstayn, und ich versichere Ihnen, ich werde meine Verbindlichkeiten gewiß erfüllen!«

Der Concierge zuckte mit den Achseln und sprach über die Gepflogenheiten des Hauses, von denen er leider keine Ausnahme machen könne. Mickie hob ihre Stimme. »Ich habe dieses Hotel vor mehr als zwanzig Jahren besucht! Von der Abendgesellschaft, die mein Mann, – Gott hab ihn selig! – und ich hier gegeben haben, kann dieses Hotel noch heute alle Löhne bezahlen!«

Eine Frau schlenderte in die Hotelhalle. Sie war dünn wie langgezogener Brezelteig und ernährte sich vermutlich von drei Salatblättern täglich. Sie gab sich als die gepflegt Gelangweilte, in Wahrheit aber beobachtete sie interessiert Mickies Auseinandersetzung mit dem Concierge. Mickie wurde immer lauter. Der Concierge griff zum Hörer, denn Mickie wollte jetzt den Hoteldirektor sprechen, und zwar *subito!*

Der Hotelpage schob unser Gepäck in die Halle. Der goldene Wagen, auf dem Mickies Koffer schön ordentlich aufgestapelt waren, wurde von einem goldenen Pinienzapfen gekrönt. Mickie geriet immer mehr in Rage. Keine Spur von der souveränen Gelassenheit einer Dame von Welt. Sie benahm sich, als würde ihr der Zugang zu einem Rettungsboot verweigert, obwohl es noch halb leer ist.

Mickie drehte sich zu mir um und fragte: »Wieviel Bargeld haben wir noch?« Ich sah in meiner Geldbörse nach. Ich hatte noch etwa achthundert Mark, und Erich mußte noch ungefähr tausendfünfhundert Mark haben. Natürlich konnte ich noch etwas von meinem Konto abheben, doch eine Nacht hier würde mich wahrscheinlich einen Monatslohn kosten. Vielleicht sollten wir unsere Abendkleider verhökern?

Ich sagte zu Mickie: »Wir haben ungefähr zweitausenddreihundert Mark. Mit unserer Luxuskasse.« Doch Mickie hörte mir gar nicht mehr zu. Sie trommelte mit ihren Fingern auf die Mahagoniplatte und wurde mit jeder Sekunde, in der ihr der Hoteldirektor nicht seine Aufwartung machte, gereizter. Wie eine Raubkatze, die seit Tagen nicht gefüttert worden war, und von der niemand sagen konnte, ob sie sich gleich auf die Fleischbrocken oder auf den nachlässigen Tierpfleger stürzen würde. Wie eine hilflose, betrogene Braut wirkte sie nicht gerade.

Ich sah mich um. Der Blumenschmuck in der Hotelhalle hätte für ein Staatsbegräbnis gereicht. Auf einer Konsole stand eine Obstschale mit Früchten. Sie wirkten so makellos, daß ich mich fragte, ob sie überhaupt echt waren. Wahrscheinlich war die Ananas aus Wachs und wurde täglich abgestaubt. Ich inspizierte die Früchte. Das Obst war tatsächlich echt. Ich bekam auf einmal Lust auf eine Banane. Ich überlegte, ob die Obstschale wohl Alarm schlagen würde, wenn ich mir eine Banane stibitzte, weil sie natürlich genau wußte, daß ich kein Hotelgast war. Und so, wie sich die Dinge entwickelten, würde ich auch keiner werden.

Mickie machte den Concierge zur Schnecke. Er hatte gewagt, sich zwei amerikanischen Hotelgästen zu widmen, die auf einer Gondel Kaffee trinken wollten. Mickie sah dem Concierge mit zusammengezogenen Augenbrauen eine halbe Minute lang zu. Zwischendurch wies sie den Hotelpagen an, einen ihrer Koffer, der ganz oben gestanden hatte, nach unten zu räumen.

Dann sagte sie zu dem Concierge in reinstem Englisch: »Meine beste Freundin ist Chefredakteurin einer sehr einflußreichen deutschen Sonntagszeitung. Wollen Sie, daß ich ihr erzähle, was für einen miserablen Service Sie hier haben? Die Zeitung hat zehn Millionen Leser!« Sie hob triumphierend ihr Kinn.

Welche Zeitung Mickie meinte, war mir ein Rätsel. Doch immerhin brachte sie den Concierge dazu, noch einmal zum Hörer zu greifen und nach dem Hoteldirektor zu fahnden. Mickie lächelte das amerikanische Ehepaar an. Es lächelte freundlich zurück, obwohl Mickies Lächeln inzwischen eher einem Zähnefletschen glich.

Ich zog vorsichtig eine Banane aus dem Früchteturm, nachdem ich mich davon überzeugt hatte, daß gerade niemand hersah, nicht einmal der Hotelpage, der eifrig Mickies Koffer umschichtete. In diesem Augenblick sah die Lady zu mir her. Ich bin davon überzeugt, daß sie allein mit ihrem bösen Blick das kunstvoll aufgeschichtete Obst zum Einsturz brachte. Erst kippten die Orangen, dann ein paar Trauben, und am Ende rollten drei Äpfel wie Billardkugeln in die Mitte der Halle.

Die Amerikaner und der Concierge sahen auf die Äpfel und dann auf mich, wie Leute, die zufällig bei einer Runde Bowling zusehen.

Ich aß gelassen die Banane, und betrachtete mit Unschuldsmiene die Fresken an der Wand. Endlich eilte der Hoteldirektor in die Empfangshalle. Er trug eine eckige Brille mit dicken Gläsern, und seine Augen glichen geschrumpften Blaubeeren. Er hörte sich Mickies Beschwerde aufmerksam an, als handle es sich um eine besonders feurige Liebeserklärung, lächelte freundlich, und ich atmete auf. Bestimmt versicherte er Mickie, es läge ein bedauerliches Mißverständnis vor. Natürlich könnten wir augenblicklich Zimmer unserer Wahl beziehen, die Präsidentensuite gar, zu einem besonders günstigen Preis, als Entschuldigung für die Unannehmlichkeiten.

Irrtum. Mickie warf mir einen verzweifelten Blick zu, ließ den Hoteldirektor mitten im Satz einfach stehen und sagte zu dem Pagen, er solle ihr Gepäck in den Hotelbus zurückbringen. In diesem Augenblick fuhr draußen ein schwarzer Jaguar vor. Der Hoteldirektor wies den Pagen an, das Gepäck der ankommenden Gäste zu holen.

Erich schlenderte in die Halle und sah sich mit einem mokanten Lächeln auf den Lippen um. Er nahm sich eine Banane aus der Schale, biß die Spitze ab, drapierte sie dreist auf der Ananas und fragte schmatzend: »Und? Wie läuft's?«

»Sieht schlecht aus. Ich glaube, sie denken, Mickie ist eine Hochstaplerin. Jedenfalls bekommen wir ohne Kreditkarte kein Zimmer.«

Ich nahm mir einen Apfel und biß hinein. Die Schaulustige würdigte uns keines Blickes, sondern blätterte hektisch in der *Welt am Sonntag*. Der Page lud Mickies Gepäck aus dem goldenen Rollwagen. Mickie stand fassungslos daneben. Der Hoteldirektor nickte ihr noch einmal bedauernd zu, während uns der Concierge musterte. Erich warf die Bananenschale auf das Obst, hängte sich Mickies Kleidersack um und packte die drei Koffer. Ich verspeiste den Apfelbutzen.

Die Zeitungsleserin sah mich schockiert an. Ich sagte leise zu ihr: »Sollten Sie auch mal probieren. Spart das Abführmittel.«

Sie zuckte zusammen, erhob sich so würdevoll wie möglich und flüchtete aus der Halle.

Ich schulterte meinen Rucksack, packte die restlichen Koffer und ließ für Mickie nur eine kleine Tasche liegen. Sie zögerte, doch als ich die Auffahrt schon fast ganz hinuntergegangen war, lief sie hinter uns her.

Wir schleppten das Gepäck die Straße entlang, ohne uns um die Blicke der Passanten zu kümmern. Mir rannte der Schweiß in die Augen. Schon nach wenigen Metern knickte Mickie mit einem spitzen Schrei auf ihren hohen Schuhen um. Sie humpelte zur nächsten Bank und ließ sich neben einem Rentner nieder. Er lüftete erfreut seine Kappe. Ich setzte mich ächzend neben die beiden. Erich stellte die Koffer ab und sagte: »Einen Augenblick, ich bin gleich wieder zurück.« Er ging über die Straße zu einer Eisdiele und kam mit einer Serviette, drei riesigen Eisbechern und einer Tüte voller Eiswürfel zurück. Er war auf einmal ausgelassen wie schon seit Tagen nicht mehr. Ich machte Mickie mit dem Eis einen kalten Umschlag um ihren Knöchel, während sie schweigend das Eis in sich hineinlöffelte. Ich dachte: Hoffentlich behält sie wenigstens das bei sich und verschwindet nicht gleich wieder auf dem nächsten Klo.

Als wir unser Eis aufgegessen hatten, fragte ich: »Was sollen wir jetzt tun?«

»Ich muß in eine Klinik!« jammerte Mickie.

»Unsinn«, sagte ich. »Es ist nichts gebrochen. Nur eine Außenbandzerrung.«

Sie sagte zu Erich: »Könnte ich bitte noch ein Eis haben? Stracciatella und Pistazie?«

»Aber ja«, antwortete Erich galant und ging noch einmal

in die Eisdiele. Offenbar hatte er an Mickie auf einmal nicht mehr das geringste auszusetzen. Als er zurückkam, setzte er sich neben sie, lächelte ihr aufmunternd zu und tätschelte ihr sogar das Knie.

»Keine Sorge, eine harmlose Außenbandzerrung. Morgen, spätestens übermorgen, können Sie wieder laufen wie ein junges Fohlen.« Mickie lächelte ihn unsicher an, doch Erich nickte ernst und sagte: »Glauben Sie mir. Ich bin Arzt!«

Und Mickie beruhigte sich tatsächlich. Typisch Frau. Einer diplomierten Krankenschwester mit über dreizehn Jahren Berufserfahrung glaubte sie kein Wort, aber einem verkrachten Tierarzt nahm sie alles ab. Und warum? Weil er ein Mann war. Ich beobachtete ihn mißtrauisch. Warum war er auf einmal so charmant zu Mickie? War sie ihm jetzt sympathisch, weil sie ohne ihre Kreditkarten genausowenig wie die meisten anderen Menschen hofiert wurde? Beflügelte Schadenfreude seine Seele?

Ich war total geschafft und quengelte: »Können wir nicht ein Taxi rufen? Das bringt uns zur Bootsanlegestelle, und wir brauchen nicht das ganze verdammte Gepäck zurückzuschleppen!«

Erich sagte: »Quatsch! Wir sind doch gleich da! Wir müssen unsere charmante Invalidin nur bis zum Kai bringen. Geht es, Mickie?«

Mickie hielt ihren Knöchel fest und nickte tapfer. Dann fragte sie Erich ängstlich. »Und wo sollen wir heute nacht schlafen?«

Erich antwortete fröhlich: »Im Zelt, auf dem Campingplatz natürlich.«

Mickie im Schlafsack? Nie im Leben! Sie würde höchstens in einen pelzgefütterten dreizehntausend-Mark-Schlafsack von Prada kriechen. Und das auch nur, wenn sie an einer Luxus-Expedition an den Polarkreis teilnahm!

»Wir haben doch nur zwei Schlafsäcke«, wandte ich ein.

»Wir beide schlafen in meinem, er ist groß genug für zwei. Und deinen gibst du Mickie«, sagte Erich und zwinkerte mir zu.

Aha. Daher wehte der Wind. Erich wollte mit mir in einem Schlafsack schlafen. Und das, obwohl ich mich noch gar nicht wieder wirklich mit ihm ausgesöhnt hatte. Das konnte ihm so passen! Er hatte seinen Fehltritt wohl schon wieder vergessen! Sommer, Sonne, Strand. Und Sex. Aber nicht mit mir. Ich war immun gegen seine plumpen Balzrituale! Er rechnete wohl mit einem prickelnden Abenteuer im Schlafsack. So wie im ersten Sommer unserer Liebe, als wir auf Amrum gecampt hatten. Wenn er sich da mal nicht grob verspekuliert hatte!

»Camping? Im Schlafsack schlafen?« sagte Mickie. »Das klingt aber abenteuerlich.«

»Etwas ungewohnt für Sie, nicht?« sagte Erich. »Sie sind wahrscheinlich auch in Ihrem ganzen Leben noch nie U-Bahn gefahren, oder?«

»Nein, natürlich nicht. Sollte ich das?«

Erich antwortete sanft: »Nein, warum auch?« und schenkte Mickie ein Lächeln. Dann sammelte er die Eisbecher ein und warf sie schwungvoll in den Abfalleimer. Er sah gar nicht schlecht aus, in seiner verwaschenen Jeans, den Schnürschuhen und seinem weißen T-Shirt. Aber ich würde hart bleiben. Das wäre ja noch schöner! Mit Erich im Schlafsack! Ich würde einfach sofort einschlafen! Dann konnte er sehen, wo er blieb!

Erich packte Mickies Koffer und ging Richtung Bootsanlegestelle. Ich legte ihren Arm um meine Schulter, nahm mit der anderen Hand ihr Gepäck, und wir humpelten mit zahllosen Verschnaufpausen die Promenade entlang. Mickie jammerte viel weniger, als ich erwartet hatte. Irgendwie schien es ihr zu gefallen, daß die Leute uns anstarrten. Sie stand eben gerne im Mittelpunkt. Ganz egal wie.

Erich wartete schon an der Anlegestelle für die Vaporetti. Mickie wollte wieder ein Wassertaxi rufen, doch Erich schüttelte den Kopf und sagte streng: »Das ist in unserem Reise-Budget nicht drin. Wer weiß, wann Sie wieder an neue Karten kommen!«

»Das erledige ich gleich morgen, und dann werde ich diesen ungezogenen Lümmeln im Hotel Beine machen!« antwortete Mickie kämpferisch. Doch sie setzte sich brav ins Vaporetto, während Erich die Extragebühr für unser Gepäck bezahlte.

Es dämmerte bereits, als das Boot ablegte. Am Himmel leuchtete die Venus, und in Venedig blitzten die ersten Lichter auf. Wir hatten wieder einen Platz am Bug des Schiffes ergattert. Unser Wagen stand noch genau so da, wie wir ihn verlassen hatten. Die alte Mühle wollte eben keiner klauen.

Der Campingplatz war ziemlich voll. Wir fuhren mehrere Gassen auf und ab, bis wir endlich zwischen einem Wohnwagen aus Dresden und einem aus München noch ein Plätzchen fanden. Das Territorium war durch zwei Wäscheleinen genau abgesteckt. München hatte Buntwäsche aufgehängt, während bei den Sachsen Weißwäsche trocknete.

Als wir ankamen, kochten beide Parteien gerade ihr Abendessen. Die Sachsen besaßen einen chromblitzenden Elektrogrill und waren damit, was die kulinarische Logistik betraf, eindeutig im Vorteil. Der Bayer richtete dafür eifrig seine Satellitenschüssel Richtung Norden aus. Damit hatte er einen klaren Informations-Vorsprung vor Sachsen. Mountain-Bikes mit panzerähnlichen Stollenreifen hatten sowohl die Sachsen als auch die Bayern. Die Sachsen hatten ihre allerdings schon vom Wohnwagen gehoben und mobil gemacht. Aber dafür waren die Bayern vorzüglich für Einsätze zur See gerüstet. Sie hatten ein Schlauchboot. Die Paddel lehnten wie Lanzen am Wohnwagen. Doch Sachsen hatte noch eine Biowaffe in der Hinterhand. Einen großen schwarzen Hirtenhund mit dem Namen »Nala«.

So war der Status quo, als wir in unserer Parzelle parkten. Vier Augenpaare verfolgten abschätzig unsere Ankunft, ließen aber bald wieder von uns ab. Da wir nur ein popeliges Zelt hatten, waren wir weder für die Bayern noch für die Sachsen ernstzunehmende Verbündete oder Gegner. Nach einer kurzen Begrüßung wurden wir erst einmal ignoriert.

Allerdings hatte niemand mit Mickie und ihrem diplomatischen Geschick gerechnet. Nicht einmal eine Abgeordneten-Delegation aus Tschibuti hätte sie in Verlegenheit gebracht. Sie stieg aus, lächelte ihr entwaffnendstes Lächeln und rang den Sachsen ein höfliches »Grüß Gott« ab. Dann wiederholte sie diese Begrüßung bei den Bayern und machte so den ersten Schritt, freundschaftliche Beziehungen zu beiden Parteien anzuknüpfen.

Auf der anderen Seite der Wohnwagengasse, direkt gegenüber, hatte ein gepierctes Liebespaar sein Zelt aufgeschlagen. Sie hockten im Schneidersitz vor ihrem Campinggaskocher und grüßten überhaupt nicht, sondern musterten uns nur.

Ich überlegte, ob ich zu ihnen gehen sollte und sie aufklären, daß Mickie weder meine Schwiegermutter war noch meine Mutter, die wir in den Urlaub mitnehmen mußten.

Ich warf ihnen einen Blick zu, der deutlich ausdrücken sollte, daß sie sich gefälligst um ihre eigenen Angelegenheiten kümmern sollten.

Ich half Erich, das Zelt auszubreiten und bot Mickie an, schon einmal die Campingmatte auszurollen, damit sie sich hinsetzen konnte. Doch sie lehnte dankend ab. Noblesse oblige.

Die Gepiercte von Gegenüber reckte ihren linken Arm in die Luft und fing an, sich in aller Seelenruhe die Achselhaare zu rasieren. Ich warf Mickie einen besorgten Blick zu. Wenn sie das sah, verlangte sie sicher, daß wir sie sofort von hier fortbrachten. Doch Mickie achtete überhaupt nicht auf sie, sondern sah interessiert zu, wie wir das Zelt aufbauten. Als die grüne Kuppel stand, klatschte sie begeistert in die Hände.

Erich, der Camping-Experte, schraubte die Kartusche falsch auf den Kocher. Sie zischte wie eine Rakete über den Zaun. Die warmen Dosenravioli waren damit vom Speiseplan gestrichen. Wir hatten nur eine Kartusche, und der Campingplatz-Laden hatte auch schon zu. Mickie zuckte die Achseln. Wahrscheinlich hätte sie die Ravioli auch kalt verschlungen, wenn gerade niemand hinsah.

Sie bat mich, sie zur »Abendtoilette« zu begleiten. Sie hinkte zu den Waschräumen und zog einen kleinen Koffer auf Rollen hinter sich her. Ich fand, sie übertrieb ein wenig mit ihrer Außenbandzerrung. Aber vielleicht tat ihr der Fuß wirklich so weh. Nur, was um alles in der Welt hatte sie in ihrem Koffer? Sie wollte sich doch nicht etwa wie sonst vor dem Dinner umziehen? Ich nahm ihr den Koffer ab. Die Camper sahen uns aus ihren Klappstuhl-Arrangements heraus neugierig nach.

Hoffentlich waren die Waschräume wenigstens sauber. Ich hatte keine Lust auf einen hysterischen Anfall von Mikkie.

Doch als sie den Waschraum sah, rief sie begeistert: »Oh, so viele Waschbecken! Toll! Zu Hause habe ich bloß zwei im Badezimmer!«

Eine Frau mit Lockenwicklern auf dem Kopf sah Mickie böse an. »Guten Abend«, sagte Mickie freundlich und holte aus ihrem Koffer eine unglaubliche Anzahl an Cremes, Döschen, Ampullen, Kapseln und Tuben. Sie verteilte alles auf den Ablageborden zweier Waschbecken. Wie eine Avon-Beraterin, die eine Verkaufsausstellung vorbereitet.

Sie strich sich mit einer scheußlichen, grünen Paste ihre Lippen ein. Die andere Frau schielte zu ihr herüber. Mickie bot ihr sofort die Supersalbe an: »Möchten Sie einmal probieren? Das ist Activ-Anti-Aging-Moisturising-Lip-Treatment. Die Salbe arbeitet mit raffinierten Wirkstoffkomplexen und reduziert so deutlich sichtbar die Alterserscheinungen der Haut.«

Ich glaube, die Angesprochene hatte rein gar nichts verstanden, außer »reduziert Alterserscheinungen«. Doch das genügte. Sie griff zögernd in die Dose und schmierte sich ihre Lippen ein.

Auf einmal schwirrte das Groß der weiblichen Belegschaft des Campingplatzes mit Kulturbeutelchen unter dem Arm in die Waschräume. Im Handumdrehen waren alle Waschbekken belegt. Trotzdem regte sich niemand darüber auf, daß Mickie zwei für sich allein beanspruchte. Inzwischen hatte Mickie so viele Tiegelchen ausgepackt, als baue sie den Messestand eines internationalen Kosmetikkonzerns auf. Sie zog sich unbekümmert bis auf die Unterwäsche aus, als wäre sie hier zu Hause.

Ich begutachtete verstohlen Mickies lange Beine, und ich war nicht die einzige. Ihre Haut war sogar an den Oberschenkeln straff. Ich konnte nicht einen Quadratmillimeter Zellulitis entdecken, so sehr ich mich auch bemühte. Nicht, daß ich zu den Frauen gehöre, die achtzig Prozent ihres Lebens damit verbringen, über ihre Orangenhaut Tränen zu vergießen. Mit den Anti-Orangen-Haut-Dossiers der Frauenzeitschriften wischte ich immer meine Fenster trocken, oder ich legte sie zu den Diät-Extras neben das Katzenklo.

Mickie griff in eine nachthimmelblau schimmernde Dose

und rieb ihre Oberschenkel mit einer gallertartigen Masse ein. Neben ihr schminkte sich unsere bayerische Zeltnachbarin mit Wattebäuschen und Oil-of-Olaz ab. Mickie lächelte ihr zu.

»Möchten Sie mein Fruchtsäuren-Fluid probieren? Die Geschmeidigkeit der Haut erhöht sich durch die hydratisierende Wirkung um bis zu fünfundfünfzig Prozent. Das Erscheinungsbild feiner Linien und Fältchen reduziert sich bei regelmäßiger Anwendung um bis zu achtzehn Prozent. Sie sehen die Wirkung schon nach dreiunddreißig Wochen!«

Unsere Zeltnachbarin lächelte unsicher. »Meinen Sie?«

»Aber ja! Schauen Sie mich an! Ich bin dreiundfünfzig Jahre alt, und wie sehe ich aus?«

Wie eine über sechzigjährige Dame der besseren Gesellschaft mit grau-grüner Paste auf den Lippen und Glibber auf den Oberschenkeln, dachte ich. Frau Beutlrock war da aber ganz anderer Meinung. So hieß unsere Zeltnachbarin. Maria Beutlrock. Sie sagte: »Gut sehen Sie aus!«

Mickie lächelte freudig. Maria Beutlrock nahm eine Handvoll Creme und massierte ihre Oberschenkel nach Mickies Anweisungen ein.

»Sie dürfen bei so einem sanften Lifting natürlich keine Wunder erwarten. Aber, Maria, glauben Sie mir: Es wirkt! Ich hätte da auch noch eine ganz tolle Pflegeserie mit Kaviar-Extrakten ... wo ist sie denn?« Sie wühlte in ihrem Koffer.

Maria Beutlrock sah Mickie an, als wäre sie der Weihnachtsmann, das Christkind und der Osterhase in einer Person.

»Ihre Hose und den Jogginganzug müssen Sie aber schon ausziehen!« sagte Mickie streng.

Maria sah sich unsicher um. Die anderen Frauen nickten eifrig, und so schälte sie sich zögernd aus ihrer glänzenden

Jogginghose. Darunter trug sie keine schwarze Spitzenwäsche wie Mickie, sondern ein weißes Miederhöschen mit Pobacken formendem Polyester-Stretch. Phantastisch elastisch.

»Und Sie sollten den Po gleich mitbehandeln.«

Maria zögerte. Sollte Sie wirklich vor allen Frauen ihren unvollkommenen Körper preisgeben, besonders vor ihrer sächsischen Wohnwagen-Nachbarin?

»Keine Angst, wir sind unter uns!« sagte Mickie, und endlich zog Maria auch ihr Miederhöschen aus und Mickie massierte das Zaubermittelchen ein. »Zehn Minuten einwirken lassen, dann eiskalt duschen, und Sie fühlen sich wie frisch geschlüpft!«

Die sächsische Zeltnachbarin hatte alles skeptisch beobachtet. Es gefiel ihr gar nicht, daß Mickie sich mit der Gegenpartei anfreundete. Sie trat entschlossen auf Mickie zu und sagte: »Grüß Gott, ich bin Frau Bollhorn, Birte Bollhorn. Ich würde mich sehr freuen, dieses Produkt auch einmal testen zu dürfen. Und ich würde Sie und Ihr Personal gerne zum Abendessen einladen. Es gibt echte Thüringer Bratwürste.«

Ich glotzte sie mit offenem Mund an. Personal? Welches Personal? Meinte sie etwa Erich und mich? Wir waren Mickies Freunde, und, wenn es hochkam, vielleicht ab und zu ihre Babysitter, aber doch nicht ihr Personal! Frechheit!

Ich wollte etwas sagen, doch Mickie kam mir zuvor. »Das ist außerordentlich nett von Ihnen. Natürlich nehmen wir Ihre Einladung gerne an, nicht wahr, Charlotte?«

Maria Beutlrock hörte auf, gespannt ihre Pobacken zu beobachten und zog gekränkt die Nase kraus. Sie mußte sofort dafür sorgen, daß das Mächtegleichgewicht nicht empfindlich gestört wurde.

Das fehlte noch, daß Mickie den Sachsen ihre Aufwartung machte und sie und ihren Karl-Heinz links liegen ließ! Aber

Mickie hatte ihre prekäre Lage längst erfaßt und sagte: »Was halten Sie davon, Maria und Birte, Birte und Maria, wenn wir gemeinsam ein Souper organisieren?« Sie rieb ihren Handrücken mit einer grellorangen Paste ein. Sicher der ultimative Altersflecken-Killer. »Wir stellen die Tische einfach zusammen. So lernen wir uns gleich viel besser kennen!« sagte Mickie fröhlich wie eine Kindergärtnerin, die mit einer Horde verstrittener Plagen eine Bastelstunde organisiert.

Birte rieb sich eifrig mit dem Gelee ein, hielt aber erschrocken inne. Was würde ihr Mann dazu sagen? Erst heute nachmittag hatte er die Platzaufsicht rufen wollen, weil »dieser dämliche Weißwurst-Fresser« von nebenan seine Blasmusik zu laut aufgedreht hatte! Als Rache hatte Wolfgang, als sich die Bayern zum Nachmittagsschläfchen zurückzogen, extra laut mit seinen Schraubenschlüsseln gescheppert! Und jetzt sollte sie sich mit dieser Frau Beutlrock, die sie seit Stunden keines Blickes gewürdigt hatte, an einen Tisch setzen? Wie kam sie denn dazu?

Doch Chefunterhändlerin Mickie redete geschickt auf die beiden Damen ein. Als Uno-Generalsekretärin hätte sie sicher Weltruhm erlangt. Nach fünf Minuten sahen sich die beiden Frauen das erste Mal, seit sie auf dem Campingplatz angekommen waren, in die Augen. Birte machte den ersten Schritt zu weiteren Friedensverhandlungen.

»Wir hätten selbstgemachten Kartoffelsalat und mein Mann hat heute nachmittag auf einem Landgut bei Gargagnano einen wunderbaren Soave gekauft. Aus den Weinbergen der Familie des Grafen Ali ... Ali ...«

»Alighieri. Die Familie geht auf den italienischen Dichter Dante Alighieri zurück«, half Mickie aus. Erstklassige Bildung war schon immer ein Erkennungszeichen der Oberschicht. »Ein wunderbarer Wein.«

Birte lächelte geschmeichelt. Maria sagte ungeduldig: »Wir haben kühles Münchner Weißbier!«

»Oh, das ist wunderbar! Ich liebe bayerisches Weizenbier!« schwärmte Mickie. »Welche Brauerei?«

»Paulaner«, sagte Maria stolz.

»Parfait, mon chérie! Sie haben einen erlesenen Geschmack!« rief Mickie, und Maria strahlte, als hätte sie das Bier selbst gebraut.

Die beiden Frauen besprachen eifrig das Dessert. Am Ende war die freundschaftliche Annäherung Sachsens an Bayern so weit fortgeschritten, daß beschlossen wurde, das Fest der Völkerverständigung unter freiem Himmel auf dem Territorium Sachsens abzuhalten, weil es dort einen Grill gab.

Vorher aber packte Mickie noch Lippenstifte, Make-up, Eyeliner und andere dekorative Kosmetik aus. Während wir uns für die Party schminkten, testeten die anderen Frauen hingerissen Mickies Waffen gegen die »Folgeerscheinungen der vorzeitigen Alterung der Haut«.

Wieso eigentlich »vorzeitig«? Gibt es denn auch einen zeitigen Zeitpunkt der Hautalterung? Und wann ist der? Mit vierzig? Mit siebzig? Oder erst mit hundert?

Die anderen Frauen scherten sich wenig um solche Spitzfindigkeiten. Sie schmierten und strichen sich andächtig alle möglichen und unmöglichen Hautpartien ein. Zwischendurch lauschten sie ergriffen Mickies Erläuterungen. Jeder, der versucht hätte, den versammelten Frauen den Spaß zu verderben, wäre in der Toilette ertränkt worden.

Maria machte Birte Komplimente und hatte sich unter Mickies Anleitung in eine richtige Lady verwandelt. Mickie hatte ein wunderbares Gespür für Farben. Vermutlich war an ihr auch noch eine Mode-Designerin verlorengegangen. Sie kramte in ihrem Koffer und gab Maria eine elegante

Stola aus changierender roter Seide. Für Birte fand sie einen dunkelgrünen Pashmina, der ihre silbergrauen Haare besonders gut zur Geltung brachte.

Plötzlich brachte eine aufgebrachte Männerstimme alle kichernden Frauen zum Schweigen. »Maria, wo bist du? Die Glut ist soweit, wir können mit dem Grillen beginnen!«

Maria rief aufgeregt: »Es geht los!« und lief nach draußen.

»Wie siehst du denn aus«, murmelte ihr Karl-Heinz fassungslos, doch freudig überrascht. Maria kicherte, lief noch einmal zurück und rief: »Wir bereiten schon mal alles vor!«

Ich half Mickie, einen Teil ihrer Kosmetik einzusammeln. Den Rest ließ sie zurück, zum »Testen«, nachdem sie noch einmal einen ausgiebigen Vortrag über die verschiedenen Wirkungen gehalten hatte. Ich mußte sie fast nach draußen zerren.

Karl-Heinz und Erich sahen erstaunt zu, wie Maria und Birte gemeinsam die Stühle unter das Vorzelt der Sachsen trugen. »Du kannst dich wenigstens um den Tisch kümmern, Wolfgang!« rief Birte. Sie verschwand im Wohnwagen, um Maria beim Tragen des Geschirrs zu helfen.

Mickie gab Wolfgang Anweisungen, wie er die Stühle plazieren sollte und bat Erich, unseren Asti Spumante als Dessertwein in Marias Kühlschrank zu stellen. Birte schleppte eine blütenweiße Tischdecke an, Maria kleine Zitronen als Tischdeckenhalter. Sie beauftragte ihren Mann, einen Mohnblumenstrauß aus dem Wohnwagen zu holen. Nach zehn Minuten hatten wir für sieben Personen gedeckt.

Karl-Heinz flüchtete sich verschreckt in seine Rolle als Chefgriller. Doch als Mickie seine Glut lobte und die Würstchen, wendete er sie so eifrig, als hätte sie ihm eben fünf Gault-Millaut-Sterne verliehen. Wolfgang saß stolz in Adiletten am Tisch und durfte Weinverkoster spielen. Wenig später prosteten sich Wolfgang und Karl-Heinz fröhlich zu.

»La glace est rompu«, sagte Mickie und meinte damit wohl, daß das Eis gebrochen ist.

Ich biß in ein Würstchen. Nala ließ sich schwanzwedelnd vor mir nieder. Ich wollte sie füttern, doch das hätte ich besser sein lassen, denn ihr Herrchen hielt mir sofort einen Vortrag über moderne Hundeernährung, während er sich sein drittes Weizenbier einschenkte. Dieser Riesenhund lebte, so versicherte er mir stolz, von einer Handvoll hochkonzentriertem Energiefutter täglich.

»Darum glänzt sein Fell wie Gold«, prahlte er.

»Und davon wird sie satt?«

»Aber ja«, versicherte er. »Sie wurde schon als Welpe daran gewöhnt.«

Die arme Hündin sah weiterhin unverwandt auf mein Würstchen. Sie hatte ja noch Glück gehabt, daß sie keinem Vegetarier in die Hände gefallen war und Tofu statt Chappi verdrücken mußte. Ob ihr Herrchen wohl auch eine Bierpille akzeptiert hätte? Ich nahm mir vor, ihr Würstchen zu geben, später, wenn alle betrunken waren. Mickie wollte wissen, ob es eine solche Trockennahrung auch für Menschen gab.

Die Feier wurde rasch immer lustiger, und da ich nicht gerade wenig trank, kann ich mich nur noch ausschnitthaft an die Ereignisse dieses Abends erinnern, als hätte ich nur ab und zu einmal hineingezappt. Irgendwann mochte nicht einmal »Nala« mehr eine weitere Thüringer Bratwurst und verkroch sich glücklich unter dem Wohnwagen. Maria, noch immer elegant in Stola und festlichem Make-up, zog Wolfgang hinter sich her auf ehemals feindliches Hoheitsgebiet, nämlich in ihre Koje. Birte aus Sachsen machte ihr keineswegs eine Szene, sondern spazierte leicht wankend mit Karl-Heinz aus Bayern die Wohnwagengasse auf und ab, um mit ihm Sternlein zu gucken.

Als ich unser Zelt schloß und Erich und ich uns kichernd in den Schlafsack igelten, sah ich noch mit Schadenfreude, daß das gepiercte Pärchen von gegenüber unserem ausgelassenen Treiben mit dem Hochmut der Ausgeschlossenen zusah und gelangweilt einen Joint rauchte.

Erich und ich schliefen an diesem Abend das erste Mal seit er mich betrogen hatte wieder miteinander. Wie es war, weiß ich aber beim besten Willen nicht mehr. Ich kann mich nur noch daran erinnern, daß er mit Inbrunst an meinen Ohrläppchen knabberte.

Ich bemerkte erst am nächsten Morgen, als ich mich verkatert aus dem Schlafsack pellte und auf die Toilette taumelte, daß Mickie nicht in unserem Zelt lag. In den Wohnwagen war noch alles ruhig. Ich fragte mich, ob jetzt zusammen schlief, was zusammen gehört, oder ob der partnerschaftliche Ost-West-Austausch schon zu ernsthaften diplomatischen Verwicklungen geführt hatte.

Aus dem Schlauchboot lugte Nalas schwarze Schnauze. Ich ging hin, um meine neue Freundin zu streicheln und entdeckte Mickie in dem Schlauchboot. Sie hatte ihren Arm um Nalas Bauch geschlungen und ihr Gesicht in dem dichten schwarzen Fell vergraben, als wäre Nala ihr Liebhaber. Irgendwer hatte sie mit einer Decke zugedeckt.

Mickie schlief tief und fest. Zuerst dachte ich, sie habe sich gestern gut amüsiert. Neben dem Schlauchboot lagen zwei Flaschen Wein. Doch dann sah ich, daß sie wohl geweint hatte. Sie brauchte dringend einen Mann.

Ich kuschelte mich wieder in unseren Schlafsack und schlief bis drei Uhr nachmittags. Als ich wieder aus dem Zelt kroch, waren beide Wohnwagen weg.

Wir erfuhren nie, ob es zwei handfeste Ehekräche gegeben hatte, oder ob jede Partei heimlich aufgebrochen war, um der anderen nicht in die Augen sehen zu müssen. Es ist aber auch möglich, daß der bayerische Karl-Heinz mit der sächselnden Birte nach München abgereist war, während sich Maria aus München künftig in einem Wohnwagen mit Dresdner Nummer um den Abwasch und Wolfgang kümmerte.

Mickie hatte auch nichts mitbekommen. Sie lehnte in die Decke gewickelt an einem Baum und sonnte sich. Sie war schon geschminkt und perfekt frisiert. Von den nächtlichen Ausschweifungen war ihr nichts mehr anzusehen. Ich bat sie um ein wirksames Zauber-Mittelchen gegen verquollene Augen und schleppte mich zum Waschraum.

Als ich wiederkam, wedelte sie mit einem Fax in der Hand und verkündete triumphierend: »Ich habe alles geregelt. Wir fahren ins Hôtel des Bains zurück.«

Zwei Stunden später standen wir wieder an der Rezeption des Hôtel des Bains. Diesmal hatten wir mit der Fähre auf den Lido übergesetzt.

Ich warf einen Blick auf Elders Fax. Er hatte zugesichert, alle Kosten zu begleichen und für sich selbst eine Suite für heute abend bestellt. Mickie war damit beschäftigt, den Concierge mit einem halben Dutzend Sonderwünschen zu ärgern.

Ich verabredete mich mit ihr für sieben Uhr im Hotelrestaurant. Erich wollte so bald wie möglich ins Bett gehen. Er war noch immer total verkatert.

Mickie zog sich auf ihre Suite zurück. Sie hatte von »diesem Arme-Leute-Wein« noch immer fürchterliche Kopfschmerzen.

Erich und ich beschlossen, uns an den Strand zu legen und dort den Nachmittag zu verdösen.

Wir hatten eine wunderbare Suite, natürlich mit Meerblick. Eine Obstschale und eine Flasche Champagner standen als Begrüßungsgeschenk auf dem Tischchen im Salon.

Wir verdämmerten den Tag am Strand. Erich hatte sich mit seiner Campingmatte in den Sand gelegt und rührte sich den ganzen Nachmittag nicht mehr. Ich ruhte in einem komfortablen Deckchair aus Teakholz mit Messingbeschlägen und kuschelte mich glücklich in die cremefarbene Auflage aus Seesand. Alles war einfach perfekt. Auf dem Anhängetisch dampfte ein Cappuccino und perlte ein Gläschen Champagner. Ich hatte mich nur einmal kurz nach dem Ober umgesehen, und schon stand er vor mir und öffnete galant meinen cremefarbenen Sonnenschirm.

Vor mir spielten appetitlich gebräunte und gutgebaute junge Männer mit einem halben Dutzend weiblicher Idealfiguren gekonnt Beachvolleyball. Ich sah abwechselnd auf das furiose Muskelspiel der Volleyballspieler und den Golf von Venedig. Das Meer wurde sanft vom Wind gekräuselt. Ich war vollkommen zufrieden, und wie hätte ich es auch nicht sein sollen? Endlich waren wir gratis im Paradies. Und vielleicht stand der Höhepunkt dieser traumhaften Reise noch bevor. Heute abend würde mein Favorit in diesen Garten Eden einchecken.

Ob es Mickie wohl gefallen würde, wenn ich ihre Schwiegertochter wäre? Immerhin hatte sie mich recht schnell ins Herz geschlossen. Um wieviel mehr mußte mir das bei Alexander gelingen! Er mußte mich nur richtig kennenlernen!

Vielleicht wurde sogar mehr daraus? Mit einem Mann wie Alexander könnte ich vielleicht sogar als Fotografin Karriere machen. Ich hatte das Talent, und er sicher die richtigen Verbindungen zu einflußreichen Chefredakteuren. Und, was noch wichtiger war, zu allen Personen, die in der Hamburger Gesellschaft eine wichtige Rolle spielten. Er und Mickie könnten mich dort einführen, und ich würde die glamourösesten Feste fotografieren und die atemberaubenden Kreationen der Geladenen. Ich nahm noch einen Schluck

Champagner. Hoffentlich kam er alleine und brachte nicht seine Verlobte Amelie oder eine ähnliche Apokalypse mit.

Um halb sieben verließ ich den Strand. Erich schlief noch immer. Ich überlegte, ob ich ihn wecken sollte. Sein Rücken war schon ganz rot. Aber Sonnencreme hielt er für überflüssigen »Wohlstandsschnickschnack«.

Ich legte vorsichtig ein Handtuch über seinen Rücken und ließ ihn schlafen. Es war besser, wenn ich jetzt mit Mickie allein war, um sie auf das Finale einzustimmen.

Ich flog fast die Treppe hoch. Ich wußte es einfach: Dieser Urlaub würde mein Leben vollkommen verändern. Der Restaurantchef verbeugte sich und führte mich zu einem Tisch, an dem für zwei gedeckt worden war und von dem aus wir den ganzen Speisesaal überblicken konnten.

Ich wollte eben einen Aperitif bestellen, als Mickie kam. Sie trug einen schwarzen Jil-Sander-Hosenanzug, der ihr hervorragend stand. Wie immer genoß sie ihren Auftritt. Sie nickte den anderen Gästen zu und kam dann an unseren Tisch. Wir küßten uns auf beide Wangen. Ich achtete darauf, daß ab jetzt genügend Alkohol mit im Spiel war. Es würde nicht einfach werden, Mickie ihre Hemmungen zu nehmen. Selbst wenn alles nur Theater war.

Wir löffelten schon am Dessert, als ich beschloß, die Dinge einfach beim Namen zu nennen.

»Mickie, wir werden noch heute abend miteinander schlafen. Mit etwas Glück erwischt Elder uns in flagranti.«

Mickie hatte eben noch hingerissen ihr Erdbeerconfit gelöffelt. Jetzt blieb ihre Hand wie hingeklebt in der Luft hängen.

»Wie bitte?« Sie fuhr mit der Zungenspitze nervös in ihre beiden Mundwinkel.

»Wir werden Elder eifersüchtig machen.« Ich sah mich um, senkte die Stimme, und flüsterte: »Mit Erotik von Frau zu Frau, verstehst du? Gleichgeschlechtlicher Geschlechtsverkehr. Comprendere, si si?«

Mickie schob ihr Dessert weg. »Ist das dein Ernst?«

»Natürlich. Elder muß mit eigenen Augen sehen, daß du ihn mit einer Frau betrügst.«

Mickie legte ihre Hände aufeinander und knetete ihre Knöchel. »Aber ich habe so etwas noch nie gemacht!« flüsterte sie und errötete.

Ich beugte mich vor und sagte: »Ja meinst du etwa, ich habe schon einmal mit einer Frau geschlafen?«

»Pscht!! Bist du verrückt geworden?« sagte Mickie und sah sich verlegen um. Doch alle Gäste löffelten weiter still, dezent und ausgesprochen gelangweilt ihre Süppchen und Sorbets. Mickie nahm einen großen Schluck Wein.

»Ich weiß gar nicht, wie man so etwas macht.«

»Das kann so schwer nicht sein, außerdem tun wir ja nur so als ob ...«

»Wir tun nur so als ob? Aber wi ...«

»Schscht!« Erich stand im Speisesaal. Alle Männer trugen Anzug – nur er hatte Jeans an und ein knallbuntes Hemd. Alle Gäste waren dezent gebräunt – nur er hatte eine hochrote Birne. Der Restaurant-Chef stürzte auf ihn zu, um den vermeintlichen verirrten Pauschaltouristen freundlich wieder hinauszubugsieren. Doch Erich ignorierte ihn einfach. Ich duckte mich unwillkürlich, aber er hatte uns schon entdeckt und kam an unseren Tisch. Er zog einen Stuhl vom Nebentisch zu sich her. »Darf ich? Danke.« Er sah mich beleidigt an.

»Du hättest mich ruhig wecken können, bevor du zum Essen gehst. Was gab's denn Feines?«

Mickie antwortete lächelnd: »Savarin von Lachs und Zander mit Brunnenkressemousse und Hummerschaumsauce. Taubenbrust in der Wachtel auf Balsamico-Linsen und ein Parfait von ...«

»Danke Mickie, das reicht schon.«

Sie fragte: »Was darf ich dir bestellen, Erich?«

Er sah sich um und schüttelte den Kopf, als der Ober mit der Karte kam. »No, grazie mille! Hier bringe ich sowieso keinen Bissen herunter. Ich suche mir jetzt eine anständige Pizzeria! Schließlich bin ich in Italien! Da will ich eine Pizza Capriciosa essen! Und nicht soufflierte Bresspoularden-Pot-au-feus mit ekelhaft gestopfter Gänseleber und lebendig gekochten Hummern! Pfui Teufel! Hier sollte man mal ein paar Tierschützer vorbeischicken, dann würde der feinen Gesellschaft der Appetit schon vergehen!«

Unsere Tischnachbarn, Geschäftsleute in feinstem Zwirn, starrten Erich entsetzt an und tupften sich betreten mit der Serviette den Mund ab. Mickie lachte amüsiert. Ich schämte mich für Erichs revoluzzerhaften Auftritt in Grund und Boden. Aß dieser Heuchler zu Hause etwa keinen Schinken und keine Lammkoteletts? Ich hatte jetzt aber weder die Zeit, noch die Nerven, mit ihm zu streiten. Ich schluckte meinen Ärger hinunter und sagte säuerlich lächelnd: »Dann laß dir deine Pizza schmecken, Schatz!« Je eher er wieder von der Bildfläche verschwand, desto besser. Das hier war reine Frauensache. Er sah das zum Glück genauso, stand auf und ging mit hocherhobenem Kopf hinaus, fröhlich seine blaue Geldkatze schwingend.

»Schade!« sagte Mickie.

Ich atmete geräuschvoll aus und regte Mickie an, eine Flasche Champagner zu bestellen. Wir hatten nicht mehr lange Zeit. Elder konnte jeden Augenblick hier im Hotel einchecken.

Ich trank meinen Espresso aus. Mickie kramte in ihrer Handtasche nach ihrer Schlummerhilfe und sah mich auf einmal erschrocken an. »Was sagt denn Erich zu deinen Plänen? Ist er eingeweiht?«

Ich schreckte auf. Ich hatte an Alexander gedacht.

»Bitte?«

»Na, das wir beide, du weißt schon ...«

Sie errötete wie ein junges Mädchen.

»Ach so, das! Ja ... das findet er gut und deshalb hat er uns auch allein gelassen! Damit wir ganz ungestört sind.«

»Ah, das findet er gut?« fragte Mickie zweifelnd und schluckte zwei Schlaftabletten. Wahrscheinlich wollte sie so rasch wie möglich die Besinnung verlieren. Ich konnte nur hoffen, das sie nicht auf der Stelle einschlief. Ich konnte mich schlecht an einer Schlafenden vergehen. Sie faltete aufreizend langsam ihre Serviette zusammen. Endlich stand sie mit einer Leidensmiene auf, als stände ihr eine Wurzelbehandlung ohne Betäubung bevor.

Wir gingen schweigend nach oben. Als wir in Mickies Suite waren, verschwand sie sofort im Bad. Mickie badete gewöhnlich dreimal täglich und rieb sich anschließend mit allerlei Lotionen ein.

Vielleicht sollte ich sie zu Ursula in Therapie schicken. Mit Mickie wäre sie so beschäftigt, daß sie gar keine Zeit mehr hätte, sich noch einmal an Erich ranzumachen. Heute hatte sie wohl zur Feier des Tages beschlossen, das Dinner bei sich zu behalten, denn sie kam schon nach kurzer Zeit wieder aus dem Bad. Sie hatte sich nicht abgeschminkt, aber sie trug wieder ihr fürchterliches Flanellnachthemd. Ob sie diesen Erotikkiller auch bei Elder angezogen hätte? Bestimmt nicht! Mickie kroch unter die Decke, knipste die Nachttischlampe an und zog ein Buch aus der Schublade. »Wir könnten ein bißchen lesen, bis Elder kommt und dann fangen wir an, ja?« sagte sie und lächelte tapfer.

Es klopfte leise. Endlich kam der Etagenkellner. Ich hatte drei Flaschen Champagner bestellt. So verkrampft wie Mikkie war, konnten wir ohne etwas perlende Unterstützung unmöglich eine überzeugende Performance hinlegen. Der Ober schob den Servierwagen mit unbewegtem Gesicht zum Bett. Er hatte sicher schon ganz anderes gesehen als zwei Frauen, die im Bett romantisch Champagner tranken. Ich schaltete die Nachttischlampe aus, zündete ein paar Kerzen an und legte mich neben Mickie.

Obwohl es jetzt ziemlich dunkel im Raum war, tat Mickie immer noch so, als würde sie lesen. Sie war wirklich rührend. Ich nahm ihr sanft das Buch aus der Hand, gab ihr ein Glas Champagner und sorgte dafür, daß sie fast die ganze Flasche leertrank. Das war nicht weiter schwierig. Sie kippte den Champagner in sich hinein, als wäre er Leitungswasser.

»Würdest du dich bitte freimachen?« sagte ich sanft.

»Ganz?«

»Ja.«

Sie zog langsam das Nachthemd über den Kopf, rührte aber keinen Finger, um ihren Büstenhalter zu öffnen, sondern kuschelte sich sofort wieder unter die Decke und schloß die Augen. Ich mußte mir mit aller Gewalt ein Lachen verkneifen. Mickie trug einen knallroten String-Tanga. Unglaublich! Wo hatte sie denn jetzt ihre schöne schwarze Spitzenunterwäsche versteckt? Wollte sie mich auf diese Weise etwa abschrecken?

»Ich bin auf einmal so müde ...«, sagte sie schläfrig.

Um so besser dachte ich mir. Ich streichelte sie behutsam am Arm und schielte auf die Uhr. Wenn alles glattlief, dann betrat Elder jetzt die Hotelhalle. Hoffentlich hatte er auch Alexander nach Venedig mitgebracht. Ich küßte Mickie zärtlich aufs Ohr. Sie murmelte: »Das ist sehr angenehm, mach das noch mal. Mein erster Mann hat das auch immer so gemacht.« Mickie räkelte sich. Endlich wurde sie etwas lockerer.

Ich küßte sie auf den Mund. Zuerst kräuselte sie ihre

Nase, wie ein kleines Mädchen, das von der ungeliebten Erbtante abgeknutscht wird. Doch auf einmal erwiderte sie meinen Kuß überraschend leidenschaftlich. Ich streichelte ihren Oberkörper und wollte ihren BH öffnen, doch plötzlich setzte sie sich wieder auf.

»Nein, bitte nicht.«

Ich drückte sie sacht zurück aufs Kissen.

Sie schüttelte den Kopf und legte schützend beide Arme vor ihre Brüste. »Ich hatte eine Operation«, flüsterte sie. »Ich habe meine Brüste seitdem niemandem mehr gezeigt.« Ich nahm sie in den Arm und streichelte ihr beruhigend über die Haare.

»Und Elder?« fragte ich.

»Elder hat mich noch nie ganz nackt gesehen. Er würde mich nicht heiraten, wenn er das sehen könnte, davon bin ich überzeugt.«

»Das glaube ich nicht«, sagte ich und öffnete vorsichtig ihren BH.

Liebe und Zärtlichkeit waren die einzige Möglichkeit, Mickie ihr Selbstvertrauen zurückzugeben. Natürlich wäre es besser gewesen, wenn Elder ihr das Gefühl gegeben hätte, noch immer eine vollwertige Frau zu sein.

Mickie hatte einen guten Chirurgen gehabt. Bis auf ein paar blaßrosa Narben war von ihrer Brustoperation nichts zu sehen. Ich streichelte sie, und Mickie lächelte glücklich. Ich glaube, nicht einmal sie selbst hatte sich seit ihrer Operation berührt. Ich flüsterte: »Das fühlt sich echt gut an.« Sie entspannte sich, und ich bekam Lust, sie zu verwöhnen. Aber es war schwieriger, als ich gedacht hatte. Sie war eine Frau, ich bin eine Frau, aber ich brauchte trotzdem eine ganze Weile, bis ich mich zurechtgefunden hatte. Doch irgendwann stöhnte Mickie genußvoll, also hatte ich wohl den richtigen Schalter erwischt. Genau im richtigen Moment. Wir waren nicht mehr allein in der Suite. Ich sah aus den Augenwinkeln, daß Elder in der Tür stand und fassungslos zusah. Am liebsten wäre ich in ein Triumphgeheul ausgebrochen. Jetzt hatten wir ihn!

Mickie bäumte sich auf, und ich dachte, was für eine brillante Schauspielerin sie doch war. Es sah wirklich so aus, als ließe sie alle Hemmungen fallen und koste meine Berührungen mit ganzer Seele aus. Am Anfang hatte sie noch nach mir getastet, doch ich hatte sanft ihre Hände weggeschoben. »Laß dich fallen, genieße es einfach nur«, wisperte ich ihr ins Ohr und behielt gleichzeitig Elder im Auge.

Er machte drohend einen Schritt nach vorn. Ich legte den Zeigefinger an meine Lippen, als wäre ich eine irre heilige Klosterschwester und er ein Ketzer, der besser nicht einmal daran denken sollte, ein heiliges Ritual zu stören, wollte er nicht für alle Zeiten in der Hölle schmoren. Es funktionierte sogar. Er blieb stehen und sah mich verwirrt an. Ich konzentrierte mich wieder auf Mickie, beobachtete aufmerksam ihre Bewegungen und hörte auf ihren Atem. Ich bearbeitete sie wie ein Präzisionsmechaniker eine komplizierte Maschine. Ich wisperte Mickie alle Komplimente ins Ohr, die je einer Frau gemacht worden sind. Sie stöhnte voller Hingabe. Elder war keineswegs belustigt über das Schauspiel, das sich ihm bot. Er sah auch nicht so aus, als wäre er am liebsten ins Bett gehüpft, um mitzumachen. Er starrte uns einfach nur entsetzt an.

Ich flüsterte Mickie noch ein paar Liebesschwüre ins Ohr, und sie seufzte verzückt. Auf einmal heulte sie auf wie ein verlassenes Robbenbaby. Ich fand, jetzt übertrieb sie ein wenig. Wie halten Männer das nur aus? Ich nahm mir vor, künftig beim Sex meine Lustschreie etwas zu drosseln.

Elder war bis auf ein paar hektische rote Flecken auf den Wangen leichenblaß geworden. Hoffentlich war er keiner von den Kerlen, die Amok liefen und sich zu Doppelmorden hinreißen ließen. Ich legte wenig Wert darauf, daß er uns beide erschoß. Aber er rührte sich nicht von der Stelle. Auf einmal flüsterte er: »Mickie ... schau dich doch nur mal im Spiegel an ... da kann ich doch gleich mit meiner Mutter zusammenziehen!« Ich warf ihm den bösesten Blick aller Zeiten zu. Wenn das Mickie gehört hätte! Glücklicherweise stöhnte sie noch immer lautstark.

Leider tauchte in diesem Augenblick auch Alexander in der Suite auf. Vor Schreck zog ich meine Hand weg. Aber es war zu spät. Mickie hatte offenbar vor, einen Jahrtausend-Orgasmus zu mimen. Sie jauchzte und schrie so laut, daß ich fürchtete, die Seidentapete würde sich aufkringeln.

Was wollte Alexander hier, im Schlafzimmer seiner Mutter? Das war absolut nicht geplant! Das war eine Sache zwischen Mickie und Elder! Alexander sollte sofort von hier verschwinden oder sollte er etwa denken ich sei lesbisch? Um Himmels willen, das war so ziemlich das letzte, was ich wollte! Er sah besser aus als je zuvor. Ich lächelte verlegen, und er starrte mich an.

War er erstaunt, schockiert, angeekelt? Ich weiß es nicht. Er glotzte und glotzte.

Mickie kuschelte sich zufrieden in die Kissen und gurrte: »Oooh, das war wunderschön!«

Mir wurde heiß und kalt. Am liebsten hätte ich ihr den Mund zugehalten. Mußte sie ihre Show jetzt gar so überzeugend abziehen? Eine Nummer kleiner hätte auch gereicht, um Elder den Rest zu geben. Er drehte sich auf einmal um und rannte aus dem Zimmer. Wahrscheinlich, um eine Schrotflinte zu holen.

Mickie schlang ihre Arme um meinen Hals und versuchte, mich an sich zu ziehen. Sie flüsterte sehnsüchtig: »Küß mich! Küß mich! Küß mich!«

Ich versuchte mich vorsichtig von ihr freizumachen und flüsterte ihr ins Ohr: »Wir können aufhören! Elder hat die Flucht ergriffen, und dein Sohn ist hier im Zimmer!«

Doch Mickie tat so, als hätte sie überhaupt nichts gehört und schnurrte: »Ich liebe dich!« Sie nahm mein Gesicht zwischen ihre Hände und bedeckte es über und über mit Küssen.

Ich überlegte fieberhaft, wie ich Alexander die ganze Angelegenheit erklären konnte, ohne seiner Mutter in den Rükken zu fallen. Doch es war sowieso zu spät. Auch Alexander hatte die Suite seiner Mutter verlassen. Mein Herz hämmerte wie verrückt. Mickie murmelte im Halbschlaf: »Das war wunderschön.«

Allmählich konnte sie wirklich aufhören, oder wollte sie für ihre schauspielerische Leistung etwa einen Oscar? Sie sah mich mit halbgeschlossenen Lidern an, murmelte zärtlich: »Ach, ich bin so glücklich, Charlotte!« und schlief ein. Endlich! Der Champagner und das Schlafmittel hatten gewirkt. Leider ein paar Minuten zu spät.

Ich deckte sie zu, zog mich rasch an und ging in den Salon. Ich mußte raus hier, an die frische Luft.

Elder saß im Dunkeln auf einem der Fauteuils und zerquetschte eine Orange mit der Hand. Er trug noch immer den Anzug, den er schon auf der Wohltätigkeitsgala angehabt hatte. Allerdings war das gute Stück mittlerweile ziemlich zerknittert. Die vermeintliche Affäre seiner Verlobten hatte ihn noch ärger mitgenommen, als ich gedacht hatte.

»Was machen Sie mit meiner Verlobten?« fragte er tonlos. Was für eine blöde Frage. Hatte er keine Augen im Kopf? Der Saft der Orange lief auf seine Hose, ohne daß er es überhaupt bemerkte. Ich schätzte rasch ab, ob ich es im Ernstfall bis zur Tür schaffen würde, ohne daß er mich erwischte.

Ich trat vorsichtig den Rückzug an, konnte aber trotzdem

meinen Mund nicht halten. Als ich schon an der Tür war sagte ich: »Ich habe versucht, Mickie glücklich zu machen. Dazu waren Sie ja offenbar nicht in der Lage.«

Er zuckte zusammen, als hätte er in eine Steckdose gelangt. Dann sprang er auf und schrie: »Sie unverschämte Person! Sie, Sie ...!!« Da ihm kein passendes Wort einfiel, schleuderte er erst einmal die zermatschte Orange an die Wand. Eine eingewebte Lilie färbte sich gekränkt orange. Hoffentlich hatte Elder eine gute Haftpflicht-Versicherung. »Sie Kanaille, Sie!«

Nebenan war Mickie wieder aufgewacht. Sie lachte, wie ich sie noch nie hatte lachen hören. Tief, kehlig und irgendwie unheimlich. Wir sahen beide zur Schlafzimmertür.

Mickie rief: »Na, Elder, Schätzchen, hast auch du mich erwischt?«

Elder rannte ins Schlafzimmer. Ich lief hinterher, bereit, ihn mit der leeren Champagnerflasche niederzuschlagen, sollte er sich an Mickie vergreifen. Mickie strich sich lasziv eine Locke aus dem Gesicht und sagte: »Elder, du kommst zu spät. Ich habe die Liebe in den Armen einer Frau gefunden.« Sie machte eine lässige Geste mit der Hand, als wäre sie Kleopatra, die einen Sklaven wegschickt.

»Du kannst gehen. Ich habe dich so satt! Du bist frei, mein Lieber. Es wird keine Hochzeit geben.«

Ich hielt mir die Hand vor den Mund, um ein Lachen zu unterdrücken. Mickie klang absolut überzeugend. Jedes einzelne Wort mußte Elder tief in seiner Eitelkeit treffen. Er würde alles daransetzen, Mickie künftig auf Händen zu tragen. Er brüllte verletzt: »Das ist doch wohl nicht dein Ernst! Du machst dich doch lächerlich!« und drosch auf ein Kissen ein.

Mickie sagte kalt: »Ich wäre dir sehr dankbar, wenn du nicht das ganze Hotel zusammenschreien würdest. Wenn du jetzt nicht sofort meine Suite verläßt, lasse ich dich hinauswerfen.«

Sie griff zum Telefon neben dem Bett. Elder machte eine Bewegung, als wolle er ihr den Hörer aus der Hand reißen, doch dann drehte er sich um und stürmte aus der Suite.

Mickie murmelte: »Na also« und ließ sich wieder in die Kissen fallen. Sie lächelte mich glücklich an und schlief dann ein. Ich glaube, sie war vollkommen betrunken. Ob sie sich morgen überhaupt noch an irgend etwas erinnern konnte?

Ich knipste die Nachttischlampe aus und beschloß, noch etwas am Meer spazierenzugehen. Ich hätte nie gedacht, daß Sex mit einer Frau so anstrengend ist. Gott sei Dank bin ich kein Mann.

Der Strand war fast völlig leer. Nur ein einsamer Gast saß noch auf einem der Liegestühle. Als ich näher kam, stand er auf und kam auf mich zu. Ich blieb stehen. Es war Alexander.

»Hallo, Charlotte«, sagte er, und seine weißen Zähne leuchteten. »Schön, Sie zu sehen.«

Mein Herz raste wie verrückt. Ich war überhaupt nicht darauf vorbereitet, ihn jetzt zu treffen.

»Ich hoffe, Sie hatten keine allzugroßen Schwierigkeiten mit meiner Mutter?«

Ich stammelte: »Ja ..., nein, ich meine, nein, nein, wir hatten eine schöne Zeit.« Wie das klang! Als wären wir ein Liebespaar! Alexander lächelte. Sonderbar.

Ich dachte: »Komm schon! Mach mir doch nichts vor! Beschimpfe mich, weil ich deine Mutter verführt habe! Mach deiner Angst Luft, daß jetzt ihre Hochzeit platzt und du nie auf den Chefsessel kommst!«

»Ich wollte gerade noch ein wenig am Strand spazierengehen. Begleiten Sie mich?«

»Ja, gerne«, antwortete ich perplex.

Die Sichel des Mondes pappte wie ein silbernes Lächeln am Himmel. Alex knöpfte sein Hemd auf und fragte: »Schwimmen wir eine Runde?« Wie gut, daß ich meine schönste Unterwäsche trug! Er lief ins Meer, hechtete in die Brandung und wirbelte mit den Beinen das Wasser auf. Ich watete ins Wasser, immer darauf bedacht, eine möglichst gute Figur zu machen.

Wir ließen uns von den Wellen wieder an den Strand treiben, und blieben noch eine Weile schweigend im Wasser liegen. Es war nicht mehr sehr warm, aber ich fror nicht. Im Gegenteil. Alexander hatte nicht nur einen aufregenden Oberkörper, sondern auch äußerst appetitliche Beine. Muskulös, aber nicht protzig. Behaart, aber nicht wie ein Yeti! Er vermied es, mich ebenfalls heimlich zu mustern. Natürlich glaubte er, ich wäre in seine Mutter verliebt und jeder Annäherungsversuch sowieso zwecklos. Das mußte ich ändern! »Trinken wir noch einen Absacker an der Bar?« »Wir«! Wie gut das klang! Besser als alle Sinfonien, die je komponiert worden sind!

Wir gingen zum Hotel zurück und bestellten uns zwei Drinks. Alexander rührte nachdenklich in seinem Caipirinha und sagte: »Meine Mutter hat sich nicht zum erstenmal in eine Frau verliebt.«

Was? Ich verschluckte mich und hustete. Alexander wartete geduldig, bis ich wieder zu Atem kam und sagte: »Als ich sieben Jahre alt war, hat mein Vater sich von meiner Mutter scheiden lassen. Damals galt noch das Schuldprinzip. Es war eine sehr unglückliche Ehe. Er hat sie dauernd betrogen. Doch bei der Scheidung stellte er sie an den Pranger. Er hatte sie einmal mit einer Freundin im Bett erwischt. Das war damals ein Skandal. Meine Mutter wäre daran fast zerbrochen.«

Ich war fassungslos. Mickie stand auf Frauen? War das möglich? Aber dann hatte sie mir die ganze Zeit etwas vorgespielt! Ich zupfte nervös an meiner Unterlippe. »Aber warum hat Mickie dann überhaupt geheiratet?«

Er sah mich lange an. Seine Augen waren schöner als das Meer. »Meine Mutter liebt Frauen und Männer. Aber ihre Frauenbeziehungen hat sie immer nur heimlich gelebt.« Er bestellte sich einen Whiskey. Ich bestellte mir einen doppelten. Alexander strich mit dem Finger über den Rand seines Glases. »Lieben Sie meine Mutter?«

Ich antwortete hastig: »Ich mag Ihre Mutter sehr, aber lieben? Nein, ich glaube nicht, daß ich sie liebe.«

»Aber sie liebt Sie. Ich kenne meine Mutter. Ich weiß, wie sie sich benimmt, wenn ihr jemand wirklich gefällt. Bei Frauen ziert sie sich immer so.« Er lächelte. »Ich weiß gar nicht, warum sie immer noch so ein Theater darum macht. Mein Gott, wo leben wir denn? Wenn eine Frau sie glücklich macht, dann gönne ich ihr das von Herzen.« Er strich sich die Haare nach hinten.

»Ich habe mich auch einmal mehr für Männer interessiert als für Frauen.« Ich sah ihn erschrocken an. Er war doch nicht etwa schwul?

»Aber das ist schon lange vorbei. War wohl nur eine Phase.«

Genau! Eine Phase! Hastig sagte ich:

»Bei mir ist das auch nur vorübergehend! Ich glaube, es ist auch schon wieder vorbei! Ich wollte nur mal sehen, wie das ist, mit einer Frau.« Ich sah ihm tief in die Augen.

Alexander sagte: »Meine Mutter braucht einfach jemanden, der sie liebt und der ihr das Gefühl gibt, einzigartig zu sein. Ganz egal, ob das eine Frau ist oder ein Mann. Sie hatte im Leben wenig Glück.« Konnte er nicht endlich aufhören, von seiner Mutter zu reden und mich einfach küssen?

»Wenn Sie meine Mutter lieben, dann wünsche ich Ihnen alles Gute. Sie ist eine liebenswerte, aber auch eine sehr schwierige und egozentrische Frau.«

Was faselte er da? Ich räusperte mich und sagte: »Ich verstehe mich sehr gut mit Mickie. Aber ich glaube, wir waren einfach nur betrunken.« Ich sah ihn gespannt an. Täuschte ich mich, oder leuchteten seine Augen auf?

Er lächelte und sagte: »Wissen Sie eigentlich, daß Sie mir gleich sympathisch waren? Ich würde Sie gerne näher kennenlernen.«

Mein Herz machte einen doppelten Rittberger. Endlich hatte er kapiert, daß ich mit Frauen nichts am Hut hatte. Sah ich etwa so aus? In Wahrheit hatte ich nicht die geringste Ahnung, wie Frauen aussehen, die Frauen lieben.

Das war mir im Augenblick aber auch wirklich so was von egal. Alexander stand auf. »Ich muß heute abend leider noch etwas erledigen. Elder und ich waren in wichtigen geschäftlichen Verhandlungen, als meine Mutter verschwand.«

Das gefiel mir. Nur ein Schlaffi wie Erich konnte sich nichts Schöneres vorstellen, als zwanzig Millionen Mark zu besitzen und dann nur noch in irgendwelchen Hängematten dahinzuvegetieren. Leute, die wirklich Geld hatten, waren ständig beschäftigt und ganz besonders fleißig. Entweder sie arbeiteten hart für die Firma, die sie aufgebaut hatten, oder sie engagierten sich für einen guten Zweck. Und die Sorge um ihre Wohnsitze, das Personal, ihre prachtvollen Gärten und den Deutschen Aktienindex ließ sie sowieso nie zur Ruhe kommen. »Haben Sie Lust, morgen mit mir ein bißchen durch Venedig zu bummeln?« Er räusperte sich. »Wir könnten den Dogenpalast besichtigen.« Er lächelte geheimnisvoll. Diese Grübchen! »Ich meine, wenn Ihr Freund nichts dagegen hat.«

Natürlich würde Erich etwas dagegen haben, aber er konnte mich schlecht im Hotel festbinden, oder?

Alexander begleitete mich vor unsere Suite. Kurz bevor er um die Ecke bog, drehte er sich noch einmal um und lächelte mich an. Grandios!

Am nächsten Morgen wurde ich schon um sechs Uhr wach. Das Bett neben mir war noch immer unberührt. Wo steckte Erich? Ich öffnete die Läden und trat auf den Balkon. Es war ein herrlicher Tag. Ich hörte eine Weile der Brandung zu und beobachtete ein Fischerboot, das vom Meer zurückkam. Ich wollte eben ins Bad gehen, als ein schwarzes Porsche-Cabrio vorfuhr.

Der Fahrer hatte einen Arm um den Beifahrer gelegt. Ich lächelte. Venedig, Stadt der Verliebten, egal ob hetero, lesbisch oder schwul. Als der Wagen anhielt, traf mich fast der Schlag. Am Steuer des Porsche saß Elder, und der Kerl auf dem Beifahrersitz war Erich. Er grinste glücklich.

So hatte er nicht mehr gestrahlt, seit er vom Finanzamt Hamburg-Nord dreitausend Mark Steuern zurückerstattet bekommen hatte.

Elder stieg aus. Er hatte seine Krawatte nachlässig um den Nacken gelegt. Die beiden machten einen ziemlich verlotterten Eindruck. Ich beugte mich über die Brüstung und winkte, doch Erich beachtete mich überhaupt nicht. Er kletterte schwankend aus dem Wagen. Mit Hilfe des Pagen schaffte Elder Erich ins Hotel.

Wo waren die beiden die ganze Nacht gewesen? In einem venezianischen Edelpuff? Genau so hatten die beiden ausgesehen. Hatten sich vollaufen lassen und sich dann mit ein paar Huren über ihre untreuen Freundinnen hinweggetröstet! Bestimmt hatte Elder Erich erzählt, daß er mich mit Mickie ertappt hatte.

Ich zuckte die Achseln und ging ins Bad. Was ging mich das noch an? Sollte Erich doch tun, was er wollte. Von mir aus konnte er sich durch alle Puffs dieser Welt vögeln! Tag und Nacht! Mit wem er wollte! Und wie er wollte! Es war mir scheißegal! Dann kam er mir wenigstens nicht in die Quere! Ich war in wenigen Stunden mit dem Mann meines Lebens verabredet, und dieses Date würde ich einhalten, ganz gleich, was geschah! Ich lackierte sorgfältig meine Nägel. Ich würde das aufregendste Kleid anziehen, das ich besaß.

Wir hatten uns für Mittag am Bootssteg verabredet. Ich warf einen letzten prüfenden Blick in den Spiegel. Es war immerhin möglich, daß ich Alexander schon morgens am Strand begegnete, selbst wenn er vormittags sicher arbeitete. Wahrscheinlich verdiente er mit einem Notebook vom Hotelzimmer aus eben mal locker hunderttausend Mark.

Erich wankte ins Zimmer, murmelte kurz »Hallo«, taumelte ins Bad und kotzte ausgiebig in die Toilette.

Ausgesprochen verführerisch. Dann rappelte er sich auf, stützte sich am Waschbecken ab und sah mich mit dem trüben Blick eines Volltrunkenen an. »So ein P ... P ... Porsche is schonnn n dolles Gefährt. Werd ich mir jetzt auch kaufn!« Erich und ein Porsche?

»Ach?« sagte ich sarkastisch. »Und wovon? Von deinem überaus großzügigen Gehalt als künftiger Fleischbeschauer im Schlachthof?« Den Job hatte ihm das Arbeitsamt zwei Tage vor unserem Urlaub angeboten.

»Nix Fleischbe ... be ... beschaur!« Er ließ das Waschbecken los, machte eine abwehrende Handbewegung und wäre beinahe umgefallen. Ich mache jetzt Karriere, Sch ... sch ... schatz!«

Ich nahm ihn am Arm und führte ihn zum Bett. Irgendwie war er rührend, wenn er betrunken war. Sollte ich mein Date mit Alexander verschieben? Unsinn. Erich konnte seinen Rausch auch ohne mich ausschlafen. Er war zwar sternhagelvoll, aber nicht sterbenskrank. Er richtete sich auf und rief: »Ich werde Cheftierarzt auf Elders Pferdegestüt. Er sucht seit Monaten einen ko ... ko ... kompetentnnn Mann! Du hattest recht, Lieb ... liebling! Vitamin Beeeee ist alles! Da verdiene ich mindestens dreimal soviel wie am Schlachthof! Ich habe drei Mitarbeiter und verarzte dreißig edle Rennpferde! Und Elder verkauft mir seinen alten Porsche, n'nachtblaues Cabrio, fast neu, zum Freundschaftspreis! Von null auf hundert in drei Sekunden, stell dir das einmal vor. In drei Sekunden!«

Erich, der Porschefahrer immer so dämlich gefunden hatte? »Porschlöcher mit Potenzhilfe!« Ich hörte ihn noch: »Guck mal, wie die Außenspiegel von diesem perversen Protzschlitten aussehen! Wie Kuhohren, ha ha ha!«

Er umarmte mich und zog mich an sich. Erich roch wie eine Lastwagen-Ladung Weinbrandbohnen. Erichs Arme plumpsten auf die Decke, und im nächsten Augenblick war er auch schon weggetreten.

Ich auch. Erich hatte einen Knutschfleck. Ganz frisch. Am linken Hals. Mein Herzschlag stolperte. Ein Knutschfleck! Ich starrte ihn an. Oder irrte ich mich? War er von einer Mücke gestochen worden? Ich drehte seinen Kopf zu mir her. Nein, das war eindeutig ein Knutschfleck! Das untrügliche Mal der Sünde, der Untreue und des heimtückischen Betrugs! Ein Knutschfleck, so groß wie ein Fünfmarkstück. Ich schüttelte ihn und brüllte: »WO HAST DU DEN KNUTSCHFLECK HER?!!!«

Erich murmelte: »Hab ich mir selbst gemacht, um dich zu ärgern ...« Dann sackte er wieder weg.

Das glaubte er doch wohl selbst nicht! Legte sich wie ein Unschuldsengel ins Bett und tat, als wäre nichts geschehen! Das Blut schoß mir in den Kopf und raste durch mein Hirn. Es war einfach unfaßbar! Da fuhren wir nach Venedig, weil ihm sein Fehltritt mit Uschi angeblich leid tat, und das erste, was er tat, war, sich blindlings zu besaufen und mich noch einmal zu betrügen! Ich hätte ihn umbringen können. Wirklich. Nur der Gedanke an die Folgen hielt mich davon ab, Erich mit dem silbernen Kerzenleuchter den Schädel einzuschlagen und ihn in die nächste Reinkarnationsstufe zu befördern. Aber wohin mit der Leiche? Und wo sollte ich ein Alibi hernehmen? Außerdem: Was, wenn ich für einen Eifersuchtsmord sofort zum Regenwurm zurückgestuft wurde und hunderttausend zusätzliche Wiedergeburten aufgebrummt bekam? Während Erich, als armes Mordopfer, von einem Riesenrausch direkt ins Nirwana befördert wurde. Den Gefallen tat ich ihm ganz gewiß nicht. Ich rüttelte und schubste ihn wütend, und am Ende kniff ich ihn sogar, und zwar nicht nur in den Arm. Doch Erich grunzte nur, drehte sich auf den Bauch und schnarchte.

Mit wem hatte er mich hintergangen? Von Elder stammte der Knutschfleck wohl kaum. Welche Frau hatte ihre abscheulichen Lippen an Erichs Hals gepreßt? Hatte er sich mit einer glutäugigen Venezianerin getröstet? Oder einer Second-Hand-Blondine aus Fulda? Oder einer rothaarigen Sexpuppen-Kontrolleurin aus Rosenheim?

Und was hieß hier überhaupt getröstet? Er hatte nicht den geringsten Anlaß zur Trauer! Ich war doch die Betrogene gewesen! Hatte ich ihn betrogen, oder er mich?

Ich trat wütend gegen die Konsole. Die Vase kippte um und zerbrach in tausend Stücke.

Es war mir scheißegal, ob sie antik war oder nicht.

Die Affäre mit Ursula war also nur der Auftakt gewesen! Um chronisch fremdzugehen!

Erich ging dazu über, drei Oktaven tiefer zu schnarchen.

Es war unerträglich.

Ein reines Gewissen ist ein sanftes Ruhekissen. Von wegen!

Ich mußte ihn zur Rede stellen. Sofort.

Ich überlegte, ob ich den Champagnerkübel mit eiskaltem Wasser füllen, die Bang und Olufsen und den Fernseher bis zum Anschlag aufdrehen und ihm mein Reisebügeleisen auf die Brust setzen sollte. Er sollte alles gestehen! Auf der Stelle!

Ich ließ es dann aber doch bleiben. Wasser auf die Decke aus kostbarem Chintz? Ich glaube nicht, daß unsere Versicherung für solche Schäden aufkam. Die Vase konnte man gerade noch erklären.

Außerdem war er sowieso viel zu besoffen, um auch nur ein vernünftiges Wort zu reden. Ich sah auf die Uhr und lächelte grimmig. Sollte er doch weiter schnarchen! Ich war auch kein Kind von Traurigkeit. In wenigen Stunden würde ich mit Alexander durch Venedig flanieren. Was kümmerte es mich da, ob mein sogenannter Lebensgefährte im Alkoholdelirium lag, und mit wem er sich herumgetrieben hatte? Ich hatte einen Verehrer, um den mich alle beneideten. Sollte Erich doch seinen Rausch ausschlafen und sehen, wie er mit seinem Kater allein zurechtkam. Der Knutschfleck würde auch später noch da sein! Und dann konnte er was erleben. Bevor ich ging, durchsuchte ich alle seine Taschen. Keine Telefonnummer, keine Kondome, nichts. Dieser Heuchler hatte alle Beweise vernichtet. Bis auf das Schandmal an seinem Hals. Aber dann fand ich in seiner Geldbörse eine Rechnung vom Café Florian auf dem Markusplatz. Zwei Cappuccino für dreißig Mark. Da wußte ich, daß er mich betrogen hatte. Niemals würde Erich freiwillig den teuersten Cappuccino der Welt trinken. Es sei denn, er wollte eine andere Frau beeindrucken. Ich zerknüllte die Rechnung. Er konnte sich auf etwas gefaßt machen. Ab jetzt würde ich nur noch an mich denken. Rücksichtslos und egoistisch!

Und als erstes würde ich in aller Ruhe am Strand frühstücken. Warum regte ich mich überhaupt auf? Ich würde in aller Ruhe bis mittags Bunte lesen, und Gala und Instyle und Life and Style und Vogue und schließlich Elle. Als High-Society-Fotografin in spe durfte mir schließlich keine Scheidung, keine Krankheit und kein prominenter Sterbefall entgehen.

Ich ging pfeifend über den Hotelflur. Ein gutsituiertes Walroß im Bademantel tauchte am Treppenabsatz auf und sah mich neugierig an. Ich warf ihm einen zornigen Blick zu. Einen sehr zornigen Blick. Etwa so, als sei ich wild entschlossen, jedem männlichen Wesen, außer Alexander natürlich, zuerst die Augäpfel herauszureißen und dann noch ganz andere Organe. Organe, die an Seitensprüngen nicht ganz unschuldig waren.

Als ich schon fast auf dem Treppenabsatz war, stürzte Mickie aus ihrer Suite. Sie trug einen cremefarbenen Hausanzug und flötete: »Guten Morgen, mein Schatz! Hast du gut geschlafen?«

Sie kam ziemlich ungelegen. Ich wollte noch etwas allein sein, bevor ich Alexander traf. Aber ich konnte sie auch schlecht einfach so stehen lassen. Mickie schob schmollend ihre Unterlippe vor:

»Warum hast du denn nicht bei mir geschlafen? Ist Erich etwa doch eifersüchtig?«

»Hallo, Mickie, guten Morgen! Ich wollte eigentlich an den Strand … kommst du später nach?«

Ich wollte weitergehen, doch sie hielt mich am Handgelenk fest. Ihre Augen schimmerten wie frischpolierte Serviergloschen. Ich fragte rasch: »Was macht Elder? Habt ihr euch schon versöhnt?«

Mickie schnaubte verächtlich. »Er hat mir mitten in der Nacht eine Szene gemacht. Lächerlich. Ich habe ihn hinausgeworfen. Ich glaube, er ist dann mit Erich weggefahren. Wahrscheinlich haben sich die beiden gegenseitig bedauert.«

Sie stupste neckisch meine Nase, doch ihre Augen waren auf einmal dunkel wie ein Moorsee. »Elder bekommt, was er verdient.«

Alle Achtung. Meine Therapie hatte voll angeschlagen. Mickie ließ sich von Elder nichts mehr gefallen. Ich klopfte ihr auf die Schulter und sagte lachend: »Willkommen im Verein der Rache-Erinnyen!«

Mickies Augen funkelten. Sie trat einen Schritt auf mich zu und flüsterte: »Ich habe von uns beiden geträumt.«

Sie sah mich erwartungsvoll an. Ich blinzelte irritiert. »Also Mickie, ich gehe jetzt Schwimmen. Wenn du magst, können wir später zusammen frühstücken.«

Sie küßte mich auf den Mund. Ich zuckte zusammen, doch sie schien es überhaupt nicht zu bemerken. Sie streichelte mit der Hand zärtlich meine Wange. »Ich habe für uns beide schon Frühstück auf meine Suite bestellt. Elder wird uns nicht stören. Jetzt nicht und auch in Zukunft nicht. Dafür werde ich schon sorgen.«

Um Mickie auf andere Gedanken zu bringen, sagte ich: »Erich war die ganze Nacht mit Elder unterwegs. Ich glaube nicht, daß die beiden nur Muscheln sammeln waren, Mikkie.« Ich spürte, wie wieder Eifersucht in mir hochstieg. Doch Mickie kümmerte das überhaupt nicht. Das erste Mal seit wir uns kannten, löste der Name Elder nichts mehr in ihr aus, weder Trauer noch Wut. Sie benahm sich, als wäre er seit mindestens zwanzig Jahren tot und nur noch eine verblaßte Erinnerung.

Ich sagte noch einmal, mit allem Nachdruck: »Erich ist vollkommen betrunken. Er sah aus, als hätte er mit Elder die ganze Nacht in einem Bordell verbracht.«

Das mußte sie doch aufregen! Doch Mickies Gesichtsausdruck veränderte sich überhaupt nicht. Ich glaube, sie hatte nicht einmal gehört, was ich gesagt hatte. Sie sah mich nur weiterhin mit diesem eigenartigen Blick an. Das Schlafmittel und der Champagner wirkten wohl noch immer. Auf einmal sagte sie: »Um Elder mache ich mir keine Sorgen mehr. Heute abend sind wir quitt.«

Sie wirkte wie ein Kind, das sich auf einmal nicht mehr für sein Lieblingspielzeug interessiert, weil es etwas viel Faszinierenderes entdeckt hat. Irgend etwas stimmte hier ganz und gar nicht.

Ich sagte: »Na, dann ist ja alles okay« und wollte gehen. Doch Mickie nahm meine Hand, preßte sie an ihre Wange, und küßte sie. »Liebst du mich?«

Ich sah sie erschrocken an und drehte mich um. War hier außer uns noch jemand auf dem Gang? Was sollten denn die Leute denken? Es gab überhaupt keinen Grund mehr, noch immer die Verliebten zu spielen! Elder hatte seine Lektion gehabt! Ein Mädchen vom Zimmerservice ging an uns vorbei und sah uns neugierig an. Doch Mickie schien sie überhaupt nicht zu bemerken.

»Ich habe die Nacht mit dir sehr genossen. Ich habe das gestern nicht wegen Elder getan.«

»Nein?«

Alexander hatte mich gewarnt, aber ich konnte es einfach nicht glauben.

»Nein«, sagte Mickie. Sie schloß die Augen und beugte sich vor. Oh, nein! Sie wollte mich schon wieder küssen! Hier und jetzt. Am hellichten Tag. Mir brach der Schweiß aus. Was hatte ich da angerichtet? Erich trieb sich mit einem Mann herum, für den er noch gestern nur Spott übriggehabt hatte, und dessen Verlobte wollte mir ernsthaft an die Wäsche! So hatten wir nicht gewettet!

Nicht, das ich etwas gegen lesbische oder bisexuelle

Frauen hatte. Natürlich nicht! Nein! Ohne Zweifel hatte das auch seinen Reiz und eine Menge Vorteile. Ein längeres Vorspiel. Keine Verhütung. Keine Potenzstörungen. Keine Flecken in der Bettwäsche. Nein, ich war da wirklich ungeheuer aufgeschlossen und sehr tolerant. Das hatte ich wohl bewiesen! Aber ich fürchtete, Mickie hatte da etwas falsch verstanden. Wenn sie wirklich lesbisch war, warum hatte sie sich dann erst so angestellt? Hatte sie ihre Gefühle für Frauen erst jetzt entdeckt, im Hôtel des Bains mit über sechzig Jahren? Oder war sie einfach schizophren? Was, wenn sie in Wahrheit vollkommen verrückt war?

Ich mußte hier weg, und zwar schnell. »Mickie, entschuldige, ich muß wirklich gehen. Mir wird schlecht.«

Sie zuckte zusammen, als hätte ich sie geschlagen. Ich stotterte: »Ich wollte sagen, mir ist nicht gut. Ich habe mir wohl den Magen verdorben. Ich muß gestern irgend etwas Falsches gegessen haben oder so.«

Sie drehte sich ruckartig um. Eine Haarlocke streifte mein Gesicht wie ein Blitz. Sie ging wortlos und hocherhobenen Hauptes in ihre Suite zurück und schlug die Tür mit einer solchen Wucht zu, daß ich unwillkürlich auf den roten Läufer blickte, um zu sehen, ob die Zimmernummer an ihrer Tür heruntergefallen war.

Ich ging langsam die Treppe hinunter. Mickie würde sich schon wieder beruhigen. Wahrscheinlich hatte sie bloß schlecht geträumt. Sie war einfach ein wenig durcheinander. Die letzten Tage waren nicht einfach für sie gewesen. Ich mußte rasch dafür sorgen, daß sie sich mit Elder aussöhnte.

Kurz vor zwölf zog ich mich an, wrang meinen Bikini aus und wollte ihn gerade in ein Handtuch wickeln, als Elder den Holzsteg betrat. Hatte er seinen Rausch schon ausgeschlafen? Hoffentlich lag Erich noch im Koma! Ich lächelte böse. Nun würde ich ihn betrügen, während er noch schlief. Ich wandte mich ab und sah aufs Meer. Ich hatte keine Lust, Elder zu begegnen. Eine Eifersuchtsszene des alten Herrn hatte mir jetzt gerade noch gefehlt. Und wenn er sich aussprechen wollte, sollte er heute abend wieder mit Erich im Porsche durch Venetien von Puff zu Puff heizen. Hoffentlich ging er an mir vorbei. Vielleicht hatte er mich gar nicht gesehen. Aber ich hatte Pech. Er ging direkt auf mich zu. »Frau Schlusenbaum?«

Er hatte sich die Haare blondiert. Sicher für Mickie. Ich mußte grinsen.

»Verzeihen Sie bitte, aber ich muß dringend mit Ihnen sprechen.«

Er lächelte einnehmend. Damit konnte dieser Heuchler mich ganz bestimmt nicht becircen.

»Im Augenblick ist es leider schlecht. Ich habe ein … einen Termin«, sagte ich spitz.

»Bitte, Frau Schlusenbaum. Bitte, nur ein paar Minuten. Ich muß wirklich mit Ihnen reden.«

Ich zögerte. Eine so flehentliche Reaktion hatte ich am allerwenigsten von ihm erwartet. Eifersucht, Wut und Verachtung, ja, aber das? Ich sah ihn forschend an. Wo war der Elder, der noch gestern neben dem Bett gestanden hatte, mit einem Gesichtsausdruck, als wolle er uns mit bloßen Händen erwürgen? Jetzt war er vollkommen zerknirscht. Das machte mich neugierig.

»Also gut.«

»Wollen wir uns setzen?«

Er ging zu zwei Liegestühlen und sah betrübt aufs Meer. Deine Reue kommt etwas spät, dachte ich.

»Sie werden mir vielleicht nicht glauben, aber ich liebe Mickie. Ich liebe sie wirklich. Die Sache mit La … dieser Studentin war ein Fehler. Ein fürchterlicher Fehler.«

Das hatte er schön gesagt. Fast zu schön, um wahr zu sein. Er lächelte. »Ich muß Ihnen danken. Durch Sie ist mir klargeworden, was ich für Mickie empfinde. Ich bereue wirklich, was passiert ist.« Er senkte seine Stimme. »Ich weiß nicht, was Mickie Ihnen bedeutet. Sie sind eine junge Frau und Mickie ist über sechzig.«

So ein Schwachkopf. Wenn ich sie lieben würde, wäre mir ihr Alter doch egal.

»Ich könnte auch eine Ménage à trois akzeptieren ...«

Eine Ménage à trois? Das könnte dir so passen, du Lustmolch!

»Aber das ist ja alles Unsinn! Ich bitte Sie nur um eine Chance, mit ihr zu sprechen. Ich hatte übrigens einen sehr anregenden Abend mit Ihrem Freund.«

»Ah ja?« sagte ich und strich mein Kleid glatt.

»Er hat genau die Qualifikation, die ich für meinen Rennstall suche.« Erich als Pferdedoktor? Hatte er Elder nicht gesagt, daß er sich auf Schafe spezialisiert hatte?

»Ich suche schon lange einen guten Tierarzt!«

Erich wollte doch wohl kaum für den dekadenten Zeitvertreib eines Multimillionärs arbeiten, oder?

»Wir haben uns auf zwölftausend Mark brutto geeinigt. Als Einstiegsgehalt. Das Gut liegt eine halbe Stunde von Hamburg entfernt.«

»Erich kann Rennpferde nicht ausstehen.«

»Er hat den Vertrag bereits unterschrieben.«

Elder griff in die Seitentasche seines Jacketts und zeigte mir den Vertrag. Ich sog hörbar die Luft ein. Erich hatte tatsächlich unterschrieben. Zwölftausend Mark im Monat. Anfangsgehalt. Ich gab ihm den Vertrag zurück.

»Da war er wohl betrunken.«

»Wir haben überlegt, ob Sie nicht auf unser Gut ziehen möchten. Wir haben dort sehr schöne Wohnungen. Alle mit

Kamin und Süd-Terrasse. Sie könnten sich dort draußen sogar ein Atelier einrichten. Erich hat mir erzählt, daß Sie eine begabte Fotografin sind. Ich hätte ein paar interessante Kunden für Sie.«

Ich sah auf die Uhr. In genau sieben Minuten war ich mit Alexander verabredet. Ich sagte: »Also gut. Ich werde mit Mickie reden.« Elder lächelte erleichtert und gab mir die Hand. »Danke. Vielen Dank.«

Ich schritt langsam mit hocherhobenem Kopf davon. Sobald ich außer Sichtweite war, rannte ich los.

Ich kam fast zwanzig Minuten zu spät. Alex saß an der Pier und sah auf die Lagune hinaus. Er wohnte nicht am Lido, sondern direkt in Venedig. Das Wasser schwappte schmatzend an die Steine. Ich atmete ein paarmal tief ein und aus, bevor ich ihn begrüßte. Er sollte nicht merken, wie sehr ich mich beeilt hatte. Als er mich sah, stand er auf und lächelte. Er sah umwerfend aus. Mir wurde für einen Augenblick vor Glück ganz schummrig.

Alex stieg in die Gondel und reichte mir seine Hand. Als unsere Hände sich berührten, vibrierte ich innerlich. Die Touristen am Pier sahen uns lächelnd zu.

Der Gondolier lenkte die Gondel nach Venedig. Es war sehr schwül und dunstig. Die Umrisse der Stadt waren verschwommen, als läge ganz Venedig hinter einer Milchglasscheibe. Alex hatte sacht den Arm um meine Schultern gelegt. Wir glitten in einen der verschwiegenen Seitenkanäle. Die Wellen spiegelten sich auf den alten Mauern. Gibt es einen reizvolleren Ort für Verliebte, als eine Stadt, die scheinbar auf dem Meer schaukelt, dem Element der Ewigkeit? Das Paddel des Gondoliers gluckste leise. Alex hatte sich zurückgelehnt und wandte die Augen gar nicht mehr von mir ab.

Am Markusplatz verließen wir die Gondel. Kurz vorher hatte es hier geregnet. Das Pflaster glänzte wie Seide. Wir gingen an den Säulen vorbei und ich betrachtete interessiert den Löwen. »Hier war früher die Exekutionsstätte«, sagte Alex und sah mich verliebt an. Ich konnte es kaum erwarten, mit ihm im Hotel zu verschwinden. Doch Alex zeigte sich als Meister eines ausgiebigen Vorspiels. Er wollte unbedingt noch den Dogenpalast besichtigen.

Wir betrachteten mit einer österreichischen Reisegruppe die Wandgemälde von Tizian und Veronese. Ich gähnte heimlich. Hätte ich mich allein in diesen düsteren Palast verirrt, ich säße längst im Café Florian und würde nach Prominenten Ausschau halten. Aber immerhin schlenderte ich mit dem aufregendsten Mann aller Zeiten von Bild zu Bild. Nach zwanzig Minuten fragte ich mich allerdings, wann er sich mir mit der gleichen Begeisterung zuwenden würde wie dem fünfundzwanzig Meter langen Paradiesgemälde von diesem Tintoretto.

Aber das Ganze hatte natürlich auch seinen Reiz. Es steigerte die Spannung ungemein. Auf der Seufzerbrücke holten wir die Österreicher wieder ein. Ihre Führerin erzählte in reinstem Wienerisch von dem Gefängnistrakt des Palastes.

»In den feuchten Pozzi, den Brunnen, kamen ebenso viele Gefangene um wie in den stickig heißen Piombi, den Bleikammern.«

Alex sah mir tief in die Augen. Er wollte unbedingt noch die Führung durch die Geheimgemächer machen. Wir stiegen in die Folterkammer hinab. Alex nahm verliebt meine Hand. Ich warf einen Blick auf seine Hose. Täuschte ich mich, oder regte sich da was? Ich lächelte geschmeichelt. Ich mußte ihn ganz schön anmachen, wenn er sogar an diesem abschreckenden Ort so reagierte.

Die Führung gab es glücklicherweise nur in italienischer

Sprache. Ich verzichtete gerne auf die detaillierte Schilderung aller Foltergeräte. Alex meinte es wohl gut und übersetzte mir trotzdem eifrig fast jedes Wort.

Endlich war die Führung zu Ende. Wir passierten auf dem Weg ins Hotel bestimmt ein Dutzend Brücken. Ich stellte mir jedesmal vor, ich wäre Alexs Braut und schritte die Stufen zum Kirchenportal hinauf. Unser Altar war der blaue Himmel, und wenn wir Hand in Hand herabstiegen, ließ ich in Gedanken Reis und Blumen über uns regnen. Ich heiratete Alex auf diese Weise mindestens zwölfmal.

Als wir endlich vor dem Hotel standen, war ich ziemlich erschöpft. Das Hotel war ein Palazzo aus dem 15. Jahrhundert. Selbst Hemingway hatte hier schon geschlafen. Ich ging ins Bad. Der Marmor war schwarz mit Goldäderchen und sah aus wie recycelte Grabsteine. Ich bewunderte die eierschalfarbene Badewanne, die auf goldenen Löwenpranken stand. Rechts von der Wanne stand ein Bidet. Wie der Marmor trug es Trauer. Alex hatte wunderschönen Bar-Jazz eingelegt.

Ich zog vorsichtig die mittlere Tür des Spiegelschränkchens auf. Darin lagen ein »Mach3«-Rasierer und eine Tube Rasierschaum. Dahinter lag eine ausgequetschte Tube. Ich nahm sie heraus und las: »Rektosellan. Zum Einführen bei anorektalen Leiden«. Ich legte die Tube rasch wieder zurück. So genau hatte ich es eigentlich gar nicht wissen wollen. Mein junger Gott litt doch nicht etwa an Hämorrhoiden?

»Hallo? Hast du dich verlaufen?«

Ich schloß schnell das Schränkchen. »Nöö, ich komme sofort!«

Endlich gingen wir ins Schlafzimmer! Als ich am Schreibtisch vorbeiging, stieß ich versehentlich an eine Hängeregistratur. Ich bückte mich und hob sie auf. Alex nahm sie mir aus der Hand und sah suchend zu Boden.

»Fehlt etwas?« fragte ich.

»Ja. Der Reiter.«

»Der was?«

»Das Plastikschildchen an der Hängeregistratur. Der Vollsichtreiter.« Ich sah Alex erstaunt an. Sollte ich mich jetzt in einer fürstlichen Suite in Venedig etwa mit kleinlichem Bürokram abgeben?

Alex sagte: »Ich brauche Ordnung in meinen Unterlagen.« Er bückte sich und sah unter den Schreibtisch.

»Da ist er ja.« Er zog die oberste Schreibtischschublade auf und holte eine Reitgerte heraus. Er bog sie wippend durch und sah mich an. Ich hätte beinahe laut aufgelacht. War ich hier in einer schrägen Neuverfilmung von *Neuneinhalb Wochen*? Nein, ich hatte mich zum Glück getäuscht. Er stocherte mit der Reitgerte unter dem Schreibtisch nach seinem Plastikschildchen und katapultierte es heraus. Ich hob es auf und versuchte rasch, es wieder an der Mappe festzumachen. Ich wollte jetzt endlich mit Alexander ins Himmelbett!

Doch Alex hielt mir seine geöffnete Hand hin. Ich gab ihm seinen »Reiter«. Meine Fingerspitzen berührten seine Lebenslinie. Ich konnte fast sehen, wie sie Funken schlugen.

»Das ist eine Hängeregistratur mit Leinenfröschen«, klärte er mich auf. Er zeigte auf die Leinenbälge am Rand der Mappe.

»Leinenfrösche?« Ich mußte lachen.

Er ergriff mit spitzen Fingern den Reiter. »Das ist die Grundstellung. Zusammengepreßt!« Seine Finger zogen die Plastikschiene auseinander und hielten sie fest.

»Spreizstellung. Der untere Teil wird auf die Schiene gesetzt. Dazu die Plastikleisten der Registraturanzeige spreizen ...« Auf meinem Unterarm richteten sich ein paar Härchen auf.

»Die Finger werden hier in den Schlitz gesteckt, und dann

mit Gefühl hin- und herbewegt, hin und her, hin und her ... uuuuund ... Aaaaaaaaah ... jetzt!« rief er, und der Reiter rastete ein.

Alexs Wangen hatten sich dunkel verfärbt. Endlich legte er die Mappe zur Seite und zog sich langsam aus. Ich konnte mich an seinem Körper kaum sattsehen. Seine Unterhose glänzte schwarz. Was war denn das für ein seltsamer Stoff? Statt endlich ins Bett zu gehen, trat Alexander mit einem Buch ans Fenster. Im Abendlicht glänzten seine dunklen Haare wie der Ölteppich der Exon Valdez. Ich sah nach unten auf die blaugestreifte Markise. Hier hatten wir erst gestern gefrühstückt.

»Das habe ich heute in einem Antiquariat gefunden. Eine absolute Rarität«, sagte Alex. Mir fiel Etti und ihre Büchersammlung ein, und ich kühlte ab wie ein Frühstücksei auf einer windigen Terrasse.

»Schau mal«, sagte Alex und hielt mir den Bucheinband hin. Ich las: »Foltergewölbe und Hochgerichte der Vorzeit: mittelalterliche Folterinstrumente und Leibesstrafen auf Holzschnitten dargestellt.«

Alex blätterte zärtlich in dem Machwerk, als wäre er ein leidenschaftlicher Botaniker, der einen seltenen Bildband über ausgestorbene Blumen ergattert hatte. Ich warf nur einen kurzen Blick auf diverse Daumenschrauben, glühende Zangen und eiserne Jungfrauen und sagte sarkastisch: »Sehr schön.«

»Nicht wahr?« sagte Alex und lächelte mich an. Wollte er mich auf den Arm nehmen? Ich ging zum Bett und zog mich so lasziv wie möglich aus, doch Alex sah trotzdem nicht zu mir her, sondern blätterte in seinem Buch.

Ich sagte ziemlich ungeduldig: »Nun komm endlich ins Bett«, und kuschelte mich in die seidene Bettwäsche. Mein Arm berührte etwas Kaltes. Ich zuckte zusammen und tastete danach. Es war ein Paar Handschellen. Alex legte endlich das Buch weg und schlüpfte unter die Decke. Ich schob die Handschellen unter das Kopfkissen und tastete über seine Bauchmuskeln. Endlich war ich am Ziel meiner Wünsche! Alex lag neben mir im Bett und hoffentlich gleich abwechselnd unter mir und auf mir! Ich hatte die ganze Geschichte mit Mickie doch nur eingefädelt, um Alex zu verführen.

Ich fuhr mit dem Finger langsam über seinen Waschbrettbauch. Tiefer und tiefer und tiefer – und was war das? Ich berührte etwas, daß sich anfühlte wie eine in Plastik verschweißte Rostbratwurst.

Alex stöhnte und flüsterte: »Mach weiter ...« Ich schloß die Augen und tastete vorsichtig noch einmal zwischen seine Beine. Warum, um alles in der Welt, trug dieser erotische Mann einen Gummislip? Hatte er Angst vor Flecken im Bett? Oder war er etwa inkontinent? Warum konnte er nicht einfach wie Erich eine schlichte Schiesser-Feinripp tragen? Aber das?

Ich tastete ratlos über die Wölbung. Wenigstens hatte er keine Potenzstörung. Nur, wie kam ich da ran? An der Gummihose fehlte jeglicher Eingriff. Welcher dreimal verfluchte Unterwäschedesigner hatte sich so eine teuflisch unpraktische Konstruktion ausgedacht? Ein Keuschheitsgürtel war dagegen eine Aufforderung zu hemmungslosem Sex.

Von mir aus konnte Alex mit einer Gummihose von Vorstandssitzung zu Vorstandssitzung laufen, aber hier im Bett hatte so ein Teil nichts verloren. Das Ding mußte runter, egal ob es aus Baumwolle, Gummi oder Asbest war. Und zwar sofort. Ich zog am Saum der Hose. Meine Finger glitten ab. Ich versuchte vergeblich, den Finger darunter zu schieben. Die Hose verrutschte keinen Millimeter. Sie klebte an ihm wie eine zweite Haut. »Kannst du die ausziehen?«

Alex antwortete mit rauher Stimme. Unter anderen Umständen hätte sie sehr sexy geklungen: »Erst danach …«

Was? Wollte er etwa in sein Höschen ejakulieren? Das Zimmermädchen wußte so viel Zurückhaltung sicherlich zu schätzen, aber was, zum Teufel noch mal, hatte ich davon?

Ich griff auf dem Nachttisch nach dem Obstmesser und schnitt die Hose mit einem Raaaatsch auf. Ich krümmte Alexs Pobacke nicht ein Härchen, obwohl ich mittlerweile verdammt in Rage war.

Er setzte sich ruckartig auf und untersuchte entrüstet sein Gummihöschen. »Was soll das?« blaffte er. Gleichzeitig schrumpfte sein Schwanz mit Lichtgeschwindigkeit.

Ich sagte: »Ich brauche solchen Schnickschnack nicht.«

Alex machte ein Gesicht wie ein beleidigter kleiner Junge: »Ich hatte eigentlich erwartet, du wärest besonderen Neigungen gegenüber aufgeschlossener. Oder wieso warst du mit meiner Mutter im Bett?«

Ich sah ihn geschockt an. Endlich dämmerte mir, was hier los war. Ich war einem Gummifetischisten in die Hände gefallen! Nicht, daß ich etwas gegen Fetischisten habe. Ich habe nichts gegen Männer, die Damenstrumpfhosen tragen oder sich in Windeln das Fläschchen geben lassen.

Ich sprang aus dem Bett und ging auf den Balkon. Die Fassaden der Häuser reflektierten das Licht des Mondes. Einzig die Venus am Nachthimmel tröstete mich etwas. Sie würde noch immer leuchten, wenn wir mit unseren lächerlichen Leidenschaften längst verschwunden waren. Mir war zum Heulen zumute. Ein Jungunternehmer, der nur einen hochbrachte, wenn er sich wie ein Froschmann in Gummi hüllte? Das durfte doch einfach nicht wahr sein! Diesen Mann wollte ich nicht geschenkt, und wenn er mir alle Schätze dieser Welt zu Füßen legte. Beim nächsten Mal trug er sicher einen Friesennerz aus Gummi im Bett.

Ich zog mich an. Ich hatte genug von dieser Familie. Ich hatte genug von allen Fünf-Sterne-Hotels dieser Welt. Und vor allem hatte ich genug von Alexander von Höhenstayn. Er war mir hinterhergereist, mit seinen bizarren Phantasien im Gepäck.

Bestimmt stand er auch noch auf Krankenschwestern und Kliniksex und wünschte sich, daß ich ihn auf einer Trage fixierte und ihm ein Klistier verpaßte. Alles, was er sich bei seiner zimperlichen Verlobten Amelie nicht traute!

Alex räusperte sich. Ich drehte mich um und schrie auf. Ein Alien mit riesigen Augen und einem monströsen Rüssel saß im Bett. Alex trug eine Gasmaske aus Gummi.

Von da an drehte ich durch. Zuerst spielte seine Mutter die Betrogene und keusche Gräfin, obwohl sie nichts lieber tat, als mit Frauen ins Bett zu gehen, und jetzt das!

Ich ging entschlossen zum Bett und drückte Alex in die Kissen. Er jauchzte begeistert. Er wollte eine Domina. Die konnte er haben. Ich nahm die Handschellen und fesselte ihn ans Bett. Dann knebelte ich ihn. Sein Penis schwoll auf Salatgurkengröße an. Ich nahm sein bizarres Buch und stellte mich über ihn. Ich schlug es auf und sah im Einband nach. Sehr schön. Es hatte über fünfzehntausend Mark gekostet. Ich riß die erste Seite genüßlich heraus. Alex Augen wurden groß wie Frisbeescheiben, dafür schrumpfte sein Penis auf Peperoniformat. Er bäumte sich auf und stieß stumpfe Schreie aus.

Ich zerknüllte das erste Blatt und warf es in den Kamin. Das würde ihn lehren, künftig gefälligst per Inserat Gleichgesinnte für seine Sex-Spielchen zu suchen. Statt ahnungslose Frauen hinters Licht zu führen. Ich ließ nur den Einband übrig und legte ihn Alex auf den Bauch. Eine kleine Erinnerung an dieses einzigartige Date. Alex zappelte wütend mit den Beinen.

Ich packte seine Tasche, ging nach draußen auf die Freitreppe und warf alle Sex-Hilfsmittelchen einzeln in die Hotelhalle: Eine Flasche mit Poppers, ein Paar Handschellen, einen Dildo für Dreifachstimulation, zwei Lederpeitschen und einen Cock-Ring. Mal sehen, ob er den Mumm hatte, seine Spielsachen vor allen Gästen wieder einzupacken. Doch leider rannte sofort ein Page herbei und sammelte den ganzen Krempel pflichtbewußt wieder auf. Der Page wollte mir das Zeug überreichen, doch ich sagte: »Werfen Sie alles am besten auf den Müll. Oder haben Sie Verwendung dafür?« Ich gab ihm zwanzigtausend Lire Trinkgeld. Er verbeugte sich eifrig und sah mir verdutzt nach. Ein paar Hotelgäste glotzten mich an. Ich streckte ihnen die Zunge raus und sah zu, daß ich nach draußen kam.

Es war längst dunkel geworden, und natürlich fuhr jetzt auch kein Vaporetto mehr. Ich lief die ganze Nacht durch die schmalen Gassen. Nur noch wenige Fenster der Palazzi waren erleuchtet.

Als ich am nächsten Morgen endlich wieder am Lido war, wollte ich sofort abreisen. Ich ging an Elders Tür vorbei und lächelte spöttisch. Ob sich Mickie mit ihm ausgesöhnt hatte, natürlich erst nach einer opernreifen Szene?

Die Tür öffnete sich, und ein Zimmermädchen rannte kreischend heraus, als wären Außerirdische hinter ihr her. Sie rannte mich beinahe um und lief die Treppe hinunter. Ich blieb stehen. Hatte Elder versucht, die Ärmste zu verführen? Ich schüttelte den Kopf. Er war eben unverbesserlich. Alt und geil.

Ich wartete darauf, daß er auftauchte, um die Tür wieder zu schließen. Doch nichts geschah. Es war ganz ruhig auf dem Flur. Ich lauschte. Totenstill. Nicht einmal ein Staubsauger summte irgendwo. Konnte Elder nicht aufstehen und die Tür schließen, weil eine gewaltige Erektion ihn niedergeworfen hatte? Ich lugte in die Suite. Die Fensterläden standen weit offen. Sanft wehte der Vorhang im Wind. Dahinter ein blauer Streifen, das Meer. Auf dem Tisch standen eine Weinflasche und zwei Champagnerflöten. Eine war am Rand mit rötlich-braunem Lippenstift verschmiert. Eine Farbe, die ich auch gerne benutze. Das Glas war noch fast voll, das andere war leer. Wer hatte da nicht ausgetrunken? Mickie? Das Zimmermädchen?

Ich lauschte, ob ich eine Dusche hörte, aber alles blieb still. Gedämpft drang von der Straße das Knattern einer Vespa herauf. Ich sah mich um. Im Hotelflur war niemand zu sehen. Ich ging langsam in das Zimmer.

Wenn Elder plötzlich auftauchen sollte, würde ich ihm einen guten Morgen wünschen und fragen, ob er sich mit Mickie ausgesprochen hatte. Für irgend etwas mußte diese Reise doch gut gewesen sein.

Elder saß vor der Chaiselongue, die Augen weit geöffnet. Sie waren matt und seine Arme hingen herunter. Hatte Elder einen Schlaganfall erlitten?

Ich setzte mich auf einen der Stühle und betrachtete nachdenklich Elders Leiche. Der Reißverschluß von Elders Hose war offen. Sollte ich die Rezeption anrufen und sagen: »Bon giorno, auf Suite Sieben liegt ein Toter?«

Nicht mehr nötig. Der Hoteldirektor kam in die Suite. In der Tür erschienen ein paar Zimmermädchen und tuschelten aufgeregt. Der Hoteldirektor sah mich finster an und sagte: »Die Polizei wird gleich hier sein.«

Ich dachte: »Ja und? Was habe ich damit zu tun?« Aber natürlich mußte ich bleiben. Ich kannte den Toten. Wir konnten nicht abreisen, bevor ich meine Aussage gemacht hatte. Ich hätte mich gerne auf das Sofa gelegt. Mir war auf einmal schwindlig. Aber ich durfte keine Spuren verwischen.

Ich sah noch einmal auf die Gläser. Eigenartig. Warum hatten sie Rotwein aus Champagnergläsern getrunken?

Ich ging auf den Balkon, um frische Luft zu schnappen. Ich hatte heute mit Erich an den Strand gehen wollen, um mich endlich wirklich mit ihm auszusprechen. Aber daraus würde wohl nichts werden. Bis wir unsere Aussage zu Protokoll gegeben hatten, würde es sicher Abend werden.

Es wurde noch viel später. Der Commissario nahm mich sofort fest. Als Hauptverdächtige in einem Mordfall. Sie brachten mich in einem schnittigen Polizeiboot auf die Wache. Immerhin war ich jetzt mit allen möglichen Booten auf Venedigs schönster Wasserstraße gekreuzt. Außer mit einem Schiff, das Leichen abtransportierte.

Der Commissario, ein dicklicher kleiner Mann mit einer fleischigen Nase und vom Suff geröteten Augen, ging im Zimmer auf und ab und sah mich finster an. Ich sah weg und betrachtete das Bild des italienischen Ministerpräsidenten an der Wand.

Eine Dolmetscherin drehte gelangweilt mit dem Finger in ihren Haaren. Ich sagte: »Ich möchte meinen Freund anrufen.«

Der Commissario rückte seine Krawatte zurecht, stützte seine Hände auf den Schreibtisch und redete zornig auf mich ein.

Die Dolmetscherin übersetzte alles so gefühlvoll wie eine Telefonansage.

»Ihren Freund?« sagte sie. »Machen Sie mir doch nichts vor! Ich erkenne eine Lesbe, wenn ich sie vor mir habe!« Ich starrte die Dolmetscherin an. Wie bitte? Was hatte der Kommissar da gesagt? Sie erwiderte meinen Blick ausdruckslos.

Ich sagte: »Wie bitte? Was soll das heißen?«

Die Dolmetscherin übersetzte meine Frage und seine Antwort. »Sie tragen nicht einmal Ohrringe. Das ist doch typisch für Lesben!«

»Na hören Sie mal!« rief ich. »Ich bin allergisch auf Ohrringe!« Die Dolmetscherin übersetzte auch das tonlos. Dann wickelte sie aufreizend langsam ein Minzbonbon aus und steckte es sich in den Mund.

»Sie haben sich in die künftige Frau des Toten verliebt? Wann genau?« fragte der Commissario.

»Ich habe mich überhaupt nicht in sie verliebt! Wer sagt denn so einen Blödsinn?«

Der Commissario stand auf und öffnete die Tür zum Nebenzimmer. Mickie trat ein. Sie war in Schwarz gekleidet. Ganz die trauernde Witwe. Sogar das Taschentuch, das sie in der Hand hielt, war schwarz.

Sie sah genauso aus wie eine verzweifelte Hinterbliebene auszusehen hat, wenn sie ihren über alles geliebten Bräutigam verloren hat. Durch einen heimtückischen Mord. Wo und wann hatte sie sich diese Trauerrequisiten besorgt? Die Geschäfte machten doch erst in einer Stunde auf! Ich starrte erst sie an und dann den Kriminalbeamten. Er warf eine eingeschweißte Spritze auf den Tisch.

»Und was ist das? Benutzen Sie solche Spritzen im Krankenhaus?«

Ich sah mir die Spritze an und wurde blaß. Es war eine der Spritzen, die wir in der Ambulanz benutzten. Kein Zweifel. Wir hatten immer ein paar davon im Auto. Für Fahrradreparaturen. Um Öl in schwer zugängliche Stellen zu spritzen.

Hatte Mickie Elder umgebracht? Ich dachte daran, worüber sie gestern gesprochen hatte. Am Strand. Kurz nachdem sie mir ihre Liebeserklärung gemacht hatte. Und wenige Minuten, bevor Elder mich gebeten hatte, zwischen ihm und Mickie zu vermitteln.

Ich hatte wieder auf dem Liegestuhl gedöst und an Alexander gedacht. Ich stellte mir vor, wie er mich zärtlich eincremte und meinen Nacken küßte. Eine Haarlocke strich sanft über meinen Rücken.

Eine Haarlocke? Hatte Alexander nicht kurzes Haar? Ich öffnete die Augen. Mickie saß neben mir. Sie hielt ein Fläschchen Sonnencreme in der Hand und lächelte mich an. Ich setzte mich ruckartig auf. »Möchtest du ein Eis?«

Ich schüttelte den Kopf und überlegte, ob ich aufspringen und bis nach Tunesien schwimmen sollte. Nur so weit weg wie möglich von Alexanders rolliger Mutter.

Mickie wickelte das Papier von ihrem Waffeleis und biß hinein. Ein kleines Stück Walnußeis blieb an ihrem Mundwinkel hängen. Ihre Zungenspitze schnellte heraus. Ich verspürte plötzlich Panik. Mir war, als hätte sich unbemerkt ein schillernder Skorpion angeschlichen. Ein Skorpion mit einem Gift, das in Sekundenschnelle tötete.

Mickie gefiel mir gar nicht. Sie wurde mir immer unheimlicher. Warum hatte ich mich nur so lange von ihr täuschen lassen? Sollte ich um Hilfe rufen, wenn Mickie noch einmal versuchte, mich zu küssen?

Ich sah mich um. Weder Elder war irgendwo zu sehen, noch Alexander. Wir hatten erst in zwei Stunden unsere Verabredung. Und mit Erich konnte ich vor heute abend sowieso nicht rechnen.

Mickie hatte ihr Eis so gierig wie gewöhnlich verschlungen und sah mich entrückt an. Mir brach der kalte Schweiß aus. Ich ließ meinen Blick möglichst unauffällig über den Strand schweifen. Es war noch kaum jemand hier. Etwa fünfzig Meter entfernt breitete eine italienische Familie gerade ihre Decke aus. Ein kleines Mädchen mit dunklen Lokken spielte am Meer. Die Kleine schaufelte matschigen Sand in einen blauen Eimer.

Der Bademeister machte mir auch keine große Hoffnung. Er thronte wichtig auf seinem Aussichtsturm, las Zeitung und betrachtete zwischendurch seine Armmuskeln. Würde er überhaupt herunterklettern, wenn ich auf dem Trockenen um Hilfe schrie?

Und was hieß: »Hilfe, retten Sie mich vor dieser Frau, sie wird zudringlich!« auf italienisch? Ich wußte nicht einmal, was »Hilfe« heißt! Aida? Alarmi? Oder was? Ich konnte doch schlecht rufen »Due Cappuccini per favore! Grazie! Pagare!« Hätte ich doch nur rechtzeitig einen Sprachkurs gemacht!

Doch selbst wenn ich mich hätte verständigen können, kam die sexuelle Belästigung einer Frau durch eine andere Frau in dem Macho-Kosmos dieses Bademeisters überhaupt vor?

Und in wie vielen Sprachen verstand dieser Typ das Wort »Hilfe« überhaupt? Was war, wenn ein usbekischer Bankangestellter von der Strömung erfaßt wurde und nach draußen gezogen wurde? Vielleicht bedeutete sein Hilferuf auf italienisch zufällig »Yuhuuuu, alles okay!«? Ich kicherte hysterisch.

Hoffentlich wollte Mickie mich nicht noch einmal eincremen. Und hoffentlich gestand sie mir nicht noch einmal ihre Liebe! Wenig später wünschte ich mir, sie hätte nur das getan. Was sie statt dessen von sich gab, war noch viel entsetzlicher.

Sie sagte:

»Ein Mann, der seine Frau betrügt, obwohl er ihr ewige Treue geschworen hat, so ein Mann hat es verdient, zu sterben.«

In der Ferne tutete ein Fischfrachter, und ich hatte auf einmal das Gefühl, daß die Möwen besonders schrill schrien. Es hatte bestimmt längst über siebenundzwanzig Grad, doch ich fröstelte.

Ich hätte einfach aufstehen und wegrennen sollen. Doch ich fürchtete, daß sie sich in eine Furie verwandeln würde, wenn ich ihr jetzt nicht zuhörte. Also fragte ich sie: »Und was ist, wenn eine Frau ihren Mann betrügt? Auch Männer sind manchmal Opfer.« Ich dachte dabei weniger an Erich, aber es gab sicher auch noch andere, oder?

Mickie antwortete: »Ich habe es dir doch schon einmal gesagt. Ich habe noch nie einen Mann mit einem anderen betrogen.«

Aber wahrscheinlich mit einer Armada anderer Frauen, dachte ich, behielt das aber lieber für mich.

»Nie? Nicht einmal in Gedanken?«

»Nie. Nicht einmal in Gedanken.«

Das nahm ich ihr einfach nicht ab. Aber ich hielt es momentan für klüger, ihr nicht zu widersprechen. Vielleicht zog sie dann schneller wieder ab und ließ mich wieder in Ruhe. Sie lächelte sanft und gurrte zart: »Komm, dreh dich um, ich creme dir den Rücken ein.«

Ich legte mich wieder auf den Bauch. Ich mußte mich zusammenreißen. Sie würde mich schließlich nicht hinterrücks niederstechen. Sie war vollkommen harmlos, wenn auch ziemlich verschroben und verrückt. Am besten ich tat so, als wäre überhaupt nichts passiert. Sie wärmte das Sonnenöl zärtlich in ihrer Hand an, bevor sie mich berührte.

»Ich habe einmal etwas über einen sehr interessanten Kriminalfall gelesen«, erzählte sie. »Eine Frau in Amerika hat ihren untreuen Mann einfach zum Tode verurteilt.«

»Was?«

»Er hat sie rücksichtslos betrogen, immer und immer wieder. Er hat sie so sehr verletzt, wie ein Mensch einen anderen nur verletzen kann. Die beiden ließen sich scheiden, und er zog zu seiner Geliebten. Die Ex-Frau ließ ein Jahr verstreichen. Dann rief sie ihn an und schlug ihm vor, sich noch einmal zu treffen. Um die Vergangenheit endgültig zu begraben.«

Sie lachte böse. »Natürlich ließ er sich sofort darauf ein. Für ihn war es doch viel bequemer, wenn er sie auf Partys wieder ganz locker grüßen konnte. Er hatte seine Geliebte inzwischen natürlich geheiratet. Sie trafen sich, als seine zweite Frau gerade verreist war.«

Hoffentlich war sie bald fertig, damit ich wieder in Ruhe in der Sonne dösen konnte.

»Er lud sie zu sich ein, denn seine Ex-Frau wirkte auf einmal viel souveräner als früher. Er fand sie sehr sexy. Er wollte noch einmal mit ihr schlafen, und stellte sofort einen exzellenten Champagner kalt, ich glaube, es war ein Roederer. Und während er noch überlegte, wie er sie herumkriegen könnte, öffnete sie einfach nonchalant den Reißverschluß seiner Hose. Er konnte sein Glück kaum fassen. Das hatte sie als Ehefrau nie getan, und auch seine neue Frau stand nicht gerade auf Fellatio.« Was? Pornos sah sich Mickie angeblich nie an, aber sie las solche absurden Geschichten? Wie wurde ich sie bloß los? Ihre Augen flackerten. »Welcher Mann sagt schon nein, wenn er gratis einen Blow-Job bekommt?«

»Und was war mit seiner Frau? Dachte er nicht eine Sekunde an seine Frau?«

»Vielleicht dachte er kurz an sie. Aber sicher sagte er sich, daß er gar keinen Ehebruch beging. Er schlief doch nicht wirklich mit seiner Ex-Frau. So dachte er jedenfalls.«

Ich nickte. Ja, so tickten Männer, und nicht bloß Bill Clinton. Vielleicht war es mit Ursula und Erich ganz ähnlich gelaufen. Mickie winkte einem Italiener, der Coladosen am Strand verkaufte. Sie reichte mir eine Dose.

»Als er kurz vor dem Höhepunkt war und kaum noch seinen Namen buchstabieren konnte, zog sie eine Insulinspritze aus ihrer Handtasche und flüsterte:

›Ich habe da ein wunderbares Mittel, das die Ejakulation hinauszögert. Du wirst einen Orgasmus haben, wie du ihn überhaupt noch nie erlebt hast! Und es steigert deine Potenz so sehr, daß du sofort wieder kannst, und dann schlafen wir miteinander!‹

Er stöhnte: ›Ja, Ja! Mach bitte weiter, hör nicht auf!‹ Und in diesem Augenblick führte sie ihm die Kanüle in die Vene ein. Er spürte den Einstich kaum.«

Mickie erzählte das alles, als verrate sie mir ein besonders raffiniertes Plätzchen-Rezept. Sie nahm Sand in ihre Hand und ließ ihn langsam durch ihre Finger gleiten.

Ich sagte: »Stimmt schon. Die Vene am Penis ist ganz leicht zu finden. Sogar ein medizinischer Laie könnte das.«

»Sie wußte genau, was sie tat. Sie hatte ihm vorher ein leichtes Schlafmittel in den Champagner getan.«

Ich sagte: »Zum Beispiel Psyquil. Das verlangsamt die Reaktionsfähigkeit.«

Mickie nickte eifrig. »Er spürte fast nichts, sondern hörte längst die Engel singen. Und vielleicht verdankte er ihr sogar wirklich den schönsten Höhepunkt seines Lebens.«

Mickie lächelte entrückt. »Auf alle Fälle aber war es sein letzter Orgasmus. Als der Penis erschlaffte, lief das Insulin in den Blutkreislauf und ein paar Sekunden später ... peng.« Sie schlug mit der Faust in die flache Hand.

»Peng«, sagte ich.

»Und kein Mensch ahnte, woran er wirklich gestorben war.«

Die Methode wäre wirklich nicht schlecht, um jemanden möglichst unauffällig umzubringen. Das Insulin bewirkt, daß das Gehirn nicht mehr mit genügend Zucker versorgt wird. Und ohne Glucose kollabieren die grauen Zellen, die Atmung setzt aus, Herzstillstand, Exitus. Der perfekte Mord. Das Insulin wird völlig verbraucht, der Pathologe findet nichts, es sei denn, er entdeckt den Einstich am Penis. Aber wer sieht da schon nach?

Ich sagte: »Die Story ist nicht schlecht, aber ich glaube sie trotzdem nicht. Wo hast du die denn gelesen? Im National Enquirer? Kein Mann läßt eine Frau mit einer Spritze an seinen Allerheiligsten, höchstens eine Krankenschwester auf der Urologischen. Und dann auch nur, wenn er ein Prostataleiden im Endstadium hat!«

Mickies Augen blitzten auf wie ein Leuchtturm in stockfinsterer Nacht. »Denkst du wirklich, Männer denken noch viel, kurz bevor es ihnen kommt?« Sie hatte sich eine Zigarette angezündet und sah entrückt ihren Rauchkringeln nach.

Ich zuckte die Achseln. Ich verstand gar nicht mehr, warum ich mich vorhin so aufgeregt hatte. Mickie war einfach ziemlich überspannt. Sie las zu viele Krimis und arbeitete zuwenig. Das war alles.

»Der Mord wurde nie entdeckt?«

»Nein.«

»Aber keine Schauspielerin der Welt hätte ihn so cool in die Falle locken können. Bei all dem Haß, der sich in ihr angesammelt hatte.«

»Eine Schauspielerin vielleicht nicht. Eine gekränkte Frau aus Fleisch und Blut schon.«

»Aber was hatte sie davon? Litt sie nicht an Gewissensbissen, weil sie einen Menschen umgebracht hatte?«

»Nein, warum? Es ging ihr endlich wieder gut. Alles ist besser, als den Kummer nur in sich hineinzufressen. Er hat nichts anderes verdient. Er hat seine Chance bekommen, aber er hat sie nicht genutzt. Sie hätte ihm kein Haar gekrümmt, wenn er ihr eindeutiges Angebot abgelehnt hätte und seine neue Frau nicht mit ihr betrogen hätte. Sieh mal: sie tat ihm doch bloß einen Gefallen. Sie hat ihn endlich für immer erlöst von einem verhängnisvollen Trieb, der anderen nur Schmerz und Kummer bringt. Sie hat alle Frauen, die er künftig noch verletzt hätte, vor Leid bewahrt. Dafür hat sie ihre Freiheit riskiert, ihr Ansehen, ihr ganzes Leben. Diese Frau hat einen Orden verdient!« Das ging zu weit.

»Also hör mal! Wenn wir alle Männer, die fremdgehen, auf diese Weise ›erlösen‹ würden, käme die Pharmaindustrie mit der Insulinproduktion überhaupt nicht mehr nach. Und wurde er wirklich bestraft? Er hat doch gar nichts mehr mitbekommen!«

Ich stand auf, um schwimmen zu gehen. Ich hatte jetzt wirklich genug. In einer Stunde würde ich Alexander treffen. Ob er wußte, wie verschroben seine Mutter war? Leider waren bei ihr wohl tatsächlich ein paar Schrauben locker.

»Kurz bevor sie das Bewußtsein verlieren, begreifen sie alles!« rief Mickie mir nach. »Sie erkennen, daß ihre gottverdammte egoistische Geilheit sie in den Tod gelockt hat. Und glaub mir: diese Sekunden sind entsetzlicher als alles andere!«

Ich lief ins Meer und ließ mich in die Wellen fallen.

Als ich wieder auftauchte und an den Strand zurückschwamm war Mickie verschwunden gewesen. Bloß ein Abdruck im Sand hatte noch daran erinnert, daß sie neben mir gesessen war. Nur Mickie hatte einen Grund gehabt, Elder zu töten.

Aber wie war sie an das Insulin gekommen? Vielleicht war jemand in ihrer Familie Diabetiker, und sie hatte einfach ein paar Ampullen gemopst? Aber das würde bedeuten, daß sie den Mord von langer Hand geplant hatte. Und woher hatte sie überhaupt gewußt, daß wir in unserem Wagen eine Packung Spritzen hatten? Sie mußte heimlich unser ganzes Auto durchwühlt haben. Warum aber deckte sie auf, daß Elder gewaltsam gestorben war und riskierte auf diese Weise, daß die Polizei ihr auf die Schliche kam? Wollte sie endlich erwischt werden? Wurde sie von Schuldgefühlen gequält?

Der Commissario sagte: »Gestehen Sie endlich. Sie haben sich in Mickie von Höhenstayn verliebt und ihren Verlobten aus dem Weg geräumt.«

Ich sprang auf. »Aber das ist doch vollkommener Blödsinn! Ich war nie in sie verliebt! Wir haben die ganze Geschichte doch nur inszeniert, um Elder zu bestrafen!«

»Zu bestrafen. So, so, so, so, so! Und wofür, Signora?« Er betrachtete seine Hände. Er hatte schmutzige Fingernägel.

Mickie wischte sich mit dem Taschentuch über die Augen. Sie hatte sich ihre Augen bestimmt kurz zuvor mit ein paar Kilo frischen Zwiebeln gewienert.

Ich sagte: »Elder hat Mickie betrogen. Und da haben wir so getan, als hätten wir eine Affäre. Um ihn eifersüchtig zu machen!«

Der Commissario nahm einen Kugelschreiber vom Schreibtisch und betrachtete ihn schweigend. Mickie hielt sich am Türrahmen fest, machte eine Miene, als würde sie gleich in Ohnmacht fallen und sagte mit gebrochener Stimme: »Warum hast du Elder getötet?« Sie stockte, und ihre Augen schwammen in Tränen. Sie schluchzte auf. »Wir waren doch Freundinnen! Du hättest zu uns ziehen können! Auf unserem Gut ist genügend Platz. Warum hast du alles zerstört!«

Die Dolmetscherin hörte auf, an ihrem Bonbon zu lutschen und sah sie mitleidig an. Mickie heulte los. Genauso, wie sie das erste Mal in unserem Auto geheult hatte. Ich schnappte nach Luft. Sie schluchzte: »Aber ich werde dir trotzdem einen Anwalt besorgen.«

Der Commissario reichte ihr ein Glas Wasser. Dann herrschte er mich an: »Es wäre besser, wenn Sie den Mord endlich gestehen! Das wird der Richter zu Ihren Gunsten auslegen.«

Ich schrie: »Ich will keinen Anwalt von dieser Frau! Sie hat drei Männer umgebracht! Immer mit der gleichen Methode! Sie hat diesen Mord bei mir angekündigt! Sie war Schwesternhelferin! Sie weiß, wie man mit Insulin einen Menschen tötet! Rufen Sie doch in Deutschland an, und fragen Sie, woran ihre Ehemänner krepiert sind!«

Der Commissario ging schweigend zu dem vergitterten Fenster und sah hinaus. Er rang darum, nicht die Beherrschung zu verlieren. Er hielt mich für eine perverse und skrupellose Männermörderin. Ich hatte heimtückisch Insulin in den Penis injiziert. In das empfindlichste Organ eines Mannes! Unvorstellbar für diesen Macho.

»Warum haben Sie die Comtessa in Ihrem Auto verschleppt?«

»Wie bitte? Verschleppt? Ich habe sie nicht verschleppt! Sie ist freiwillig mitgekommen!«

Ich deutete auf Mickie. »Sie hat sich in mich verliebt, und nicht umgekehrt!«

»Nach den Aussagen ihres Sohnes haben Sie die Comtessa nicht nur entführt, sondern auch versucht, sie zu verführen. Und Ihren ahnungslosen Freund haben Sie zum Handlanger Ihrer teuflischen Pläne gemacht«, bellte der Commissario.

Nach den Aussagen ihres Sohnes! Also steckte Alex mit ihr unter einer Decke. Ich schnaubte verächtlich. Wie lange konnten sie mich hier festhalten? Was, wenn ich wirklich eingesperrt wurde? Wer würde meine Arbeitskollegen verständigen? Mußte ich sie selbst anrufen? Was sollte ich dann sagen? Etwa: »Hört mal, ich kann leider nicht mehr in die Ambulanz kommen, weil ich die nächsten Jahre im Knast schmore?«

Gab es in Venedig überhaupt ein Frauengefängnis? Oder würden sie mich an Deutschland ausliefern? So was stand in keinem Reiseführer. M wie Mordverdacht. Zehn Tips, die

Sie unbedingt beachten sollten. Das war doch alles vollkommen absurd! Warum hatte Mickie Elder nicht klammheimlich umgebracht wie ihre anderen Männer? Warum wollte sie, daß der Verdacht auf mich fiel? Aus Rache, weil ich mich nicht in sie verliebt hatte? Oder sollte ich stellvertretend für ihre Taten büßen? Vielleicht wollte sie mich auf diese Weise auch von ihrem Sohn fernhalten, weil ich keine gute Partie für ihn war. Die Mühe konnte sie sich sparen. Hatte Alexander ihr nicht erzählt, wie unsere Liebesnacht wirklich gewesen war?

Alexander! Natürlich! Er war mein Alibi. Zur Tatzeit war ich bei ihm gewesen. Und im Hotel hatten sie mich auch gesehen! Der Hotelpage! Ich sagte das dem Commissario. Er hörte mit eisiger Miene zu und machte sich Notizen.

Mickie sah mich gespannt an. Natürlich würde sie Alexander anrufen. Damit er aussagte, daß ich gar nicht dagewesen war.

Ich sagte: »Vielleicht hat Frau von Höhenstayn Elder getötet, um an sein Geld zu kommen.«

»Aber das ist doch lächerlich, Commissario! Warum sollte ich den einzigen Menschen, den ich liebe, töten? Geld!« Sie schnaubte. »Als ob ich das nötig hätte! Ich bin vielfache Millionärin, Commissario. Davon können Sie sich gerne überzeugen! Ich spende regelmäßig Unsummen für wohltätige Zwecke!«

Sie sah mich traurig an. »Wie konnte ich mich nur so in dir täuschen? Ich hatte dich liebgewonnen wie eine eigene Tochter!«

Ich lachte verächtlich. Wie eine Tochter! Ich erinnerte mich noch ganz gut, wie dieses raffinierte und durchtriebene Luder mich gestern noch angeglotzt hatte. Mit mütterlichen Gefühlen hatte das verdammt wenig zu tun gehabt.

Der Commissario sagte: »Im Gefängnis wird es Ihnen gefallen. Die Frauen dort stehen auf Blondinen!« Er lachte dämlich.

»Ich möchte jetzt endlich mit meinem Freund telefonieren!« Der Commissario schob mir das Telefon hin und lächelte spöttisch.

»Bitte sehr, Signora!« Ich rief im Hotel an und verlangte Erich.

»Scusi, aber Herr Eekboom ist heute morgen abgereist.«

Ich wurde bleich.

»Wohin?«

»Das hat er leider nicht gesagt.«

Ich legte den Hörer auf. Ich war verhaftet worden, und Erich hatte sich einfach aus dem Staub gemacht! Hielt er mich etwa für schuldig? Warum durfte er überhaupt abreisen? Mußte er sich nicht als Zeuge bereithalten? Was hatte das alles zu bedeuten?

Sie brachten mich in eine Zelle. Wenig später erfuhr ich, daß Alex mein Alibi nicht gestützt hatte. Natürlich nicht. Er steckte mit seiner Mutter unter einer Decke. Es konnte ihm nur recht sein, wenn der Mordverdacht auf mich fiel. So brauchte er auch nicht darüber nachzudenken, warum alle Männer, die in Mickies Leben eine wichtige Rolle gespielt hatten, tot waren. Gestorben an »Herzversagen«. Einschließlich seinem eigenen Vater. Eine wirklich ehrenwerte Familie. Ich lag auf meiner Pritsche und dachte an Erich. Wo war er? Er konnte mich doch jetzt nicht einfach im Stich lassen! Glaubte er etwa auch, ich hätte Elder umgebracht? Ich war so unglücklich wie noch nie zuvor in meinem Leben.

Ich stand unter Mordverdacht, mein Lebensgefährte war verschwunden, und ich hatte mindestens drei Kilo zugenommen. Außerdem waren meine Tage überfällig, und ich hatte mörderische Lust auf Schinkennudeln und einen Bananenshake.

Ich dachte daran, wie Erich immer frühmorgens mit der Brötchentüte neben meinem Ohr geraschelt hatte. Wie er stundenlang unsere Urlaubsdias alphabetisch nach Ländern eingeordnet hatte. Und wie er heimlich seine benutzten Taschentücher in die Sofaritze gesteckt hatte! Ich fing an zu heulen. Er war der Mann, den ich liebte.

Ich hörte Schritte auf dem Flur vor meiner Zelle. Kam Erich endlich, um mir in diesem Schlamassel beizustehen? Als sich der Schlüssel im Schloß drehte, zwang ich mich, ruhig zu bleiben. Erich brauchte bloß nicht zu glauben, daß ich nichts anderes zu tun gehabt hatte, als auf ihn zu warten. Vielleicht hatte er noch ein paar Tage am Meer eingeschoben, bevor er sich endlich herbemühte? Ich sah zum Fenster. Ich hatte ihn überhaupt nicht vermißt! Keine einzige Sekunde! So langweilig und trostlos konnte es nicht einmal in der Zelle einer venezianischen Polizeiwache sein. Sollte er doch den ersten Schritt machen. Wer hatte mir diesen Höllentrip in die High-Society denn eingebrockt? Doch wohl niemand anderer als Erich Eekboom!

Wenn er mich nicht betrogen hätte, dann stünde Mickie, diese ausgekochte Killerin, noch heute mit ihren Koffern im Hamburger Freihafen. Dann hätte dieser Todesengel mit Bvlgari-Uhr lange nach einem Opfer für seine teuflischen Pläne suchen können. Und ihr perverser Sproß wäre mir auch erspart geblieben.

Erich stand in der Tür, mit einem Strauß weißer Lilien. Lilien. Er hatte sich noch nie merken können, daß ich Lilien liebe. Immer hatte er mir andere Blumen geschenkt. Dahlien, Orchideen. Und einmal hatte er sogar Chrysanthemen angeschleppt. Aber Lilien hatte er mir noch nie geschenkt!

Ich preßte ihn an mich, bis uns die Luft wegblieb und küßte ihn, wie ich ihn überhaupt noch nie geküßt hatte. Nicht einmal an unserem ersten Abend. Wir trennten uns erst wieder, als der Polizist verlegen hustete.

Erich sagte: »Du bist frei. Die Indizien reichen nicht, um dich länger festzuhalten. Wir müssen noch zwei Wochen in Italien bleiben, bis die Untersuchung endgültig abgeschlossen ist. Aber das ist nur noch reine Formalität!«

»Ich bin frei? Auf einmal? Dieser venezianische Derrek hat mich behandelt, als hätte ich einen ganzen Kindergarten mit Arsen vergiftet!«

»Ich habe eine Anwältin aus der deutschen Botschaft eingeschaltet. Darum hat es so lange gedauert. Sie haben mir nicht erlaubt, mit dir zu sprechen. Wahrscheinlich hat Mikkie sie bestochen.«

»Was ist mit Mickie? Steht sie unter Mordverdacht?«

Erich zuckte mit den Achseln. »Ich glaube nicht. Im Hotel haben sie gesagt, daß sie abgereist ist.«

»Aber sie hat Elder umgebracht! Wie können sie sie einfach ausreisen lassen?«

Erich zuckte mit den Achseln. »Scheinbar doch.« Und er behielt recht. Gegen Mickie wurde nie ermittelt.

Vier Jahre später sah ich Alexander im Alsterpark wieder. Er ging mit einer leichtgewichtigen und ausgezeichnet gekleideten Blondine spazieren. Es war nicht Etti Sulzmayrs Tochter Amelie. Wahrscheinlich hatte ihn ihr Gelispel doch genervt. Alexander schob brav einen Kinderwagen durch den Matsch. Ein sehr teures und elegantes Fabrikat, hanseatisch dunkelblau mit silbernen Felgen, wie Erich später bemerkte.

Ich hatte gar nicht darauf geachtet. Unsere Tochter Katharina hatte zum ersten Mal das Wort »Känguruh« ausgesprochen, ohne sich zu verhaspeln. Ein wichtiges Ereignis! Viel wichtiger als ein Fußdeospray-Unternehmer und Folterkammern-Fetischist. Alexanders Firma ist ein Konzern, der Blasenpflaster herstellt, Fußdeodorant und Hornhautraspler. Die Frau an seiner Seite hieß bestimmt Clarissa, Larissa oder Alessandra und war Modedesignerin, PR-Managerin oder Ex-Modell.

Glücklich wirkten die beiden trotzdem nicht. Vielleicht hatte der schöne Alexander ihr gerade sein pikantestes Geheimnis offenbart? Oder sie hatte unter seiner Lebensversicherung ein Heftchen entdeckt, in dem Männer mit allen Arten von Gummis spielten. Und es war garantiert kein Katalog für Radier- und Einweckgummis gewesen. Vielleicht ahnte die gebleichte Schöne aber auch gar nichts von den exotischen Vorlieben ihres Mannes, und er brachte einfach keinen hoch. Obwohl sie ihm bestimmt die raffiniertesten Soupers kochen ließ, sich in verführerischer Wäsche räkelte, mit Stutenmilch duschte und sich sogar schon zu Mundverkehr hatte hinreißen lassen. Dabei brauchte sie doch nichts anderes zu tun, als ein Paar Gummistiefel anzuziehen. Und zwar im Schlafzimmer, nicht während der Wattwanderung auf Sylt. Es gab jetzt sehr schicke Modelle von Chanel und Armani.

Katharina rannte quietschend auf eine Schwanenfamilie zu. Papa Schwan richtete sich bedrohlich auf, um seinen Nachwuchs zu verteidigen. Ich rannte an Alexander vorbei und rief laut: »Hallo, Alex!« Er tat so, als kenne er mich gar nicht und sah rasch weg.

Seine Frau runzelte ihre Stirn und musterte mich mißtrauisch. Ich zwinkerte ihr zu, schnappte mir unsere Kleine und zog sie zu unserem Buggy zurück. Erich zauberte ein paar Kekse aus seiner Jackentasche, um Katharinas empörtes Gebrüll zu stoppen, doch sie warf sie zornig auf den Boden und schrie: »Schwanbaby haben! Schwanbaby haben!«

Erst als Alexander und seine Familie schon fast außer Sicht waren, dachte ich an Mickie. Ich hätte gerne gewußt, wie es ihr ging, und ob sie noch einmal geheiratet hatte. Und wenn ja, ob der Mann noch lebte.

Ich fotografierte jetzt manchmal auf Parties und Filmpremieren. Doch Mickie habe ich dort noch nie gesehen. Vielleicht hatte sie sich ganz auf ihr Landgut zurückgezogen und verschlang dort ihre Lieblingsspeisen: Putenschinken, Kalbshaxe und Wiener Schnitzel.

Einmal habe ich Mickie dann doch noch gesehen. Wir machten eine Fahrradtour durch den Ohlsdorfer Friedhof und es war ein warmer, sonniger Tag im September. Ich sah mich zwischen den Gräbern nach interessanten Fotomotiven für einen neuen Reiseführer von Hamburg um, und Katharina hatte am nächsten Morgen ihren ersten Schultag. Meine Tochter war nicht besonders gut auf mich zu sprechen. Ich hatte ihr zur Einschulung nicht das gleiche Kleid gekauft, wie es ihre Kindergartenfreundin Camilla hatte. Ein weißes Kleid, das einer Brautjungfer gut gestanden hätte. Für den ersten Schultag war es leider völlig übertrieben. Aber vielleicht wollte Camillas Mutter insgeheim noch einmal heiraten. Katharina wollte unbedingt auch so ein »Prinzessinnen-Kleid« haben. Meine Tochter hat einen ausgeprägten Hang zum Luxus. Und das, obwohl sie auf einem italienischen Campingplatz entstanden ist, und nicht etwa in einem venezianischen Palazzo. Am liebsten zählt Katharina ihren Spielkameradinnen haarklein auf, was wir alles besitzen. Das meiste erfindet sie einfach. Neulich habe ich sie sogar dabei erwischt, wie sie einer Freundin erzählte, wir hätten eine adelige Putzfrau, die schon bei Boris Becker die Toiletten geschrubbt hat. Dabei haben wir überhaupt keine Putzfrau. Ich weiß gar nicht, von wem Katharina das hat!

Unser Leben ist zum Glück nicht vollkommen. In einer perfekten Welt gäbe es auch gar nichts zu lachen.

Erich hat im Keller unseres Hauses eine Kleintierpraxis eröffnet. Sie läuft nicht schlecht. Fast jede Familie hier hat eine Katze, einen Hund oder wenigstens einen Goldhamster. Das klingt nett, ist es aber nicht immer.

Erich hat es beinahe täglich mit überfütterten Katzen zu tun, die auf Diät gesetzt werden müssen. Mit chronisch verstörten Goldhamstern, weil Goldhamster immer Streßhormone ausschütten, wenn sie angefaßt werden. Und dann gibt es da noch die neurotischen Hunde, die hysterisch bellen und jaulen, weil sie den ganzen Tag allein gelassen werden. Ihre Besitzer wollen von Erich ein Beruhigungsmittel, damit sie sie den ganzen Tag allein lassen können. Erich ist abends oft ziemlich froh, wenn er seine Praxis zuschließen kann.

Erich denkt noch immer, ich sei aus Vergnügen mit Mickie ins Bett gegangen. Ich konnte ihm das nie ganz ausreden, und irgendwann habe ich es auch gar nicht mehr versucht. Warum auch? Jeden Monat bekomme ich von ihm einen Strauß weißer Lilien. Freiwillig.

Er ist sich nämlich seitdem nie ganz sicher, ob ich mich nicht vielleicht doch auch zu Frauen hingezogen fühle. Ich muß nur die Kindergärtnerin eine Spur zu lange anlächeln, schon wird Erich nervös und verwandelt sich sofort in einen Mustermann. Trägt meinen Einkaufskorb, pumpt alle Fahrradreifen auf, ohne zu nörgeln und krault mir abends beim Fernsehen in Spielfilmlänge den Nacken, ohne zu murren. Seit unserem Trip nach Venedig kennt er sich auch in der weiblichen Anatomie vorbildlich aus. Der Unterschied zwischen vaginalem und klitoralem Orgasmus ist ihm so vertraut wie anderen Männern die Abseitsregel beim Fußball. Mehr kann frau nun wirklich nicht verlangen.

Aber zurück zu Mickie. Sie hatte eine Sonnenbrille auf, aber ich erkannte sie sofort. Sie trug ihr Haar noch immer sehr lang und fledermausschwarz. Wir waren in dem Friedhofsbereich, in dem die reichen Hamburger ihre Grabstätten haben, mit imposanten Statuen und goldenen Inschriften. Inschriften, so groß, daß selbst ein Kurzsichtiger auf zehn Meter Entfernung sieht, wer dort unter der Erde liegt.

Vor einem dieser Monumente kniete Mickie und legte Orchideen auf das Grab. Orchideen hatte ihr Elder am Abend, bevor er starb, in die Suite gebracht. Mickie war nicht allein. Neben ihr stand eine zierliche Frau mit halblangen blonden Haaren. Sie war ziemlich blaß, trug einen sehr gutgeschnittenen novemberhimmelgrauen Hosenanzug, und auch sie nahm ihre Sonnenbrille nicht ab, obwohl das Grab im Schatten lag. Wahrscheinlich war Mickies Freundin prominent. Nur Prominente tragen auch im Dunkeln Sonnenbrillen. Sie hatte ihre Hände zärtlich auf Mickies Schultern gelegt. Nach einer Weile stand Mickie auf und hakte sich bei ihrer Freundin ein. Ich glaube, sie war noch dünner geworden. Sie setzte vorsichtig ein Bein vor das andere. Es sah fast so aus, als würde sie von ihrer Freundin geführt. War sie etwa blind geworden? Ich bin mir nicht sicher. Als sie näher kam, wandte sie auf einmal ihren Kopf in meine Richtung und lächelte. Dann sah sie wieder weg und sagte etwas zu ihrer Freundin. Sie wandte sich nach mir um, lachte und ging mit Mickie zu dem roten Rolls-Royce, der vor der Kapelle parkte. Ich sah ihnen nach, bis die Limousine hinter einer Kurve verschwunden war.

Es ist nicht ausgeschlossen, daß Elder sich eigenhändig in eine andere Welt befördert hat. Vielleicht wollte Mickie sich nur wichtig machen. Vielleicht aber haben die Rachefeldzüge Mickie auch geholfen, zu überleben, und sie hat auf diese Weise ihren Kummer besiegt. Und wer kann schon sicher sagen, ob sie nicht wirklich andere Frauen vor bitteren Enttäuschungen bewahrt hat?

Wer weiß? Ein kleiner Männermord zur rechten Zeit würde vielleicht so mancher Frau Johanniskrautkuren und Cava-Cava-Wurzeltee ersparen. Vielleicht hilft manchmal eben nur ein Mord gegen »Wechseljahr-bedingte Erregungszustände«?

Ich überlegte, ob ich zu dem Grab gehen sollte, an dem Mickie ihre Orchideen niedergelegt hatte. Doch ich ließ es dann doch lieber sein. Ich wollte eigentlich gar nicht so genau wissen, ob dort vielleicht Mickies Ex-Ehemänner ruhten. Und ob sie relativ jung gestorben waren. Vielleicht habe ich das nächste Mal den Mut, nachzusehen. Außerdem hatte ich auf einmal Lust auf einen Riesenbecher Walnußeis.

Ganz besonderer Dank gebührt meiner Lektorin **Michaela Kenklies.** Du hast aus einem Rohdiamanten ein kleines Juwel gemacht!

Inspiriert zu diesem Roman haben mich **M. & K.**, brilliante Kenner der High Society. Ihr habt mir überraschende, amüsante und entsetzliche Einblicke in die Tragikomödien der oberen Zehntausend verschafft, so wie sie hinter roten Samtvorhängen und strahlend weißen Villensprossenfenstern tatsächlich gegeben werden.
Dank gebührt auch der Hamburger Society-Lady, deren verwickelte und pikante Lebensgeschichte äußerst anregend wirkte.
Dem Schöpfer der *Buddenbrooks*, **Thomas Mann** und **Patricia Riekel,** Chefredakteurin der *Bunte*, verdanke ich den Gedanken, daß eine gute Gesellschafts-Satire zwar böse, die noch bessere aber auch liebevoll und nicht ohne Respekt sein sollte.
Dank auch an **Gerhard Lammel, Stefan Blatt, Germar Cada, Armin Lissfeld** und **André Groenewoud**. Ihr habt mich tief in die empfindsame Seele des Mannes blicken lassen; Gut getan hat dem Buch das Lachen und die Kritik meiner ersten Leserinnen **Doris Huber, Karin Pientka, Tina Wirtz** und **Christine Bollhorn**. Ein großes Merci für gepfefferte und lustige Anekdoten zum Thema Männermarotten auch an: **Martina Haslauer, Beate-Andrea Siewert, Richard Strenz, Tanja May, Barbara Tremel, Sigrid Flenger, Katja Wessing, Irmi Nuss, Susanne Lacrouts, Helga Cosanne, Wencke Schmalfeldt** (jetzt **Menck**), **Susanne Stelzl, Oliver Santen**, und alle, alle ehemaligen Liebschaften.

Vor allem aber danke ich meinem Bruder Roland, dem **Earl**, und meinen Eltern. Ihr habt mich immer ermutigt, einfach das zu tun, was ich am liebsten tue.

SERIE PIPER

Jutta Motz

Drei Frauen und das Kapital

Roman. 300 Seiten. SP 2577

Was macht eine frischgebackene, glückliche Witwe, die im feinsten Viertel von Frankfurt wohnt, wenn sie entdeckt, daß sie pleite ist? Ihr Mann, offensichtlich ein Wirtschaftskrimineller, hatte ein Nummernkonto in der Schweiz, aber sie und ihre zwei Töchter wissen nicht, wovon sie Lebensmittel kaufen sollen. Wo ist das Geld und, wenn es gefunden ist, wie bringt man es über die Grenze? Fragen, auf die Ruth Meckel keine Antwort weiß, denn Richard sorgte bis zu seinem plötzlichen Herztod für alles. Rettung naht in Person ihrer patenten Busenfreundin Almuth, und vervollständigt wird das Trio durch Marlene mit juristisch geschultem Sachverstand. Auf abenteuerlichen Wegen und an einer Leiche vorbei, von der Polizei observiert und von Tante Sophie unterstützt, läßt Jutta Motz ihre Heldinnen witzig, unprätentiös und frech zum erhofften Happy-End jagen.

Ann-Christin Kaemmerer

Drei Männer und ein richtiger

Roman. 264 Seiten. SP 6002

Corinna, »Corry« genannt, ist eine erfolgreiche Schriftstellerin Ende Dreißig. Nun möchte ihr Verlag einen autobiographischen Roman. Corrys Leben bietet auch einiges: Sie hat nicht nur einen Hund namens Einstein, sondern auch drei Männer auf einmal. Mit Georg, dem einfühlsamen Psychologen, verbindet sie eine platonische Liebe. Mit dem verheirateten Götz, Kulturredakteur und Abenteurer, bereist sie die Welt. Und Harry, einige Jahre jünger als sie, ist der anschmiegsame Lover, der sie verwöhnt. So weit, so gut, denn die Herren kennen einander und wissen ein unkonventionelles Liebesleben zu schätzen. Kritisch wird es erst, als Corry Sándor Szkárosi über den Weg läuft, ein exzentrischer, hochsensibler Dirigent von Weltformat aus Ungarn ...

Jutta Motz

Drei Frauen und die Kunst

Roman. 352 Seiten. SP 3153

Die Kunsthistorikerin Lisa Wolf kehrt für einige Zeit von New York nach Berlin zurück. Ihre Versicherungsgesellschaft hat sie beauftragt, verdeckt gegen gefälschte Kunst und deren Händler zu ermitteln. Vom Postamt in Berlin werden gefälschte Grafiken verschickt, die fatal denen gleichen, die vor acht Jahren in New York beschlagnahmt wurden. Ein Test im Labor eines Papierspezialisten liefert den wichtigen Hinweis: Das hochwertige Papier, das dem der originalen Grafiken so genau nachgebildet wurde, muß aus einer der renommierten Papiermühlen der ehemaligen DDR stammen. Zusammen mit Traute Werth, Kriminalhauptkommissarin des LKA Berlin, und ihrer hellwachen Tante Marlene macht sie sich auf die gefährliche Suche. Doch erst, als ihr Vorgesetzter angeschossen und einer ihrer Verehrer verprügelt wird, erkennt sie die wahren Zusammenhänge …

Wiebke Lorenz

Liebe, Lügen, Leitartikel

Roman . 278 Seiten. SP 2927

Die junge Journalistin Maike Kröger versteht die Welt nicht mehr: Jedesmal, wenn sie die ultimative Titelstory für ihre Zeitung geschrieben hat, erscheint sie genau einen Tag vorher beim Konkurrenzblatt. Mühevolle Recherchen, Lokaltermine, stundenlange Telefonate – alles völlig umsonst! Als Maike endlich Richard Baumann von der Konkurrenz an der Strippe hat, läßt der sie abblitzen. Maike schäumt vor Wut und schwört Rache! Da kommt ihr die zündende Idee: Sie läßt Baumann eine brisante Geschichte zukommen, an der allerdings nichts Wahres dran ist – davon ist zumindest Maike fest überzeugt. Prompt heißt es am folgenden Tag im Konkurrenzblatt: »Ärztepfusch in der Privatklinik Diederhoff!« Der Skandal ist perfekt: Richard Baumann wird fristlos entlassen. Eigentlich könnte Maike sich voller Genugtuung zurücklehnen, doch die Konkurrenz schläft nicht …

Danièle Thompson

Die Frau des Liebhabers

Roman. Aus dem Französischen von Irène Kuhn und Ralf Stamm. 255 Seiten. SP 2298

Mitreißend schildert die Autorin ein Chaos an Gefühlen. Die Pariser Fernsehjournalistin Cécile, Anfang Vierzig, ist mit dem Arzt Ferdinand seit über zwanzig Jahren glücklich verheiratet. Sie erfährt, daß sich ihre zwanzigjährige Tochter unsterblich in einen viel älteren, verheirateten Mann verliebt hat. Sie entwickelt raffinierte Strategien für das Liebesglück ihrer Tocher, steht ihr mit Rat und Tat zur Seite – bis sich in ihr der Verdacht erhärtet, daß sie selbst eine Betrogene ist, daß sie als Frau von Ferdinand auch die Frau eines Liebhabers ist. Als am Ende ihr gesunder Menschenverstand doch wieder die Oberhand gewinnt, findet sich die beste Lösung für alle fast von selbst – nur die Herren der Schöpfung haben das Nachsehen.

Françoise Giroud

Die Liebhaberin

Roman. Aus dem Französischen von Irene Kuhn und Ralf Stamm. 176 Seiten. SP 2673

Sie ist eine Frau Anfang Vierzig, modern, elegant und attraktiv. Ihr Beruf ist ihr sehr wichtig; sie ist frei, fühlt sich unverwundbar, denn sie hat schon (fast) alles erlebt. Er ist noch jung, am Anfang seiner Anwaltskarriere. Er ist witzig, charmant und manchmal wunderbar unverschämt. Doch man ahnt, wie verletzbar er ist. Die Begegnung mit Jerzy trifft sie mitten ins Herz. Sie sind glücklich miteinander – so lange, wie die Liebe glücklich sein kann. Doch dann, eines Tages – die Wahrheit trifft sie wie ein Schlag.

»Ein ungewöhnliches und einzigartiges Talent – das einer Frau, die alles vom Leben weiß.«

Le Nouvel Observareur

Cécile Vargaftig

Wechselstrom

Roman. Aus dem Französischen von Nadine Miller. 285 Seiten. SP 2527

Paris, heute: Frédérique ist vierundzwanzig Jahre alt und führt ein ständig absturzgefährdetes Leben. Sie ist so jung, daß sie sich unmöglich vorstellen kann, noch einmal vierundzwanzig Jahre zu leben. Und sie ist so jung, daß sie noch nicht weiß, wen sie mehr liebt – Männer oder Frauen. Oder beide? Zwischen Lebenshunger und Selbstzweifel stürzt sich Frédérique in das Leben und wird doch immer in die eigene Leere zurückgeworfen. Die virtuose literarische Achterbahnfahrt durch das Gedanken- und Gefühlschaos treibt Cécile Vargaftig durch pointierte Dialoge voran. Nach dem Vorbild von Charles Bukowski und der Beatnicks erzählt sie sprachgewaltig von Liebe, von Alkohol, von Shit und von den Jahren zwischen zwanzig und dreißig.

Hilke Rosenboom

Adam und ewig

Eine kurze Liebesgeschichte 203 Seiten. SP 2739

Wo die Liebe nur immer hinfällt! Manchmal direkt vor die Füße – so widerfuhr es Susan, der fleißigen Kinderärztin, als sie vom Fahrrad und genau in Adam Beins Arme stürzte. Beide spüren ein Kribbeln im Bauch – sie verabreden sich: die brave Susan, sechsunddreißig Jahre alt, deren Knut als Entwicklungshelfer in Ragatonga weilt, und Adam Bein, der auf der Straße lebt und überdies ein wenig zu jung ist für sie. Ein Stadtstreicher! Doch was schert es die Liebe, daß die beiden eigentlich nicht zusammenpassen! Denn eine wunderschöne Romanze voll ungeahnter erotischer Leidenschaft beginnt – zu schön und einmalig, um einfach in ein Happy-End zu münden.